소년A 살인사건

NINGENGARI

© Rihito Inuzuka 2018
First published in japan in 2018 by KADOKAWA CORPORATION, Tokyo.
Korean translation rights arranged with KADOKAWA CORPORATION, Tokyo
through Eric Yang Agency Inc, Seoul.

이 책의 한국어판 저작권은 EricYang Agency를 통해
저작권사와의 독점계약으로 ㈜알에이치코리아에 있습니다.
저작권법에 의하여 한국 내에서 보호를 받는 저작물이므로 무단전재와 복제를 금합니다.

소년 A 살인사건

이누즈카 리히토 지음 ― 김은모 옮김

RHK
알에이치코리아

■ 모든 주석은 옮긴이 주입니다.

목 차

프롤로그

미쓰키는 빨간 책가방을 자기 방에 놓아두고 서둘러 집을 나섰다. 현관문 잠그는 건 잊지 않았다. 집을 비울 때는 물론이고, 혼자 집을 볼 때도 반드시 문을 잠그라고 늘 아빠가 신신당부했기 때문이다.

아지랑이가 흔들대는 길을 바쁘게 걸어갔다. 아직 해가 높이 떠있지만, 약속 시간에 늦지 않을까 싶어 조바심이 났다.

그 오빠와는 사흘 전에 처음 만났다. 오빠는 하교하는 미쓰키를 불러 세워 유리병에 든 나비를 보여주었다. 생전 처음 보는 나비가 예쁜 날개를 팔락이고 있었다. 미쓰키는 넋을 잃고 바라보았다.

나비를 달라고 졸랐지만 오빠는 고개를 저었다. 시무룩했다. 아빠는 미쓰키가 조르면 갖고 싶은 걸 뭐든지 사주는데, 이 오빠는 못됐다고 생각했다.

하지만 미쓰키가 토라진 걸 알았는지 오빠는 비슷한 나비가 있는 곳에 데려가 주겠다고 했다. 실은 유리병 속의 나비를 갖고 싶었지만, 그 정도로 참아주기로 했다.

오빠와 사흘 후 오후 4시에 '유령성'에서 만나기로 약속하고 헤어졌다. 그날이 바로 오늘이었다. 나비를 보려면 4시까지 '유령성'에 도착해야 한다.

큰 도로를 건너 비슷한 집들이 늘어선 길을 빠져나와 물이 거의 마른 강에 걸린 다리를 건넜다. 군데군데 풀이 돋은 커다란 공터를 통과하자 앞에 '유령성'이 보였다.

'유령성'은 초등학교에 다니는 아이들이 붙인 이름이다. 이 건물은 옛날에 병원이었다는 모양이다. 지금은 벽이 잿빛으로 지저분해졌고 유리창도 거의 다 깨졌다.

건물로 다가갔지만 오빠의 모습은 어디에도 보이지 않았다. 미쓰키는 불안감에 휩싸였다. 약속 시간에 늦은 걸까.

그때 뒤에서 자갈을 밟는 소리가 들렸다. 돌아보자 어느 틈엔가 오빠가 서있었다. 요전과 똑같이 거무스름한 옷을 입었지만, 오늘은 등에 큼지막한 가방을 메고 있었다.

"늦었잖아."

"미안해……. 평소보다 학교가 늦게 끝나서."

"시간 안 지키는 애는 싫어."

저도 모르게 눈물이 핑 돌았다. 오빠를 화나게 만들었다. 이제 나비를 못 보는 건가 싶어 슬퍼졌다.

하지만 오빠는 발소리 없이 미쓰키에게 다가와 얼굴을 들여다보았다. 불쾌해 보였던 표정이 상냥하게 바뀌었다. 오빠가 약간 잠긴 목소리로 말했다.

"넌…… 눈이 참 예쁘구나."

미쓰키는 조금 기뻤다. 눈동자에 갈색기가 돌아서 마치 외국인 같다고 엄마와 친구들이 늘 칭찬한다. 이제 그런 칭찬에도 질렸지만 오빠가 말해주자 왠지 나쁜 기분은 아니었다.

"자, 가자."

오빠가 불쑥 말하고 손을 내밀었다.

"나비는 어디 있어?"

"이 안에."

오빠는 눈앞의 건물을 가리켰다.

"엇."

당황해서 무심코 목소리가 흘러나왔다. '유령성'에는 유령이 산다는 소문이 생각났다. 그렇게 무서운 곳에는 들어가기 싫었다.

그 마음을 눈치챘는지 오빠가 다정하게 말했다.

"하나도 무서울 거 없어. 이 안에 예쁜 나비가 얼마나 많은데. 안 들어가면 손해야."

오빠가 입꼬리를 끌어올려 미소를 지었다.

"정말 이 안에 나비가 있어?"

"응, 실컷 잡아도 돼."

그렇게 말하고 오빠는 미쓰키의 손을 부드럽게 잡았다. 땀으로 축축하게 젖어서 기분 나빴다.

"자, 가자."

오빠가 아까 전과 똑같이 말했다.

이번에는 미쓰키도 거부하지 않았다. 앞장선 오빠를 따라 건물 입구로 걸음을 옮겼다. 그때 오빠의 가방에서 튀어나온 카메라 렌즈가 보였다.

대체 어디다 쓰려고 그러지…….

미쓰키는 오빠에게 이끌려 건물 안으로 모습을 감추었다.

제 1 장

신을 연기하는 사람들

1

원두를 정확히 20그램 계량해서 전동 그라인더에 넣었다. 시간이 있으면 핸드밀로 드르륵드르륵 갈고 싶지만, 아무래도 출근 전에 그럴 여유는 없다. 30초도 지나기 전에 원두가 다 갈리고 실내에 그윽한 커피 향이 감돌았다.

시라이시 히데키는 입가에 웃음을 띠었다. 100그램에 삼천 엔이나 하는 귀한 파나마 원두답게 주변 슈퍼에서 파는 것과는 향기부터 다르다.

일류가 되려면 일류를 알아야 한다.

그게 시라이시의 신조였다. 저렴한 커피만 마시면 진짜 커피 맛은 영원히 모르고 살 것이다.

시라이시는 잘게 갈린 원두를 드리퍼에 담고 표면을 평평하게 다듬었다. 주전자에는 끓인 후 87도까지 식힌 물을 이미 준비해 두었다. 은색으로 빛나는 주전자를 기울여 드리퍼의 커피 가루에 원을 그리듯이 뜨거운 물을 부었다. 갈색 가루가 부글

부글 재미있는 소리를 내며 부풀기 시작했다. 신선한 원두라는 증거다.

서버에 딱 200시시가 차자, 애용하는 머그컵에 갓 우려낸 커피를 따랐다.

시라이시는 머그컵을 들고 부엌 싱크대에 기댔다.

커피를 한 모금 입에 머금었다. 콧구멍에서 진한 향이 빠져나왔다. 이어서 과일 느낌의 산미가 혀 위에 퍼졌다. 커피는 원두 양과 물 온도, 추출 속도의 사소한 차이로 맛있어지기도 하고 맛없어지기도 한다. 오늘 커피는 스스로 생각하기에도 잘 우렸다 싶었다. 이런 날은 뭐든지 잘 풀릴 것 같은 기분이 든다.

소소한 행복을 음미하며 커피를 마시고 있자니 계단을 가볍게 통통 내려오는 발소리가 들렸다. 왼쪽 손목에 찬 시계를 보았다. 7시 10분. 평소와 한 치의 오차도 없이 똑같은 시간이라는 걸 확인하자 시라이시는 저도 모르게 표정이 누그러졌다. 그녀는 자신 못지않게 신경질적일 정도로 시간에 정확하다.

캐미솔에 반바지 차림의 소녀가 거실로 들어왔다. 길쭉한 팔다리에 날씬한 몸이 유연한 고양이를 연상시킨다. 하지만 얼굴에는 아직 천진난만함이 남아 있다.

"삼촌, 좋은 아침."

"좋은 아침." 시라이시는 입꼬리를 살짝 끌어올려 레나에게 미소를 지었다. "오렌지주스 만들어줄게."

"나도 커피가 좋은데."

"아직 중학생이잖아. 성장기에 카페인을 과잉 섭취하면 안 좋아."

레나가 입을 삐죽 내밀었다.

"커피를 마시면 1교시 수업 때도 안 졸리다던데. 졸다가 선생님한테 혼나는 거랑 커피 마시는 거랑 어느 쪽이 나아?"

시라이시는 과장되게 한숨을 내쉬었다. 중학교에 올라간 뒤로 레나는 아주 건방져졌다. 이게 반항기라는 걸까.

2년 전, 이 집에 왔을 때는 외로워서인지 시라이시에게 껌딱지처럼 찰싹 달라붙어 어리광을 부렸는데, 요즘은 가벼운 스킨십도 싫어한다. 웃기보다는 건방진 표정을 지을 때가 더 많아졌다.

레나의 엄마이자 시라이시의 누나는 자주 이런 말을 했다.

'레나는 너 어릴 때랑 똑 닮았어. 조곤조곤 따지기 좋아하고, 한마디도 안 지려고 하고.'

어쩌면 레나는 자신을 닮았는지도 모른다. 시라이시는 새삼 조카의 얼굴을 빤히 들여다보았다.

"왜? 사람 민망하게."

진심으로 싫다는 듯 레나가 고개를 홱 돌렸다.

"커피 만들어줄 테니까 샐러드 먼저 먹고 있어."

시라이시가 무뚝뚝하게 대꾸하자 레나는 "아싸!" 하고 재빨리 테이블에 앉았다. 테이블에 놓아둔 샐러드볼에는 양상추와 적양파를 발사믹 식초에 버무린 간단한 샐러드가 담겨 있다.

시라이시는 물이 끓기를 기다리는 동안 식빵 두 개를 토스터에 넣었다. 끓은 물이 식는 사이에 원두를 갈고, 재빨리 젓가락으로 달걀을 풀었다.

구운 토스트와 커피가 든 머그컵을 테이블로 가져가자, 레나
는 포크로 샐러드를 찍어 먹으며 스마트폰을 보고 있었다.

"딴짓하면서 먹으면 맛을 모르잖아."

시라이시가 나무라도 레나는 "응" 하고 그저 건성으로 대답
했다. 시라이시는 한숨을 쉬고 부엌으로 돌아가 푼 달걀을 프
라이팬에 붓고 버터를 넣었다. 익숙한 손놀림으로 완성한 스크
램블드에그 2인분을 접시에 담아 테이블로 가져갔다.

시라이시는 스마트폰에 몰두한 레나 맞은편에 앉아 토스트
를 들고 신문을 펼쳤다. 평소와 다름없이 정치면부터 읽어나간
다. 국제면과 경제면도 꼼꼼히 체크했다. 문득 고개를 들자 레
나는 토스트에는 손도 대지 않은 채 스마트폰을 들여다보고 있
었다.

"밥 먹을 때 정도는 스마트폰 좀 그만해."

"왜?"

"식사는 입으로만 하는 게 아니야. 눈으로 보는 것도 식사의
일부라고."

"삼촌도 신문 읽었으면서."

시라이시는 그만 말문이 막혔다.

"참 한마디도 안 지려는 녀석이라니까."

"누가?"

"너."

시라이시가 힘주어 말하자 그제야 레나는 고개를 들더니, 마

지못한 표정으로 스마트폰을 테이블에 내려놓고 토스트와 스크램블드에그를 우걱우걱 먹었다. 그 모습을 보고 시라이시는 속으로 가슴을 쓸어내렸다. 그래도 아직까지 레나는 시라이시의 말을 잘 듣는 편이다.

레나는 머리가 좋은 아이다. 학교 성적도 불평할 부분이 없다. 이과 과목은 시라이시가 중학생일 때보다 뛰어나다고 해도 과언이 아니다.

하지만…….

석 달 전에 하도 졸라대서 하는 수 없이 스마트폰을 사준 뒤로 레나는 그 작은 기계만 만지작거리며 지냈다. 아마 하루에 몇 시간은 스마트폰을 붙들고 있지 않을까.

계속 이러다가는 성적이 뚝 떨어질 게 불 보듯 뻔하다. 더구나 레나가 요즘 무료통화 애플리케이션으로 불특정 다수의 낯선 사람들과 만나고 있는 듯해서 더 걱정이었다. 인터넷 저편에 있는 사람이 반드시 선하다는 보장은 어디에도 없다.

최근에도 한 여고생이 만남 사이트에서 알게 된 40세 남자에게 납치되어 성폭행당한 끝에 살해된 사건이 뉴스에서 보도됐다. 자신의 조카도 그 같은 일에서 예외인 건 아니다. 레나에게 무슨 변이라도 생기면 누나에게 면목이 없다.

2년 전, 누나 부부는 친구 결혼식에 참석하고 돌아오는 길에 치매 노인이 운전하는 소형 트럭과 정면충돌해 목숨을 잃었다. 그리고 집을 보던 레나 혼자 이 세상에 남았다. 당시 여자친구와 동거하고 있던 시라이시는 망설임 없이 조카를 거두어 키우기로 했다. 그 일로 여자친구는 집을 나갔다. 하지만 그 선택을 후회한 적은 없다.

피는 물보다 진하다.

그런 옛 격언이 시라이시의 뇌리를 스쳤다. 평소 어린애를 특별히 좋아하지는 않지만, 레나가 성인이 될 때까지 지켜주는 것을 자신의 책임이라 여겼다. 하지만 사춘기에 들어선 여자애는 상상했던 것 이상으로 대하기가 힘들었다. 솔직히 말해 일보다 아이 키우기가 훨씬 힘들다는 걸 매일 뼈저리게 느낀다.

식사를 마친 시라이시는 남은 커피를 다 마신 후 아직도 토스트를 먹고 있는 레나를 놔두고 자리에서 일어났다. 접시를 식기세척기에 넣고 자기 방으로 향했다. 짙은 감색 양복으로 갈아입고 서류 가방을 들고 거실로 내려가자 테이블 앞에 앉아 있던 레나가 돌아보았다.

"잠깐만, 학교까지 차로 바래다줘."

"걸어가. 소화에 도움이 될 거야."

"쩨쩨하기는."

시라이시는 입술을 삐죽거리는 레나에게 웃음을 던진 후, 깨끗하게 닦은 구두를 신고 집을 나섰다.

× × ×

경시청 본부 지하 주차장에 아우디를 댄 시라이시는 차체에 쭉 긁힌 자국이 있는 걸 알아차리고 인상을 찌푸렸다. 대체 언제 이런 흠집이 생긴 걸까. 어디서 쓸린 기억은 없다.

혹시 누가 고의로 그런 것 아닐까. 피해망상이라 단정할 수는 없었다. 직업상 자신을 싫어하는 인간은 얼마든지 있을 것이다.

시라이시는 허리에 손을 댄 채 잠시 흠집을 바라보다가 포기한 듯 한숨을 쉬고 주차장을 나섰다. 엘리베이터를 타고 경무부 인사1과가 있는 층으로 올라갔다.

시라이시가 소속된 감찰계는 인사1과실의 제일 안쪽에 있다. 감찰계 구역에는 주임 이즈미 마유코 혼자 자리에 앉아 있었다. 시라이시가 온 걸 알아차리고 컴퓨터에서 고개를 들어 "안녕하세요" 하고 하얀 이를 보이며 인사했다.

머리를 짧게 자른 그녀는 용모가 단정하고 성격도 싹싹한 편이다. 나이는 시라이시보다 다섯 살 어린 스물아홉 살. 염문은 들리지 않지만, 연인이 있어도 이상하지 않으리라.

하지만 시라이시는 마유코의 사생활에 거의 흥미가 없었다. 2년 전에 그녀를 공안부에서 발탁한 건 뛰어난 인재였기 때문이며, 사적인 감정은 전혀 없었다. 실제로 마유코는 감찰계 계장인 시라이시 밑의 팀장 네 명 중에 제일 신뢰가 가는 존재다.

시라이시는 자기 자리에 앉아 컴퓨터를 켜고 메일을 확인했다. 책상 위에 놓아둔 스마트폰이 갑자기 울렸다. 확인하자 레나가 보낸 문자메시지였다.

학교 끝나고 친구랑 놀다 가려고. 7시 좀 지나서 들어갈 것 같아.

시라이시는 한숨을 쉬었다. 요즘 레나는 학교에서 곧장 집에 오지 않고 걸핏하면 옆길로 샌다. 물론 친구를 사귀는 건 중요하지만, 하굣길에 시부야 같은 번화가에 들러 남자와 어울리며 질 안 좋게 놀지는 않을까 불안했다.

"계장님. 무슨 고민이라도 있으세요?"

시라이시의 표정이 변한 걸 눈치챘는지 마유코가 물었다.

"아니, 그냥……." 말을 얼버무리려다 생각을 바꾸었다. 남자인 자신이 여중생의 마음을 이해하는 데는 한계가 있다. "실은 요즘 중학교에 다니는 조카의 행동이 마음에 걸려서."

"2년 전에 거둔 조카 말씀이시죠?"

상사와 마유코에게는 누나 부부가 교통사고로 세상을 떠난 후 홀로 남은 조카를 거둔 사실을 말해놓았다.

"응, 레나가 걱정이야. 만날 메신저로 누군가랑 이야기를 나누고, 집에도 늦게 들어온다니까."

"지금 레나가 중학교 2학년이던가요?"

"응."

"어려운 나이네요. 부모 중에서도 특히 아버지 입장으로는 대하기가 쉽지 않을 거예요."

"솔직히 어떻게 대해야 좋을지 모르겠어."

"그러게요……." 마유코가 오른쪽 귀의 귀걸이를 만지작거렸다. 생각에 잠길 때의 버릇이다. "뭐, 저도 그 무렵에는 툭하면 통금시간을 어겼어요. 그래서 아버지한테 혼나도 그냥 짜증만 났지, 저를 위해서 그런다는 생각은 안 들었고요."

"즉, 자유방임주의로 일관해라?"

"다만 제가 어렸을 때와 비교하면 아이들을 둘러싼 환경이 극적으로 변했으니까요. 만남 사이트에서 변태 아저씨와 간단히 접촉할 수 있는 시대잖아요."

"내가 걱정하는 것도 그거야. 무슨 일이 생기고 나서는 되돌릴 수 없으니까."

마유코가 한숨을 쉬었다.

"그다지 권하고 싶지는 않은 방법이지만……."

"뭔데?"

시라이시는 저도 모르게 몸을 앞으로 내밀었다.

"'러브로그'라는 스마트폰 앱은 아세요?"

"들어봤어. 연인이나 가족의 위치를 확인할 수 있는 추적 앱이잖아."

시라이시가 기억하기로는 그 애플리케이션을 상대방의 스마트폰에 설치하면 GPS 기능을 통해 소유자의 현재 위치를 확인할 수 있다는 이야기였다. 하지만 상대방의 동의 없이 무단으로 애플리케이션을 설치하는 이용자가 속출해 사생활 보호의 관점에서 큰 문제로 대두되었다.

"각 방면에서 불평이 터져 나와 결국 서비스가 중단되지 않았던가?"

마유코가 고개를 끄덕였다.

"서비스를 제공하던 회사는 망했어요. 하지만 지금도 비슷한 앱은 나돌고 있죠."

"그래?"

"네. 인터넷에서 검색하면 금방 나와요. 지금 말씀하셨다시피 그런 앱은 기본적으로 상대방의 위치를 추적하는 게 대부분이지만, 특별요금을 내면 통화내용과 사진 폴더까지 확인시켜주는 것도 있대요."

"그런 것까지……."

시라이시는 말문이 막혔다.

"제 친구 중에도 그런 앱으로 남자친구의 이동 경로와 통화내용을 낱낱이 확인하는 애가 있어요."

마유코는 그렇게 말하고 체셔 고양이 같은 웃음을 지었다. 문득 의문이 들었다. 애플리케이션을 사용하는 건 친구가 아니라 마유코 본인 아닐까.

그때 그녀의 책상 위에 있던 전화가 울렸다. 전화를 받은 마유코가 등을 쭉 폈다.

"네, 이즈미입니다. 네, 계십니다. ……알겠습니다. 전달하겠습니다."

마유코는 수화기를 내려놓고 시라이시에게 얼굴을 돌렸다.

"계장님. 오제 참사관(경시청의 각 부서에서 중요한 사항을 총괄 정리하거나 입안하는 과장급 직원)님이 방으로 오시라는데요."

"참사관님이?"

오제 경무부 참사관은 인사1과장도 겸하므로, 요컨대 시라이시의 직속 상사에 해당한다. 이렇게 아침 일찍 참사관실에서 호출하다니 무슨 일일까. 어쩨 찜찜한 예감이 들었다.

시라이시가 자리에서 일어나 방에서 나가려는데 마유코의 목소리가 날아들었다.

"계장님. 아까 그 앱 말씀인데요."

돌아보고 고개를 끄덕였다.

"응. 생각해 볼게."

"한 가지 드릴 말씀이."

마유코가 굳은 얼굴로 말을 이었다.

"뭔데?"

"만약 앱을 설치한 게 들통나면 레나의 신뢰를 몽땅 잃을 각오를 하셔야 할 거예요."

"……명심할게."

시라이시는 한숨을 쉬고 넥타이를 매만지며 방을 나섰다.

2

11층에 도착해 엘리베이터에서 내리자 마침 경무부 참사관실에서 오제 참사관이 나오는 참이었다.

"오, 왔나."

회색 양복 차림의 오제가 가볍게 고개를 끄덕였다. 생김새가 어류의 일종과 비슷해 뒤편에서는 '오코제(쏨뱅이과의 물고기, 쓰기미라는 뜻)'라는 별명으로 불린다.

시라이시는 의구심에 고개를 갸웃했다. 참사관실로 오라는 호출을 받았는데, 왜 오제가 방에서 나온 걸까.

"참사관님. 안녕하십니까."

"응, 아침부터 수고가 많군."

"어쩐 일이신지요?"

"총감님이 찾으셔."

화들짝 놀라 시라이시는 눈이 휘둥그레졌다. 경시청의 수장이 찾을 정도라면 뭔가 중요한 사안임이 틀림없다.

"자, 가지."

오제가 앞장서서 걸음을 옮겼다. 시라이시도 부랴부랴 뒤따라갔다. 시라이시는 오제의 뒷모습을 보며 생각에 잠겼다. 오제는 분명 경시총감이 호출한 이유를 들었을 것이다. 하지만 아무 말도 하지 않는 걸 보면, 설명할 마음은 없는 것이리라.

총감별실 입구 앞에서 경비를 서고 있던 SP(경호 임무를 맡은 경찰관)가 오제와 시라이시를 보고 고개를 살짝 숙였다. 오제가 익숙하다는 듯 앞서 나아갔다. 총감실 앞에서 비서관인 닛타가 맞이해 주었다.

"기다리고 있었습니다."

닛타는 가볍게 고개를 숙여 인사하고 총감실 문을 차분하게 노크했다. "들어와"라는 답변에 닛타가 문을 열고 오제와 시라이시를 들여보내 주었다. 정면 책상에 풍채 좋은 남자가 앉아 있었다. 혼고 경시총감이다. 그는 통방울 같은 눈을 빙글 돌려 오제와 시라이시를 쳐다보았다.

"오, 아침부터 고생이 많아. 앉게."

오제와 시라이시는 인사한 후 왼편 소파에 앉았다. 맞은편 소파에는 이미 두 남자가 앉아 있었다. 감색 양복을 입은 수사 1과장 모리는 구면이다. 예전에 몇 번 봤다.

하지만 그 옆에 앉은 사복 차림 남자는 초면이었다. 나이는 예순 전후일까. 머리가 희끗희끗하지만 볕에 탄 얼굴은 다부져 보였다. 날카로운 눈빛에서 시라이시는 그가 전직 형사 아닐까 짐작했다. 그렇다면 대체 왜 이 자리에 함께한 걸까.

25

"자." 혼고 경시총감이 입을 열었다. 시선은 시라이시에게 고정되어 있었다. "시라이시 계장. 자네는 아직 아무 이야기도 못 들었을 테지."

"네."

시라이시는 짧게 답하고 경시총감이 말을 잇기를 기다렸다.

"왜 불렀는지 궁금할 거야. 닛타, 그걸 준비해 줘."

닛타가 리모컨으로 책상 옆에 놓인 48인치 텔레비전을 켰다. 이어서 DVD플레이어에 DVD를 넣었다. 텔레비전 화면이 일단 어두워졌다.

"우선 이 영상부터 보게."

경시총감이 말했다.

시라이시는 눈살을 모으며 옆에 앉은 오제를 보았다. 눈이 마주쳤지만 오제는 고개만 끄덕일 뿐 아무 말도 하지 않았다. 잠자코 영상을 보라는 뜻이리라.

텔레비전 화면으로 눈을 돌렸다. 등골에 소름이 돋는 게 느껴졌다. 스스로를 겁쟁이로 여긴 적은 없지만, 지금은 정체 모를 불안감이 솟구쳤다. 그리고 확신이 들었다. 이제부터 볼 영상이 결코 유쾌한 내용은 아닐 것이라는 확신이.

갑자기 화면이 조금 밝아지더니 해상도 낮은 영상이 나왔다.

어린아이가 회색 벽을 등지고 두 무릎을 끌어안은 자세로 웅크려 앉아 있었다. 고개를 숙이고 있어서 길고 검은 머리카락에 얼굴이 가렸다. 머리 길이와 체형, 복장으로 보건대 여자애가 확실했다.

이상한 건 여자애의 양 손목과 발목이 새끼줄 같은 것에 묶여 있다는 점이었다. 이 영상은 대체…….

다음 순간 소녀가 고개를 들었다. 시라이시는 눈이 동그래졌다. 소녀의 입에 재갈이 물려 있었다. 귀엽게 생긴 소녀였지만, 갈색기가 도는 커다란 눈은 눈물로 젖어 있었다. 그리고 공포때문인지 가녀린 몸을 바들바들 떨었다.

화면 속 소녀에게 옮은 듯 시라이시도 손이 떨리기 시작했다. 틀림없다, 이 영상은…….

느닷없이 화면에 검은 형체가 나타났다. 그 형체는 묶인 소녀에게 다가갔다. 검은 형체는 검은색 잠수복을 입은 사람이었다. 그 사람이 이쪽을 돌아보고 씩 웃었다. 검은색 마스크를 뒤집어서서 생김새는 알 수 없지만, 눈과 입 부분에 구멍이 뚫려있었다. 구멍으로 보이는 두 눈에는 괴이한 빛이 감돌았다. 체형을 보니 잠수복을 입은 사람은 남자 같았다. 하지만 키와 빈약한 체격으로 추측건대 아직 청년의 영역에는 도달하지 못했다. 남자는 오른손에 노끈 같은 걸 쥐고 있었다. 소녀가 잔뜩 겁에 질린 기색으로 몸을 애벌레처럼 꿈틀거렸다.

시라이시는 숨죽인 채 영상을 응시했다. 꺼림칙함이 엄습하는 영상인데도 왠지 눈을 돌릴 수 없었다. 지금 보고 있는 영상이 뭔지는 이미 알아차렸다.

남자가 점차 소녀와의 거리를 좁혀간다. 소녀가 더 격렬하게 발버둥 치기 시작했다. 남자가 왼손으로 소녀의 뺨을 어루만졌다. 소녀의 눈에서 눈물이 흘러 떨어졌다. 소리 없는 영상이지

만 소녀의 흐느낌이 들려오는 것만 같았다. 남자는 부드럽다 못
해 섬세한 손놀림으로 소녀의 목에 노끈을 감기 시작했다. 그리
고 두 손으로 노끈 끄트머리를 잡고 양쪽으로 세게 잡아당겼다.
노끈이 가느다란 목을 파고들자 소녀의 눈은 빛을 잃었다…….

"그쯤이면 됐겠지."

감정을 억누른 혼고 총감의 목소리에 시라이시는 퍼뜩 정신
을 차렸다. 닛타가 리모컨으로 영상을 정지시켰다. 텔레비전이
툭 꺼져 화면이 새까매졌다.

무의식중에 어깨에 힘이 들어갔음을 알고 시라이시는 숨을
푹 내쉬었다. 손바닥에 땀이 흥건했다. 옆에 있는 오제를 힐끔
보자 코 밑에 땀이 맺혀 있었다.

맞은편으로 시선을 돌렸다. 모리 수사1과장은 손등으로 이
마의 땀을 닦고 있었다. 그 옆에 앉은 수수께끼의 사복 차림 남
자는 어쩐지 침울한 표정으로 팔짱을 끼고 있었지만, 눈빛은
험악했다.

"시라이시 계장. 지금 본 영상이 뭔지 벌써 알아차렸을 것 같
네만?"

혼고 총감의 질문에 시라이시는 고개를 끄덕였다.

"네. 20년 전에 발생한 고쿠분지 여아 살해사건의 영상인 것
같습니다."

"맞아. 당시 자네는 몇 살이었나?"

"……열네 살이었습니다. 소년A와 동갑이라 기억하고 있습
니다."

고쿠분지 여아 살해사건……. 20년 전에 전국을 떠들썩하게 만든 엽기사건이다.

도쿄도 고쿠분지시에 있는 폐허가 된 병원에서 아홉 살 소녀가 끔찍하게도 두 눈이 없는 시체로 발견됐다. 적출된 두 눈알은 시신이 발견되기에 앞서 익명 소포로 부모에게 보내졌다.

바로 수색대가 결성됐지만 소녀의 시신 수색은 난항을 겪었다. 결국 이틀 후에 시신을 발견한 건 폐허를 탐험한다며 병원에 숨어든 고등학생들이었다.

잔인한 수법 때문에 신문과 텔레비전에서 연일 사건을 다루었다. 그리고 수사가 시작된 지 얼마 지나지 않아 피해자와 안면이 있었다는 남중생이 소녀를 살해하고 시체를 유기한 혐의로 체포됐다. 아직 중학생 소년이 고작 아홉 살 먹은 아이를 끔찍하게 살해했다는 진상에 세상 사람들은 경악을 금치 못했다.

가해자 소년의 이름은 오치아이 세이지. 열네 살이었던 터라 오치아이는 실명 공개 없이 소년A로 불렸다. 당시 소년A를 성인처럼 형사재판에 회부해 엄벌에 처해야 한다는 의견도 있었다. 하지만 결국 가정법원은 의료소년원 송치라는 보호처분을 내렸다. 소년법에 보호받은 소년A, 오치아이 세이지는 교정교육과 치료를 받기 위해 의료소년원에 수감됐다…….

당시 소년A와 나이가 같았던 시라이시는 이 사건에 충격을 받았다. 자신과 동갑내기 소년이 그렇게 잔혹한 범죄를 저지르다니 도저히 믿기지 않았다. 시라이시는 신문에서 기사를 스크랩했고, 뉴스 방송도 빠짐없이 챙겨보았다. 소년A가 저지른 범죄에 극심한 분노를 느끼는 동시에 남다른 관심을 품었다.

그러다 석간신문으로 소년A가 소녀를 살해하는 영상을 찍었다는 걸 알았다. 기사가 나자 경시청도 그러한 영상이 있다는 사실은 인정했지만, 내용은 자세하게 공표하지 않았다.

시라이시는 땀이 밴 손을 셔츠에 살짝 문질러 닦았다. 이렇게 세월이 흐른 뒤에 그 영상을 보게 될 줄은 몰랐다. 그나저나 왜 이제 와서 20년 전에 발생한 엽기사건의 영상을 보여준 걸까. 이미 범인이 체포되어 해결된 사건이다. 그리고 시라이시의 기억으로는 사건 발생 4년 후에 소년A는 의료소년원에서 출소했으며, 지금은 일반인으로 살아가고 있을 것이다.

"영상을 본 소감은 어떤가?"

혼고 총감이 눈을 가늘게 뜨고 시라이시를 보았다.

"솔직히 말해 구역질이 났습니다. 범인에게 새삼 강한 분노가 솟구치기도 했고요."

혼고 총감이 고개를 크게 끄덕였다.

"이 영상을 실제로 보여주어 얼마나 잔혹한 범행이었는지 자네에게 재인식시키고 싶었어. 하지만 실은 이게 다가 아니라네. 소년A, 오치아이 세이지가 소녀의 눈알을 적출하는 장면이 남아 있어."

그 말에 시라이시는 무심코 몸을 움찔했다. 혼고 총감이 말을 이었다.

"뭐, 거기까지 볼 필요는 없겠지."

시라이시는 총감의 눈을 쳐다보았다.

"총감님. 왜 이제 와서 이 영상을⋯⋯?"

혼고 총감은 그 질문에 대답하지 않고 수사1과장에게 시선을 주었다. 모리가 알아차리고 시라이시 쪽으로 몸을 내밀었다.

"지금 우리가 본 건 인터넷에서 판매된 영상이야."

"인터넷에서요?"

"시라이시 계장. 다크웹이라는 말을 아나?"

다크웹. 어렴풋하게 들어본 기억이 났다.

"말은 들어봤지만 뭔지 자세하게는 모릅니다. 불법 사이트 같은 거라고 알고 있습니다만."

모리가 고개를 저었다.

"정확하게 따지자면 다크웹과 불법 사이트는 다른 개념이야. 예를 들어 다들 구글은 아시겠죠?"

자리에 있던 사람들이 고개를 끄덕였다. 그걸 보고 모리는 말을 이었다.

"아시다시피 구글은 소위 검색 사이트입니다. 뭔가를 알아보고 싶으면 검색 사이트에서 단어를 입력해 찾아보는 거죠. 그 결과 단어에 관한 정보가 포함된 웹사이트가 무수히 나옵니다. 이렇듯 검색 사이트에서 검색해 접속이 가능한 웹사이트를 서피스웹이라고 부릅니다."

"서피스⋯⋯ 드러나 있다는 뜻인가?"

혼고 총감의 말에 모리가 고개를 끄덕였다.

"맞습니다. 그러한 서피스웹과 달리 검색 사이트에서는 잡히지 않는 웹사이트도 존재합니다."

31

"그게 다크웹이라는 겁니까?"

이번에는 오제 참사관이 끼어들었다.

"네. 다크웹에는 사용자를 익명화하는 특수한 소프트웨어 '토르'를 사용해 사이트 주소를 직접 입력해야 접속이 가능합니다. 즉, 미리 그 사이트의 존재와 주소를 알고 있어야 다다를 수 있는 구조인 거죠."

"마치 회원이 아니면 거절하는 비밀클럽 같군."

혼고 총감의 농담에 일동이 웃었다. 하지만 그 웃음소리는 어쩐지 공허하게 들렸다. 방금 본 영상의 찜찜한 뒷맛이 아직 자리를 지배하고 있었다.

"뭐, 그런 셈입니다." 모리가 진지한 표정으로 돌아와 말했다. "이렇듯 익명성이 높은 다크웹은 수사 당국의 시선이 닿기 힘들어서 범죄의 온상이 되고 있습니다. 그 대표적인 예가 '암시장'이죠."

"그건 또 뭔가?"

총감이 미간을 찌푸렸다.

"아까 이야기에 나왔던 불법 사이트 말씀입니다만, 그건 일단 서페이스웹의 일종입니다. 분명 마약이나 아동 음란물 같은 게 나돌기는 하지만 이용했다가는 꼬리를 잡힐 가능성이 높죠. 그에 비해 다크웹은 익명성이 높아서 불법 사이트보다 훨씬 위법성이 높은 것들이 아무렇지도 않게 매매됩니다."

"그게 '암시장'인가."

"네. 거기서는 개인정보는 물론이고 불법 약물과 총기류, 컴퓨터바이러스, 일설로는 인간까지 매매된다는 소문이 있습니다. 하지만 수사 당국의 시선이 닿기 힘든 탓에 거의 무법상태죠."

일동은 탄식을 흘려냈다. 자신들이 모르는 사이에 인터넷에서 어둠의 세계가 점점 넓어지고 있음을 깨닫고 모두 어안이 벙벙했던 것이리라. 보통 사람보다 인터넷에 정통한 시라이시도 다크웹의 실태를 듣고 등줄기가 서늘해졌다.

모리 수사1과장이 마른 입술을 핥고 말을 이었다.

"물론 경시청도 그런 상황을 수수방관하는 건 아닙니다. 사이버 범죄 대책과 수사원들이 늘 다크웹의 암시장을 엄중히 감시하고 있습니다."

경시청은 20년쯤 전부터 사이버 범죄에 주력했고 대책팀도 발족시켰다. 2011년에는 담당 부서를 '사이버 범죄 대책과'로 격상시켜 더욱 강력하게 대응하고 있다.

"……그러다 얼마 전에 다크웹의 경매 암시장 중 한 곳에 이 영상이 DVD 형태로 올라온 걸 발견했습니다."

"대체 누가 그런 짓을……."

시라이시는 고개를 갸웃했다.

모리가 한탄스럽다는 듯 고개를 저었다.

"사용자를 익명화하는 소프트웨어 때문에 판매자를 가려내기는 불가능했던 모양이야. 그리고 낙찰 후 결제 방식도 역시 익명성이 높은 가상화폐를 써서 그쪽 방면에서 신원을 파악하기도 무리였어."

"그럼 대처할 방도가 없지 않습니까."

오제 참사관이 인상을 찌푸렸다.

"네. 그래서 다크웹의 암시장에서는 실제로 사람을 죽이는 영상을 담은 스너프 필름 같은 것도 예사롭게 거래되고 있는 실정입니다. 이번 영상도 '고쿠분지 여아 살해사건의 실제 영상'이라는 이름으로 올라왔고요. 수사원들이 그 사이트를 발견한 시점에 이미 다섯 건의 입찰이 있었습니다."

"짐승만도 못한 것들 같으니라고."

모리 수사1과장 옆에 앉아 있던 사복 차림 남자가 내뱉듯이 말했다. 그가 말을 꺼낸 건 이게 처음이었다.

"물론 수사원들도 가만히 보고 있지만은 않았습니다. 경매에 입찰하기로 했죠."

"그건 함정수사에 해당하지 않을까요?"

시라이시가 지적하자 모리가 고개를 끄덕였다.

"분명 적법인지 위법인지 미묘한 구석은 있지만, 시대의 최첨단을 달리는 범죄에 대응하려면 그런 부분도 어느 정도는 감안해야겠지."

"그래서 어떻게 됐나?"

혼고 총감이 이야기를 재촉했다.

"사이버 범죄 대책과 수사원이 백오십만 엔 정도로 낙찰하는 데 성공했습니다."

금액을 듣고 일동은 얼굴을 마주 보았다.

"백오십만이라고? 놀랍군."

혼고 총감이 눈을 빙글 돌렸다.

"외람된 말씀입니다만, 스너프 필름치고는 싼 편입니다. 천만 단위로 거래되는 것도 드물지 않다고 하니까요."

시라이시는 속으로 고개를 끄덕였다. 스너프 필름을 소비하는 사람들 중에는 부유층이 많다고 한다. 그들은 진짜로 사람을 죽이는 영상을 보기 위해서 돈을 아끼지 않는다.

"그럼 이번 영상의 가격이 그다지 높아지지 않은 이유는 뭡니까?" 시라이시는 앞에 앉은 모리에게 물었다. "고쿠분지 여아 살해사건의 범행 영상쯤 되면 더 높은 가격이 붙어도 이상하지 않을 것 같은데요."

"다크웹의 경매 암시장에서도 일반 경매 사이트와 마찬가지로 판매자에게 평점을 매겨. 예전에 가짜를 취급했거나 돈만 받고 상품을 보내지 않은 판매자에게는 낮은 평점이 매겨지지. 그게 신용도를 가늠하는 척도인 셈이야."

"즉, 이번 DVD의 판매자는 평가가 낮았다는 겁니까?"

오제 참사관의 질문에 모리 수사1과장은 고개를 끄덕였다.

"신규 판매자라 평점이 없는 사람이었습니다."

신빙성이 모자라기에 많은 사람들이 호기심을 느끼면서도 실제로 입찰하기는 망설였다는 건가. 그게 입찰 금액이 생각만큼 높아지지 않았던 이유이리라.

시라이시는 한 가지 마음에 걸린 점을 물어보았다.

"신규 판매자라면 그 사람은 오직 고쿠분지 여아 살해사건의 영상이 담긴 DVD를 팔기 위해 다크웹에 발을 들여놨을 수도 있다는 뜻입니까?"

"그럴 가능성도 부정할 수는 없어. 낙찰 후에 수사원이 판매자와 연락을 취해 신원을 파악하려고 애썼지."

"하지만 잘 안 됐다?"

모리가 떨떠름한 표정을 지었다.

"뭐, 그렇지. 항상 익명화된 메일로 연락했고, 결제도 가상화폐로 해서 결국 판매자의 신원을 파악하는 데는 실패했어."

"즉, 백오십만 엔이나 되는 돈을 날려먹었다는 건가."

혼고 총감이 비꼬는 투로 푸념했다.

"외람된 말씀입니다만." 모리가 이마의 땀을 닦으며 반론했다. "그렇게라도 하지 않으면 판매자와 접촉하기조차 불가능했겠죠. 그리고 완전히 헛수고였던 건 아닙니다. 낙찰 금액인 백오십만 엔을 가상화폐로 결제한 후, 판매자는 약속대로 DVD를 보냈습니다. 운송 방법은 레터팩(서류나 CD처럼 납작한 물건을 보낼 때 주로 사용되는 특수우편)이었고요. 우체국 창구에 가지 않고 우체통에 넣기만 하면 됩니다. 판매자는 우체국 직원이 얼굴을 기억하거나 CCTV 카메라에 찍힐 걸 염려해 이 방법을 선택했겠죠."

모리의 이야기로는 당초 사이버 범죄 대책과의 수사원들은 낙찰 금액을 지불해도 DVD가 올까 반신반의했다고 한다. 설령 오더라도 고쿠분지 여아 살해사건의 범행 영상일 확률은 상당히 낮으리라 예상했다는 모양이다.

"하지만 실제로는." 모리 수사1과장이 액정 텔레비전을 턱으로 가리켰다. "배송된 DVD에 담긴 영상은 지금 보셨다시피 진짜였습니다. 물론 원본이 아니라 복사한 거겠지만."

"틀림없이 진짜 맞습니까?"

시라이시가 모리에게 물었지만, 대답은 사복 차림을 한 남자가 했다.

"응, 틀림없어."

"어째서 그렇게 단정하시죠?"

"20년 전에 이 영상을 몇 번이나 봤으니까."

시라이시는 흠칫 놀라 사복 차림 남자를 다시 쳐다보았다.

"혹시 당신은……?"

"시라이시 계장." 혼고 총감이 엄숙한 목소리로 말했다. "소개하지. 이쪽은 아와노 씨. 고쿠분지 여야 살해사건의 수사를 담당했던 형사 중 한 명이야. 지금은 퇴직하고 민간경비회사의 컨설턴트로 일하고 있고. 그렇지?"

혼고 총감이 확인하자 아와노는 "네" 하고 한마디로 답했다. 경시총감에게도 무뚝뚝한 태도를 유지하는 걸 보건대, 제법 강단이 있는 남자인 듯했다. 현역 시절에도 몹시 터프한 형사였으리라.

아무튼 이로써 아와노가 이 자리에 동석한 이유를 알았다. 하지만 자신을 왜 불렀는지는 여전히 모르겠다. 시라이시의 마음을 꿰뚫어 본 것처럼 혼고 총감이 입을 열었다.

"솔직히 말해 이 영상이 다크웹에서 판매됐다는 사실이 매우 당혹스러워. 누가 무슨 목적으로 이런 걸 경매 암시장에 올렸을까. 그리고 영상 원본은 어디서 유출됐을까. 한시라도 빨리 출처를 밝혀야 해.”

늦게나마 자신이 여기에 불려온 이유가 짐작이 갔다. 시라이시는 잠시 생각하고 나서 말했다.

“이 영상의 원본은 지금 어디 있을까요?”

“그건 아와노 씨에게 설명을 듣도록 하지.”

혼고 총감의 말에 아와노가 고개를 끄덕였다.

“알겠습니다. 다만 처음부터 이야기하면 길어질 텐데요.”

“상관없어. 관방장관님과의 점심 약속까지 아직 시간이 많이 남았으니까.”

그럼, 하고 아와노가 자세를 바로 했다. 메마른 입술을 핥는 걸 보고 시라이시는 그 역시 긴장했음을 깨달았다. 아와노가 천천히 입을 열었다.

“20년 전 7월 4일 저녁 7시경. 고쿠분지에 사는 회사원 이토 마사유키 씨가 근처 경찰서에 초등학생 딸이 실종됐다고 신고했습니다. 이토 마사유키 씨와 부인 히로미 씨는 맞벌이였는데요. 먼저 귀가한 부인이 딸이 집에 없다는 걸 알아차렸다고 합니다. 딸, 미쓰키의 방에 책가방이 있었으므로 일단 학교에서 귀가는 한 것으로 추정됐습니다. 그래서 부인은 딸이 친구와 나간 줄 알았다는 모양입니다. 하지만 6시가 지나도 미쓰키가 집에 오지 않자 불안해져 딸과 친한 친구네 집에 전화를 걸었습니다. 하지만 그 친구는 미쓰키하고는 하굣길에 헤어졌다고 했고요. 그래서 부인은 남편이 귀가하기를 기다려 경찰서에 신고했습니다.”

아무래도 아와노는 고쿠분지 여아 살해사건의 발단부터 설명할 작정인 듯했다.

시라이시는 눈을 감고 아와노의 이야기를 들었다. 신문기사와 뉴스로 반복해서 접해서인지 고쿠분지 여아 살해사건의 자세한 내용은 머릿속에 모조리 저장됐다. 하지만 수사를 담당한 형사에게 직접 이야기를 듣는 건 처음이었다. 이러한 사건을 매스컴으로 접하는 것과 당사자의 이야기를 실제로 듣는 것에 큰 차이가 있음을 시라이시는 잘 알고 있었다. 한마디도 놓치지 않도록 두 귀에 신경을 집중시켰다.

"초등학생이 실종된 사건이기에 경찰도 바로 움직였죠. 학교 관계자와 같은 반 아이들의 학부모도 총출동해 미쓰키를 찾아다녔습니다. 그러다 밤 9시쯤에 사태에 변화가 있었습니다. 부인이 자택 우편함에 작은 소포가 들어있는 걸 발견했어요."

소포의 내용물은 인간의 눈알 두 개였다. 남편 이토 마사유키는 그 눈알이 딸의 것 같다고 경찰에 알렸다. 특이하게도 갈색기가 돌았기 때문이다. 눈알은 즉시 과학수사연구소로 보내졌다. DNA감정 결과 눈알은 이토 미쓰키의 것이며 사후에 적출된 것으로 밝혀졌다. 또한 눈알과 소포에서 지문은 발견되지 않았다고 한다.

즉시 특별수사본부가 설치돼 수사원 여든 명이 수사에 착수했다. 이토 미쓰키는 이미 사망한 것으로 추정됐지만, 한시라도 빨리 그녀의 시신을 찾아내고 범인을 체포하고자 노력했다.

이틀 후, 이토네 집에서 2킬로미터쯤 떨어진 폐허가 된 병원에서 이토 미쓰키가 발견됐다. 1층 진찰실에 있었던 그녀의 시체는 무참하게도 눈알이 뽑혔고 목에는 노끈이 감겨 있었다.

"그렇게 끔찍한 시체는 지금까지 본 적이 없습니다."

당시 상황이 떠올랐는지 아와노는 이마에 맺힌 땀을 닦았다.

"수사원 전원이 미쓰키의 시신에 맹세했습니다. 반드시 범인을 잡아내겠다고요."

그 맹세대로 수사를 개시한 지 얼마 지나지 않아 이토 미쓰키와 안면이 있었다는 중학교 2학년 오치아이 세이지의 이름이 수사선상에 올랐다. 그는 몇 달 전에도 여자 초등학생에게 치근거리다가 훈방 조치를 받은 적이 있어 경찰의 수사망에 걸린 모양이었다. 아와노의 이야기에 따르면 바로 오치아이 세이지를 중요 참고인으로 임의 동행해 진술을 들었다고 한다. 하지만 오치아이는 사건과 관계없다고 계속 부인했다.

하지만 가택수사 결과 오치아이 세이지의 방에서 이토 미쓰키의 살해 영상이 담긴 비디오테이프가 발견돼 수사는 급물살을 탔다.

"그리고 오치아이네 집 차고에 있던 골판지박스에서 촬영에 사용한 것으로 추정되는 비디오카메라와 삼각대, 범행 영상이 담긴 테이프가 발견됐습니다. 전부 오치아이가 사건에 관련됐다는 것을 뒷받침하는 중요한 증거였죠."

결국 오치아이는 체포됐고, 진술 청취는 취조로 바뀌었다.

취조에 앞서 아와노를 비롯한 수사원들은 이토 미쓰키 살해 영상을 처음부터 끝까지 보았다고 한다.

"수사1과원들은 참혹한 살인사건에 익숙한데도 화장실에 달려가는 사람이 속출했습니다." 아와노가 당시 있었던 일을 떠올리고 인상을 찡그렸다. "솔직히 저도 구역질을 참느라 애먹었죠. 하지만 그 이상으로 화가 치밀었고요. 어떻게든 오치아이의 자백을 받아내겠다는 각오로 취조에 임했습니다."

그리고 당시 수사1과장의 지시로 비디오 분석팀이 압수한 비디오테이프를 복사해 영상을 자세히 조사했다. 한편 오치아이의 취조를 맡게 된 아와노는 취조실에 텔레비전과 비디오를 들여놓고 원본 비디오테이프 영상을 오치아이에게 보여주며 취조를 했다고 한다.

"범행 영상을 보여줘도 오치아이는 태연자약했습니다. '아주 잘 만든 영상이네요. 이거 가짜죠?' 하고 뻔뻔한 소리를 지껄였죠. 자신의 짓이라 인정할 기색은 전혀 없었어요."

체포 후에 용의자를 붙잡아둘 수 있는 시간은 48시간이다. 그 한정된 시간 안에 수사원들은 오치아이를 취조해 기소가 가능할 만한 조서를 작성해야 했다. 하지만 오치아이는 뻔뻔스러운 태도를 유지하며 끝까지 혐의를 부인했다고 한다.

시라이시는 눈을 뜨고 아와노에게 물었다.

"범행 영상 테이프는 취조하는 내내 틀어놨습니까?"

아니, 하고 아와노가 고개를 저었다.

"오치아이를 흔들기 위한 목적으로 보여줬지만, 효과가 미비하다고 판단해 두 시간쯤 후에 비디오테이프는 보관소에 반납했어."

압수한 증거물은 보통, 서내 보관소에서 관리한다. 형사들이 보관소에서 증거물을 꺼내가는 걸 '대출'이라고 하는데, 이때는 관리책임자 입회하에 증거물 출납표에 이름을 적어야 한다. 반납할 때도 마찬가지 절차를 밟는다.

"솔직히 말해 오치아이를 불게 만들기는 힘들겠구나 싶었습니다. 그래도 끝내 오치아이의 자백을 끌어내는 데 성공했죠."

결국 제한 시간에 아슬아슬하게 오치아이는 자백했다고 한다. 그리고 그 무렵에는 잠수복 등 다른 증거물도 확보됐다. 기소하기에 충분한 재료가 모여 오치아이는 검찰에 송치됐다.

이야기를 마친 아와노는 소파에 몸을 기대고 테이블에 놓아둔 생수를 마셨다. 고쿠분지 여아 살해사건의 기억을 되살리는 게 심리적으로 큰 부담이었던 모양이다. 아와노의 형사 생활 중에서도 그 사건은 특별한 의미를 띠고 있었던 것이리라.

시라이시는 그가 물을 다 마시기를 기다렸다가 질문했다.

"아와노 씨의 이야기에 따르면, 범행 영상이 담긴 기록매체는 전부 세 개였던 셈이군요. 비디오카메라의 DV테이프 그리고 VHS테이프와 비디오 분석팀이 조사하기 위해 복사한 테이프. DV테이프는 쭉 보관소에 보관됐고, 원본 비디오테이프는 아와노 씨가 취조에 사용하려고 두 시간쯤 대출한 후 반납했습니다. 그리고 복사한 비디오테이프는 취조하는 동안 비디오 분석팀이 조사하고 있었고요. 그렇게 받아들이면 될까요?"

"그래, 맞아."

검찰 송치가 결정되면 형사소송법에 의거해 모든 증거물은 검찰청으로 이관된다.

"그럼 그 기록물은 셋 다 오치아이의 송치와 함께 검찰청으로 보내졌겠군요?"

그 질문에는 모리 수사1과장이 대답했다.

"그렇지. 그리고 현재도 살해 영상이 담긴 기록물은 검찰의 보관소에 잠들어 있다는 걸 확인했어. 검찰청에서는 바코드가 붙은 박스에 증거물을 담아서 컴퓨터로 관리한다는군. 가정법원에서 오치아이에 대한 판결이 내려진 후, 기록물이 반출된 흔적은 없대."

"판결이 내려지기 전에 검찰관들이 보관소에서 증거물을 꺼내서 조사했을 가능성은 있을 것 같습니다만."

"물론 그런 기록은 전부 남아 있다는 이야기야. 그리고 그 기록에 미심쩍은 점은 없다는군. 검찰은 자신들의 관할구역에서 범행 영상이 유출됐을 가능성은 없다고 단언한 셈이야."

검찰에서 유출되지 않았다면 범행 영상의 복사본이 반출된 건 오치아이의 집에서 증거물을 압수해 검찰에 보내기 전, 다시 말해 경찰이 보관하던 동안이다. 시라이시는 드디어 자신이 여기에 불려온 이유를 알았다. 그는 혼고 총감을 쳐다보았다.

"즉, 이번에 다크웹에서 판매된 범행 영상 DVD의 원본은 경찰 내부에서 유출됐을 가능성이 높다는 거로군요. 그걸 감찰계에서 조사하라는 말씀이시죠?"

총감이 고개를 크게 끄덕였다.

"그렇네. 아무래도 범행 영상이 담긴 기록물 세 개가 경찰에 잠깐 보관돼 있을 때 경찰 내부의 인간이 유출한 걸로 보여. 범인은 무슨 기회를 이용해 기록물 중 하나를 반출해 복사하고 제자리에 도로 갖다 놓았겠지. 그리고 그럴 기회가 있었던 건 수사 관계자뿐이야."

"하지만 그렇게 단정하시는 건 좀." 오제 참사관이 이의를 제기했다. "이번에 다크웹의 경매 암시장에 출품된 범행 영상 DVD는 경찰에 압수된 기록매체 이외의 물건을 복사한 거라고 볼 수도 있지 않겠습니까?"

"알기 쉽게 설명하게."

"예를 들면 소년A, 오치아이 세이지가 체포되기 전에 범행 영상이 담긴 다른 기록매체를 숨겨놨을 가능성도 있습니다."

"오치아이가 경찰에 압수된 것 말고도 범행 영상이 담긴 기록물을 따로 가지고 있었다는 말인가?"

"네. 만약 오치아이가 자택 말고 다른 곳에 그런 기록물을 숨겨놓았다면, 가택수사로 발견하기는 불가능했겠죠. 오치아이가 의료소년원에서 출소한 후 그 영상을 회수했을지도 모릅니다. 그리고 그 영상을 이번에 경매 암시장에 출품한 것도 어쩌면 본인 아닐까요?"

"동기는?"

총감이 날카롭게 물었다.

"뭐든지 될 수 있겠죠. 금전이 목적일지도 모르고, 애당초 오치아이 세이지는 자기도취에 극심하게 빠진 인간이라고 생각합니다. 세상의 주목을 받기 위해 일부러 자기가 저지른 범행 영상을 인터넷에서 팔았을 가능성도 있지 않겠습니까?"

"죄송하지만 오치아이가 다크웹에 올렸을 가능성은 없을 겁니다."

모리 수사1과장의 말에 오제 참사관은 눈살을 찌푸렸다.

"어째서죠?"

"실은 사이버 범죄 대책과가 다크웹에서 이 DVD가 판매되는 걸 발견하자마자 수사1과에 알려 합동수사를 벌였습니다. 저희는 오치아이 세이지가 판매자일 경우에 대비해 낙찰 직후부터 그를 감시했어요. 만약 오치아이가 판매자라면 DVD를 발송하기 위해 우체국에 가거나 집에 택배기사를 부르는 등 무슨 행동에 나설 테니까요. 하지만 낙찰된 DVD가 수사원에게 배달될 때까지 그는 도내의 병원에 입원해 있었습니다."

"입원? 왜요?"

"급성췌장염으로 일주일쯤 입원했던 모양입니다. 그동안 수사원을 의료관계자로 위장시켜 그를 감시했지만, 병실에서 한 발짝도 나오지 않은 것은 물론이고, 남에게 택배 물품을 맡기지도 않았습니다. 즉, 그에게 범행 영상 DVD를 배송시킬 기회는 없었다고 봐도 되겠죠."

"오치아이에게 위탁받은 제삼자가 거래했을 가능성은요?"

시라이시가 물었다.

모리 수사1과장은 즉시 고개를 저었다.

"거래 물품은 스너프 필름이야. 보통 사람이 그런 물품의 거래에 관여할 리 있겠나. 오치아이 주변에 마침맞게 그런 인간이 있었을 가능성은 낮겠지."

그의 말도 일리 있었다. 시라이시는 질문을 하나 더 던졌다.

"하지만 오치아이가 경찰에 압수된 것 말고도 소지하고 있
던 범죄 영상이, 이번에 인터넷에 유출됐을 가능성은 남는군
요. 즉, 어떤 경위인지는 모르겠지만, 제삼자가 그 영상을 손에
넣어 다크웹에 올렸을지도 모릅니다."

모리 수사1과장이 무겁게 고개를 끄덕였다.

"그래, 그건 부정할 수 없어. 그 가능성에 대해 현재 수사1과
에서도 조사하고 있습니다."

수사1과에 빈틈은 없는 모양이다.

혼고 총감이 시라이시를 바라보았다.

"시라이시 계장. 이제 무슨 상황인지 이해했겠지. 이번에 인
터넷에서 판매된 범행 영상의 출처를 여러 가지로 생각해 볼
수 있겠지만, 그중에서도 경찰 내부에서 유출됐을 가능성이 제
일 높아. 그러니 그 인물이 누구인지 감찰계에서 밝혀줬으면
하네."

시라이시는 입술을 깨물었다.

경찰 관계자가 엽기적인 사건의 범행 영상을 복사해 반출했
다. 게다가 이번에 다크웹에서 판매된 일에도 관련됐을 가능성
이 있다고 한다. 결코 있어서는 안 될 일이다. 하지만 지금까지
감찰계에서 일해온 경험상, 경찰 내부에도 도덕심이 낮은 인간
이 일부 존재한다는 걸 시라이시는 잘 알고 있었다.

"……알겠습니다. 즉시 조사에 착수하겠습니다."

혼고 총감이 고개를 크게 끄덕였다.

"조사에 필요한 자료는 이미 갖추어놨어. 닛타에게 받아가 게. 그 밖에도 필요한 자료가 있으면 뭐든지 요구하도록. 한시 라도 빨리 그 괘씸한 놈을 찾아내도록 해."

"꼭 기대에 부응하겠습니다."

시선을 아와노에게 옮기자 그는 마치 벌레 씹은 듯한 표정 이었다. 결코 시라이시와 눈을 마주치려 하지 않았다.

혼고 총감이 고개를 끄덕인 걸 신호로 일동은 일어섰다. 아 와노가 누구와도 말을 섞지 않고 바로 총감실을 나가는 모습이 시라이시의 시야 가장자리에 들어왔다.

닛타가 다가왔다.

"시라이시 계장. 자료를 줄 테니 별실로 갈까요?"

"알겠습니다. 금방 돌아올 테니 잠시만 기다려주십시오."

어리둥절한 표정의 닛타를 내버려 두고 시라이시는 재빨리 통로 저편을 걸어가는 아와노를 쫓아갔다.

"아와노 씨."

시라이시가 부르자 아와노는 걸음을 멈추고 천천히 돌아보 았다.

"인사가 늦었습니다. 경무부 인사1과 감찰계 계장 시라이시 라고 합니다."

아와노는 아무 말 없이 시라이시의 얼굴만 바라봤다. 꾹 다 문 입이 열릴 낌새는 없었다. 그래도 시라이시는 굴하지 않고 말을 이었다.

"아와노 씨께도 나중에 이야기를 여쭐지도 모르겠습니다. 괜찮으시다면 연락처를 알려주지 않으시겠습니까?"

아와노가 날카로운 눈으로 노려보았다.

"나도 용의자다 그건가?"

"수사1과 형사셨으니까 잘 아시겠죠. 관계자를 모두 의심하는 게 수사의 기본입니다."

아와노는 콧방귀를 꿰었다.

"나는 당시 수사본부에 있었던 사람 중에 범행 영상을 유출시킬 만한 쓰레기는 없을 거라고 믿어."

"저도 그러기를 바랍니다. 반대 관점에서 보면 저희의 수사는 경찰 내부에 범행 영상을 유출시킨 자가 없었다는 사실을 증명하기 위한 것이라고도 할 수 있겠죠."

"흥. 감찰 놈들은 말만 번지르르하다니까."

아무래도 아와노는 감찰계에 좋은 감정이 없는 모양이었다. 아니, 그뿐만이 아니다. 경찰 관계자 대부분이 감찰계를 독충처럼 꺼리고 싫어한다. 감찰계는 경찰 내부의 불상사나 부정행위를 수사하는 역할을 맡는다. 이른바 한솥밥을 먹는 경찰관을 조사하는 입장이기에 내부에서도 미움을 사는 존재다.

"외람되지만 저희 같은 존재도 경찰에 필요하지 않겠습니까."

아와노는 시라이시의 얼굴을 가만히 들여다보다가 양복 안주머니에서 명함집을 꺼내 명함 한 장을 시라이시에게 건넸다. 직함은 민간경비회사의 컨설턴트였다.

"회사에는 전화하지 말고. 휴대전화에 걸게."

"알겠습니다. 아, 그리고 하나 더."

아와노의 표정에 짜증이 서렸다.

"뭔가?"

"소년A, 오치아이 세이지의 취조를 아와노 씨가 담당하셨다고 했는데, 다른 한 명은 누구였습니까?"

보통 취조는 수사원 두 명이 한 팀을 이루어 진행한다.

"스즈키. 스즈키 슈이치 경위였어."

"현재 연락처는 아시는지요?"

아와노가 담뱃진으로 누레진 이를 보이며 웃었다.

"녀석과 연락하기는 불가능할걸."

"어째서요?"

"5년 전에 죽었거든."

"순직하셨습니까?"

"폐암이었어. 병문안도 갔었는데 마지막쯤에는 정말 괴로운 것 같더군. 그 후로 나도 담배 끊었어. 하지만 오늘은 오랜만에 한 대 피우고 싶군."

아와노는 얼굴을 살짝 찡그리더니 발걸음을 돌려 통로를 걸어갔다. 시라이시는 그 뒷모습을 바라보다 한숨을 쉬며 총감실로 돌아갔다.

3

신주쿠에 도착해 전철에서 내리자마자 불쾌한 습기를 띤 공기에 감싸였다.

도쿄는 해마다 여름을 나기가 더 힘들어지는 것 같다.

미타 에리코는 벌써 셔츠 등 부분에 땀이 배는 걸 느끼며 개찰구를 통과했다. 뙤약볕을 쐬기가 싫어서 지하도를 통해 회사로 향했다.

에리코는 기운이 나도록 일부러 하이힐을 군화처럼 뚜벅거리며 지하도를 걸었다. 실제로 매일 아침 전쟁터로 나가는 것과 다름없는 기분으로 출근한다.

앞에서 사무원 같은 젊은 여자가 등을 웅크리고 걷는 걸 보고, 자신도 비슷한 자세임을 깨달았다. 에리코는 등을 쭉 펴고 더욱 힘차게 발소리를 냈다.

지하도를 나서면 스타벅스가 있다. 매장에 들어가자 창가 자리에 아는 사람이 있었다. 동료 기치세 마이였다. 에리코와 동갑이자 입사 초부터 마음이 잘 맞는 사이다.

마이는 에리코를 보고 웃으며 손을 흔들었다.

에리코도 손을 흔들어준 후, 구입한 아이스라테를 들고 마이 맞은편 자리에 앉았다.

"안녕."

인사하고 나서 테이블에 해외여행 팸플릿이 펼쳐져 있는 걸 알아차렸다. 유럽, 미국, 호주 등 다양한 여행지다.

"여행 가려고?"

에리코가 묻자 마이는 한숨을 쉬며 고개를 저었다.

"가고야 싶지만, 우리 회사에서는 무리겠지."

마이의 말대로다. 두 사람이 다니는 직장에서 닷새 이상의 장기휴가를 얻을 수 있는 시기는 정월 연휴 정도뿐이다.

"그걸 알면서 왜 팸플릿을 보고 있어?"

"현실도피라도 해보자는 거지."

마이가 나른한 손놀림으로 앞머리를 쓸어올렸다. 이마에 뾰루지가 몇 개 보였다. 그걸 지적하자 마이는 눈썹을 찌푸렸다.

"요즘 피부가 엉망진창이야. 분명 스트레스 때문이야."

"맞아." 에리코는 고개를 깊이 끄덕였다. "나도 요즘 변비가 심해."

"가끔 일이고 뭐고 다 때려치우고 어디 멀리 가버릴까 싶다니까."

물론 그런 상상을 실행에 옮길 용기는 없다. 결국 마이는 먹다 만 샌드위치를 쓰레기통에 버리고 에리코와 함께 회사로 향했다. 직장은 신주쿠역 서쪽 출입구에 위치한 오피스빌딩의 7층에 있다.

넓은 사무실에 발을 들여놓자 죽 늘어선 책상의 약 절반이 이미 채워져 있었다. 에리코는 사물함에 가방을 넣고 마이와 헤어져 자기 자리로 향했다.

컴퓨터를 켜고 메일을 확인했다. 팀장의 메일이 와있었다. '연체자 목록'이라고 적힌 첨부파일을 열어 목록을 확인했다. 아는 이름도 있거니와 처음 보는 이름도 있었다.

문득 뒤에서 인기척이 느껴졌다. 돌아보자 팀장 기도가 서있었다. 검은색 핀 스트라이프 양복에 화려한 넥타이 차림이다. 아직 30대 초반이지만 이마가 슬슬 넓어지고 있었다. 그걸 얼버무리기 위해 머리를 빡빡 깎은 탓에 조폭으로 보인다. 실제로 전에는 그쪽 사람이었다는 웃지 못할 소문도 있다.

"좋은 아침. 어, 안색이 별로네. 생리야?"

이 남자 사전에 성희롱이라는 말은 없다. 상부에 불만을 말한들 제대로 대응해 줄 만한 직장도 아니다.

"그냥 좀 피곤해서요. 괜찮아요."

평소처럼 에리코는 적당히 대꾸했다.

"그럼 다행이지만. 미타 씨, 최근에 실적이 시원찮던데 오늘은 깡다구를 좀 발휘해 봐."

"……열심히 하겠습니다."

기도는 굵은 손가락으로 모니터 화면을 가리켰다.

"오늘은 그렇게 골치 아픈 고객은 없을 거야. 뭐, 굳이 고르자면 3번, 22번, 45번이 요주의 인물이지."

에리코는 재빨리 목록을 훑어보고 옆에 있는 메모지에 3, 22, 45라고 휘갈겨 썼다.

"그럼, 열심히 해."

기도는 에리코의 어깨를 허물없이 두드리고 자기 자리로 돌아갔다.

에리코는 한숨을 쉬고 가져온 목캔디를 입에 넣었다. 이 일은 아나운서와 마찬가지로 목소리가 중요하다. 사탕으로 목을 달래며 목록을 다시 훑어나갔다. 손목시계를 내려다보자 8시까지 3분도 안 남았다.

사무실에 점점 긴장이 차오르는 것이 느껴졌다. 에리코는 실내를 둘러보았다. 각자 자리에 앉은 고객 상담원들이 하나같이 컴퓨터 모니터를 들여다보고 있었다. 그들도 에리코처럼 연체자 목록을 확인하고 있는 것이리라.

헤드폰을 쓰고 작아진 목캔디를 종이에 뱉었다. 생수를 한 모금 마셔 목을 축였다.

벽에 걸린 시계가 8시를 가리켰다. 멈춰 있던 실내의 공기가 일제히 요동쳤다. 컴퓨터 앞에 앉은 고객 상담원들이 앞다투어 전화를 걸기 시작했다.

에리코도 전화번호를 눌렀다. 통화연결음이 일곱 번 울린 후에 "네?" 하고 남자 목소리가 들렸다. 모니터 화면에 띄워놓은 목록을 보며 말했다.

"이른 아침 시간에 죄송합니다. 오타니 님 계십니까?"

"전데요……."

헤드폰에서 들리는 목소리가 딱딱해졌다.

"실례지만 지난달 분을 변제하실 날짜가 지났는데도 아직 입금이 확인되지 않아서 전화 드렸습니다."

그렇게 말하며 목록을 확인했다. 오타니 히데유키, 45세. IT 관련 기업 사장. 연 수입 이천만 엔. 매달 변제액은 팔만 육천 엔이었다.

"……돈이 없어."

오타니가 나직하게 중얼거렸다.

"언제쯤 입금해 주실 수 있으실까요?"

"먹고 죽을 돈도 없다니까."

퉁명스럽기 짝이 없는 태도였지만, 3년이나 이 일을 하다 보니 이 정도로는 화도 안 난다. 하지만 목록의 비고란을 보자 오타니라는 이 고객은 '예의 바르고 온화한 성격'이라는 설명이 달려 있었다. 하지만 지금 통화하는 상대는 별로 예의 바르게 느껴지지 않았다.

"오타니 님…… 맞으시죠?"

확인하자 전화를 받고 있던 상대가 더욱 언성을 높였다.

"내 휴대전화에 걸었잖아. 그럼 나 말고 누구겠어?"

"오타니 님. 혹시 이대로 계속 변제가 늦어지면 카드를 못 쓰시게 됩니다만……."

"시끄러워. 그딴 건 말 안 해줘도 알아."

"그럼 언제 입금해 주실지 약속해 주시면 감사하겠습니다."

54

"돈 없다고 몇 번을 말해! 이 멍청한 년아, 우리말 몰라?"

고막을 찢을 듯한 고함에 에리코는 저도 모르게 헤드폰을 벗을 뻔했다.

이른바 유토리 세대(1987년부터 1996년 사이에 일본에서 출생한 청년 세대를 가리키는 말. 탈주입식 교육을 받으며 상대적으로 여유로운 학창 시절을 보낸 세대. 개인주의 성향이 강하고 사회 적응력이 떨어진다는 평을 받는다)인 에리코는 어릴 적부터 부모나 선생님에게 혼난 적이 거의 없었다. 그런데 어른이 되어 생판 알지도 못하는 남에게 매일같이 성난 고함을 듣게 될 줄은 상상조차 못 했다.

이변을 알아차렸는지 기도가 미간에 주름을 잡으며 다가왔다. 고객을 상대하기 버거울 때는 손을 들어 신호만 하면 팀장 기도가 전화를 바꿔 대응해 준다. 하지만 그건 자신의 무능함을 증명하는 꼴이기도 했다.

에리코는 기도에게서 시선을 돌려 마이크에 대고 말했다.

"……오타니 님. 혹시 뭔가 곤란한 일이 있으신 건가요? 저라도 괜찮으시다면 상담에 응하겠습니다."

잠시 침묵이 흘렀다.

"오타니 님. 뭐든지 괜찮으니 말씀해 주세요."

"……회사 자금 사정이 안 좋아."

오타니가 쥐어짜낸 듯한 목소리로 말했다.

에리코는 모니터 화면에 오타니의 고객 정보를 불러냈다. 고객 정보에 따르면 오타니는 스마트폰 애플리케이션을 개발하는 회사를 경영한다. 그 회사의 형편이 좋지 못하다는 뜻이리

라. 평소 온후한 성격이지만 절박한 상황에 처한 탓에 평정심을 잃어버린 걸까. 오타니 님, 하고 에리코는 차분하게 말을 걸었다.

"혹시 정말로 곤란하시다면 변제액 감액이나 지급기일 연장 같은 방법을 사용하실 수도 있습니다만……."

"……정말이야?"

"네. 오타니 님은 저희 회사의 소중한 고객이시니까요. 가능한 범위에서 편의를 봐드리겠습니다."

다시 침묵이 이어졌다. 어쩐지 전화 저편에서 오타니가 울고 있는 듯했다. 잠시 후에 다시 헤드폰에서 목소리가 들렸다.

"……고마워. 조금 더 힘내볼게. 오늘은 무리지만, 가까운 시일 안에 꼭 입금할게."

원래는 언제 입금할지 확답을 받아야 하지만, 지금은 그렇게까지 몰아붙이지 않는 편이 좋을 것 같았다. 대신에 부드러운 목소리로 말했다.

"오타니 님. 부디 무리는 하지 마시고요."

"아아…… 미안해. 반드시 입금할게."

전화가 끊기는 동시에 에리코는 한숨을 내쉬었다. 자신의 대응이 옳았다고 생각했다. 전화상으로도 오타니가 정신적으로 불안정하다는 것이 여실히 전해졌다. 무리하게 변제를 재촉하면 돌이킬 수 없는 행동을 할지도 모른다. 고객을 들볶아 자살로 몰아넣었다는 소문이라도 났다가는 회사 평판에도 금이 간다.

"어때? 괜찮아?"

알고 보니 바로 옆에 기도가 서있었다.

네, 하고 에리코는 고개를 끄덕였다. "괜찮아요."

× × ×

에리코는 3년 전, 이 카드회사에 취직했다.

당시 취직 빙하기는 이미 옛말이 됐고 공급이 수요를 따라가지 못하는 실정이었지만, 삼류대학 학생이자 딱히 외모가 빼어나지도 않았던 에리코에게 취업 활동은 결코 편하지 않았다. 그래도 수십 통의 불합격 통보 메일을 받은 끝에 간신히 '메이조 카드 서비스'에 합격했다.

입사하기 전에는 자신이 무슨 일을 할지 정확하게 몰랐다. 채용설명회에 왔던 리쿠르터들은 모두 카드 영업을 하는 사람들이었으므로 자신도 그런 일을 하지 않을까 막연히 생각했다.

하지만 입사 후, 에리코는 캐싱 회수 부문에 배치됐다.

카드회사는 대부분 신용카드뿐만 아니라 캐싱 전용 카드를 취급한다. 말 그대로 돈을 빌리기 위한 카드로, 쇼핑에는 사용할 수 없고 최고 이백만 엔까지 현금을 빌릴 수 있다.

시스템은 소비자금융과 거의 비슷하지만, 소비자금융보다는 문턱이 낮아 카드회사의 캐싱 전용 카드를 사용해 돈을 빌리는 사람은 제법 많다.

에리코가 배치된 곳은 캐싱 전용 카드를 이용해 놓고 기한 내에 돈을 갚지 못한 사람들에게 변제를 독촉하는 부서였다. 한마디로 말해 추심꾼이다. 배치 명령을 받았을 때 에리코는 적지 않게 충격을 받았다. 막 대학을 졸업한 자신에게 그런 험한 일을 맡기다니 믿기지가 않았다.

실제로 일은 힘들었다. 독촉 전화를 걸어도 순순히 입금하겠다는 고객은 절반도 안 된다. 남자 고객은 대체로 감정이 격해져서 고함을 지르고, 여자 고객은 울음을 터뜨린다. 애당초 에리코는 전화보다 메일로 용건을 주고받는 데 익숙한 세대다. 전화로 변제를 독촉하는 일은 정신적으로도 고달팠다.

그래도 점차 일에 익숙해져 독촉하는 요령도 알게 됐고, 고객의 고함도 흘려듣게 됐다. 회수 실적도 서서히 높아져 실적왕으로 표창까지 받았다. 조금 전 오타니 같은 경우도 입사 초기였다면 상황을 악화시켰으리라. 그런데 이제는 크게 스트레스 받지 않고 냉정한 대응이 가능해졌다.

결국 이날은 오전 중에만 100명 가까운 체납자에게 독촉 전화를 걸어 약 40퍼센트에게 입금 약속을 받아내는 데 성공했다. 야구 타율과 마찬가지로 4할은 아주 대단한 수치다.

기분 좋은 달성감을 맛보며 점심을 먹으러 나가려 했을 때였다. 에리코의 책상에 있던 전화가 갑자기 울렸다. 에리코가 소속된 회수 부문은 독촉 전화를 걸 뿐만 아니라, 고객의 불만 전화에도 대응한다. 지금 이건 그런 유의 전화가 틀림없었다.

에리코는 무심코 혀를 찼다. 기껏 기분 좋게 점심을 먹으러 나가려던 참이었는데.

하는 수 없이 헤드폰을 다시 쓰고 수신 버튼을 눌렀다.

"여보세요. 담당자 미타……."

말을 채 끝맺기도 전에 호통이 귀를 때렸다.

"야, 이게 어떻게 된 거야!"

모니터 화면에 전화를 건 고객의 정보가 표시됐다. 전화번호로 자동 검색해 표시해 주는 시스템이다. 에리코는 정보를 확인했다. 전화를 건 고객은 우쓰기 도시키. 42세. 자동차 정비공.

"우쓰기 님이시죠? 무슨 일이신가요?"

차분한 말투로 물었다. 예전에는 상대방이 고함을 지르면 저도 모르게 감정적으로 나갔지만, 이제는 냉정하게 대처할 수 있게 됐다.

"무슨 일이시긴. 카드가 안 되잖아!"

카드를 쓸 수 없는 이유는 여러 가지다. 카드의 마그네틱 불량도 그중 하나지만, 대부분은 고객 본인의 문제다.

"빨리 되게 해놔. 이 덜떨어진 년아. 돈을 융통하는 게 너희들 일이잖아".

전화 저편에서 우쓰기가 계속 난리를 쳤다. 그 신경질적인 목소리를 흘려들으며 에리코는 모니터 화면에 표시된 우쓰기의 정보를 확인했다. 예상한 대로였다. 우쓰기의 카드는 강제로 해약됐다. 카드회사 쪽에서 계약을 해지해 카드를 사용하지 못하게 한 것이다.

"우쓰기 님, 죄송합니다만 카드는 저희 쪽에서 해약했습니다."

"해약했다고? 뭔 개소리야. 매달 꼬박꼬박 돈 내고 있잖아.

그런데 왜 해약이냐고?"

모니터 화면에 표시된 우쓰기의 입금 이력을 확인하자 매달 네댓새쯤 입금이 늦기는 하지만 장기연체는 없는 듯했다. 보통 그 정도의 연체로 카드를 강제 해약하지는 않는다. 예상되는 이유는 단 하나.

"우쓰기 님, 저희 말고 다른 회사에서도 카드를 만들지 않으셨는지요?"

말소리가 한순간 뚝 끊겼다.

"……그게 뭐 어쨌는데."

"다른 카드회사에 장기 연체가 있을 경우, 저희 회사에서도 계약을 해지하도록 되어 있습니다."

카드회사는 신용정보기관을 통해 대출과 연체 기록을 공유한다. 그러므로 어떤 카드회사에 변제가 장기간 늦어지면 만약에 대비해 다른 카드회사도 카드 거래를 정지시킨다.

그렇게 설명하자 전화 저편의 우쓰기가 조용해졌다. 짚이는 구석이 있는 듯했다. 그저 거친 숨소리만 들려왔다. 에리코는 손목시계를 들여다보았다. 이미 12시가 지났다. 이대로 통화를 오래 끌면 점심 먹을 시간이 없어진다.

에리코는 짜증을 억누르고 정중하게 말했다.

"우쓰기 님? 제 설명 이해하셨습니까?"

"……그럼 곤란해."

"네?"

"돈이 없으면 초등학교에 다니는 딸의 급식비를 못 낸단 말이야."

"그건……."

"벌써 1년쯤 밀려서 학교에서 얼마나 재촉하는지 몰라. 이대로 가면 딸이 급식을 못 먹게 된다고."

급식비를 체납했다고 설마 급식을 못 먹게 할까. 하지만 우쓰기는 정말로 안절부절못하는 것 같았다.

"이봐, 카드가 되게 해주면 안 될까? 제발 부탁이야."

우쓰기는 방금 전까지의 불손한 태도와는 딴판으로 처량한 목소리로 도움을 요청했다. 만약 에리코의 재량으로 카드를 살릴 수 있다면, 그렇게 해주고 싶을 정도였지만 물론 그럴 권한은 없다.

"우쓰기 님, 죄송합니다만 그건 어렵겠습니다."

또 헤드폰에서 우쓰기의 거친 숨소리가 들리더니 느닷없이 전화가 뚝 끊겼다. 에리코는 저도 모르게 한숨을 내쉬었다.

뒷맛은 좋지 못했지만 이 일을 하다 보면 드문 상황은 아니다. 에리코는 헤드폰을 벗고 자리에서 일어나 점심을 먹으러 나갔다.

4

시라이시가 감찰계로 돌아오자 계원들이 거의 모여 있었다. 컴퓨터로 업무를 보던 마유코가 고개를 들었다.

"오코제가 뭐라고 하던가요?"

마유코도 오제 참사관을 별명으로 부르는 사람 중 하나다.

"참사관님이랑 함께 총감님을 뵙고 왔어."

시라이시의 대답에 마유코의 눈이 살짝 커졌다.

"이즈미 주임, 자네 팀을 데리고 회의실로 와. 히토요시 팀에도 전달하고."

"알겠습니다."

5분 후, 회의실에 마유코가 이끄는 이즈미 팀 다섯 명과 히토요시 팀 다섯 명이 모두 모여 디귿 자 모양으로 배치된 긴 테이블에 둘러앉았다. 상석에 앉은 시라이시는 모두의 얼굴을 살펴보았다. 마유코는 평소와 다름없이 무덤덤한 표정이었지만, 또 다른 팀장인 히토요시 도모야는 몸이 뻣뻣하게 굳었고 앳된

얼굴에도 긴장한 기색이 역력했다. 아직 스물아홉 살인 히토요
시는 성씨처럼 '어수룩한(일본어 '오히토요시'에는 '너무 선량해 어수
룩하다'는 뜻이 있다)' 구석이 있지만, 실무 능력은 시라이시도 높
이 평가하고 있었다.

"자." 시라이시는 일동의 얼굴을 둘러보며 입을 열었다. "이
번에는 여느 때보다 훨씬 중요한 안건을 맡게 됐어. 알겠지만
발설은 엄금이야."

그 말에 일동의 얼굴이 더욱 긴장으로 굳어졌다.

"일단 확인하겠는데, 다들 고쿠분지 여아 살해사건은 알고
있나?"

나이가 있는 팀원들은 고개를 끄덕였지만, 젊은 팀원들은 감
이 오지 않는다는 표정이었다. 무리도 아니다. 시라이시보다
어린 팀원들은 사건이 발생한 20년 전에 아직 어린애였다. 히
토요시가 두 눈썹을 늘어뜨리고 말했다.

"물론 그런 사건이 있었다는 건 그냥저냥 압니다만, 자세한
내용까지는……."

시라이시는 고개를 끄덕이고 마유코에게 시선을 돌렸다.

"이즈미 주임. 자네는 어때?"

"글쎄요. 사건 당시 저는 아직 태어나지도 않았지만, 그런 엽
기적인 사건에 대단한 흥미가 있거든요. 그래서 어느 정도는
알고 있죠."

그렇게 말하고 마유코는 입가에 시원스러운 웃음을 지었다.
20년 전에 태어나지도 않았다는 건 물론 농담이지만, 그 덕분

에 회의실 분위기가 조금 부드러워진 듯했다.

"그럼 자네가 사건의 개요를 설명해 줘."

"알겠습니다."

마유코는 가볍게 헛기침을 하고 고쿠분지 여아 살해사건을 대략 설명했다. 유창한 말투로 중요한 점을 짚어준 덕분에 귀에 쏙쏙 잘 들어왔다.

"인간 말종이로군요."

이야기가 끝나자 히토요시가 불쑥 말했다.

"응, 맞아." 시라이시는 고개를 끄덕였다. "하지만 인간 말종은 소년A만이 아니야."

"그게 무슨 말씀이십니까?"

"이번에 그 범행 영상을 인터넷의 경매 암시장에서 판매한 자가 있어."

회의실에 놀라워하는 목소리가 퍼졌다. 시라이시 오른쪽에 앉은 마유코도 한쪽 눈썹을 실룩했다.

시라이시는 범행 영상이 담긴 DVD가 판매된 경위를 설명하고, 원본이 사건 당시 설치된 수사본부에서 유출됐을 가능성이 높다고 알려주었다.

"당시 특별수사본부에 있었던 수사원은 본청과 관할서를 합쳐서 80여 명. 그 모두를 용의자로 보고 수사에 임한다."

"어마어마하네요." 히토요시가 반쯤 질린 듯한 목소리로 말했다.

"그러고 보면 이렇게 많은 사람을 수사대상으로 삼는 일은 좀처럼 없지. 하지만 동기와 기회를 따져보면 저절로 수상한 인물의 범위가 압축될 거야."

"……동기요?"

마유코가 생각에 잠긴 눈으로 오른쪽 귀의 귀걸이를 만지작거렸다.

"그래. 이즈미 주임, 당시 수사관이 왜 범행 영상이 담긴 기록매체를 복사해서 반출했는지, 자네라면 그 동기를 어떻게 추측하겠나?"

"음, 추측되는 동기는 두 가지입니다."

"첫 번째는?"

"돈이죠. 스너프 필름, 즉 사람을 실제로 죽이는 장면을 담은 영상은 마니아 사이에서 높은 가격에 거래되니까요. 게다가 고쿠분지 여아 살해사건같이 유명한 사건의 범행 영상이라면, 마니아들이 군침을 흘리며 탐낼 겁니다. 그런 측면에서 볼 때 돈벌이 삼아 증거물인 범행 영상을 복사해 외부로 빼돌리려 했을 수사원이 있었을 가능성도 있습니다. 그리고 그 인물에게 영상을 사들인 제삼자가 이번에 영상을 인터넷 경매 암시장에 출품한 것 아닐까요?"

"하지만 경찰 관계자가 그렇게 못된 짓에 손을 대겠습니까?"

반박하는 히토요시에게 마유코는 싸늘한 시선을 던졌다.

"경찰관 중에도 도덕심이 낮은 사람은 적지 않아요. 그런 사람이 없었을 거라고 단언은 못할 텐데요."

시라이시는 고개를 끄덕였다.

"그럼 두 번째는?"

"복사해서 빼돌린 사람이 그런 쪽으로 마니아였을 경우입니다. 스너프 필름 마니아 또는 소아성애자. 어느 쪽이든 이 경우는 범인이 자신의 욕망을 충족시키기 위해 범행을 저질렀으리라 추측됩니다."

시라이시는 눈을 돌려 히토요시의 일그러진 얼굴을 보았다. 그런 인간이 존재하리라는 생각조차 하기 싫다는 표정이었다. 히토요시는 성선설을 과신하고는 했다. 하지만 막상 수사에 나서면 자신의 감정과는 별개로 합리적인 판단을 할 줄 아는 남자다.

시라이시는 새삼 일동의 얼굴을 바라보았다.

"이즈미 주임이 설명한 대로 동기는 금전과 본인의 욕망, 이 두 가지에 거의 집약돼 있을 거야. 다들 그걸 염두에 두도록 해. 다음으로 증거물이었던 기록매체를 몰래 복사할 기회가 있었던 인물에 대해 생각해 보자."

시라이시는 집게손가락을 세웠다.

"일단은 소년A의 취조를 맡은 아와노와 스즈키 두 형사야. 취조할 때 범행 영상을 틀어서 소년A를 동요시키려 했다는군. 즉, 이 두 사람은 비교적 비디오테이프를 자유로이 다룰 수 있는 입장이었어. 결국 취조를 시작하고 두 시간쯤 지나 비디오테이프를 보관소에 반납했지만, 그사이에 둘 중 하나가 테이프를 반출해 복사했을 가능성도 있어."

"아까 계장님 말씀으로는 스즈키 경위는 이미 병으로 사망했다면서요?"

마유코의 질문에 시라이시는 고개를 끄덕였다.

"응. 5년 전에 세상을 떠났어. 즉, 이번에 인터넷 경매 암시장에 DVD를 출품한 사람은 그가 아니야. 하지만 사건 당시 범행 영상을 복사해서 빼돌렸을 가능성은 남지. 스즈키 경위도 용의자야."

"알겠습니다."

"우선 이즈미 팀은 아와노와 스즈키를 샅샅이 털어봐. 두 사람이 경시청 소속이었을 당시의 인사기록을 철저히 조사하고, 아와노한테는 감시 인원을 붙이도록."

"알겠습니다."

마유코가 고개를 끄덕였다.

"자, 다음으로 영상을 반출할 기회가 있었던 건 복사한 비디오테이프를 조사한 비디오 분석팀 팀원들이야. 여기에 목록이 있어."

시라이시는 그렇게 말하고 닛타 관리관에게 받은 비디오 분석팀의 팀원 목록을 테이블에 내려놓았다.

"합쳐서 여섯 명. 그들은 취조가 진행되는 동안 별실에서 범행 영상을 분석했어."

"하지만." 히토요시가 고개를 갸웃했다. "여섯 명이었다면 그중 한 명이 몰래 비디오테이프를 가져가서 복사하기는 어려운 상황 아니었을까요?"

"그렇지. 하지만 가능성이 아예 없는 건 아니잖아. 가능성이 약간이라도 있다면 철저하게 조사해 봐야지."

"알겠습니다."

"이즈미 주임. 이 여섯 명의 인사기록도 자네 팀에서 조사해
봐."

시라이시에게 목록을 건네받은 마유미는 천천히 고개를 끄
덕였다. 눈이 사냥감을 발견한 고양이처럼 가늘어졌다.

"지금 거론한 사람들 말고 다른 수사 관계자들도 당연히 조
사해야 해. 그 사람들은 히토요시 주임, 자네 반이 조사를 담
당해."

그렇게 말하고 당시 특별수사본부에 있었던 수사원 목록을
히토요시에게 넘겨주었다. 히토요시는 목록을 넘겨보고 눈살
을 찌푸렸다.

"알겠습니다. 하지만 여든 명이라니 여간 많은 게 아닌데요."

"그렇긴 하지. 그중에는 이미 퇴직한 사람도 적지 않아. 일단
그런 사람도 포함해서 그 목록에 실린 전원의 인사기록을 데이
터베이스에서 뽑아 자세히 조사하도록. 조사할 때 눈여겨볼 점
이 몇 개 있어."

"뭔가요?"

"첫 번째로 은행을 조사해서 채무기록이 있는 사람을 가려
내. 돈이 궁한 나머지 범행 영상을 복사해 판매했을 가능성이
있으니까. 다음으로 사건 전에 조직폭력팀에 있었던 사람도 요
주의야. 알다시피 조직폭력팀 형사 중에는 유착관계에 있다고
할 만큼 폭력단과 가까이 지내는 자도 있거든. 스너프 필름 같

은 불법 영상은 폭력단의 자금원 중 하나야. 조직폭력팀에 있었던 형사가 범행 영상을 복사해 폭력단에 유출했을 가능성도 배제할 수는 없어."

히토요시가 수첩에 꼼꼼하게 메모하며 "알겠습니다" 하고 고개를 끄덕였다.

"그리고 한 가지 더. 예전에 생활안전과에 있었던 사람도 확인해."

마유코는 바로 감이 온 모양이었다.

"생활안전과에서도 아동음란물 등의 불법 영상을 적발하니까요."

"맞아. 근묵자흑 같은 꼴이 될 가능성도 배제할 수 없으니까."

히토요시가 한탄스럽다는 듯 고개를 설레설레 저었다. 그는 앳된 얼굴에 어울리지 않게 이미 결혼했고 네 살배기 딸도 있다. 아동음란물을 즐기는 인간의 심리는 이해하고 싶지도 않은 것이리라.

"자, 이상이야. 고된 작업이겠지만 힘들 내줘."

일동은 결연한 표정으로 회의실을 나섰다. 그 표정에서는 엽기살인의 범행 영상을 유출한 몹쓸 인간을 어떻게든 잡아내겠다는 의지가 느껴졌다.

마지막으로 회의실을 나선 시라이시는 감찰계 구역에 있는 자기 자리로 향했다. 계장이지만 전용 독실은 없고 부하들과 자리를 나란히 한다. 근처에 늘 계장이 있으니 부하 입장에서는 성가실지도 모르지만, 가까이에서 부하를 관찰할 수 있는 건 이점이었다.

빈틈없고 바지런한 성격을 반영하듯 시라이시의 책상은 다른 누구의 책상보다 깔끔하게 정리되어 있었다. 시라이시는 아까 닛타 관리관에게 받은 증거물 출납표를 들고 읽어나갔다.

이 서류에는 고쿠분지 여아 살해사건에서 압수해 보관소에 보관한 모든 증거물의 출납 기록이 적혀 있다.

누가 언제 무슨 목적으로 어떤 증거물을 대출했는지, 그리고 언제 반납했는지 상세하게 기입하는 게 규칙이며, 대출에 입회한 보관관리 책임자의 도장도 찍혀 있다.

시라이시는 그 기록을 꼼꼼하게 확인했다. 비디오카메라의 DV테이프를 대출한 사람은 아무도 없었다. 하지만 비디오테이프는 두 명이 대출했다. 한 명은 아와노 마코토. 아까 총감실에서 동석한 그 아와노일 것이다. 대출일시를 확인하자 소년A, 오치아이 세이지의 취조가 시작되기 직전이었다. 그리고 거의 두 시간 후에 반납했다. 아와노 말처럼 취조 때 오치아이에게 살해 영상을 보여주기 위해 대출한 것이리라. 두 시간쯤 지나 반납했다는 이야기와도 일치한다. 아와노의 대출기록에 부자연스러운 구석은 없었다.

비디오테이프를 대출한 다른 한 명은 미마 무네키 경위였다. 처음 보는 이름이다. 대출 이유는 '영상 조사'라고 간단히 적혀 있었다. 시라이시의 눈길을 끈 것은 대출일시였다. 미마는 오치아이가 검찰에 송치되기 직전에 비디오테이프를 대출했다.

시라이시는 의자에 몸을 기대고 팔짱을 꼈다.

미마라는 이 형사는 누구일까. 고쿠분지 여아 살해사건 수사에서는 어떤 역할을 맡았을까. 기록에 따르면 미마는 한 시간쯤 지나서 비디오테이프를 보관소에 반납했다. 그 정도면 복사하기는 충분한 시간일 것이다.

컴퓨터를 켜고 데이터베이스에 접속해 미마의 인사기록을 불러냈다. 기록에 따르면 1961년생이다. 현재 57세. 아와노와 거의 같은 세대이리라.

5년 전에 이미 퇴직했지만 현역 시절에는 수사1과에서 우수한 인재였던 듯, 인사고과에는 매년 AA나 A가 주르르 줄을 섰다. 최고점수가 AAA니까 이건 상당히 높은 성적이다. 실제로 미마는 경시총감상을 서른 번 가까이나 받았다. 이것만 보면 돈벌이를 하거나 자신의 욕망을 채우기 위해 비디오테이프를 복사해 빼돌릴 인간 같지는 않았다.

다만 인사기록 평가란에 마음에 걸리는 대목이 있었다.

'우수하지만 성격이 괄괄해 말썽의 소지가 있다.'

인사기록을 다시 살펴봐도 말썽의 구체적인 내용은 적혀 있지 않았다.

미마 무네키.

시라이시는 그 이름을 머릿속에 새겨 넣었다.

5

불만 전화가 오고 사흘 후, 우쓰기가 다시 전화를 걸어왔다.

퇴근 직전에 다른 상담원이 에리코를 지명하는 불만 전화가 왔다고 알려주었다. 에리코는 한숨을 쉬고 전화를 돌려달라고 부탁했다.

모니터 화면에 표시된 전화 발신자를 보고 에리코는 고개를 갸우뚱했다. 우쓰기 도시키. 카드가 해지된 건 알려주었는데, 이제 와서 무슨 용건일까.

"여보세요, 전화 바꿨습니다."

"……네 탓이야."

"네?"

"딸이 급식을 못 먹게 됐어."

"우쓰기 님. 그게 무슨 말씀이시죠?"

"너희들이 카드를 막아버리는 바람에 급식비를 못 내서 딸만 급식이 중단됐다고."

에리코는 눈썹을 찡그렸다.

"죄송하지만, 설령 급식비가 체납되더라도 따님만 급식이 중단되지는 않을 텐데요……."

우쓰기가 카드 해지에 앙심을 품고 있지도 않은 일로 생트집을 잡는 것 아닐까. 그렇게 생각하고 있자니 뜻밖의 말이 날아들었다.

"……어제, 딸이 목매달아 죽었어."

"네?"

"자살했다고."

상상치도 못한 말에 머리가 마비됐다. 우쓰기는 침울한 목소리로 말을 이었다.

"유서도 있었어. 요 일주일간 급식 시간에 딸만 급식을 못 먹었대. 담임선생이 다른 학생들 앞에서 넌 급식비를 안 냈으니까 먹으면 안 된다고 했다는군. 그래서 반 아이들한테 괴롭힘을 당했다고……. 그런 끔찍한 일이……."

에리코는 말문이 막혔다.

지금까지도 독촉 전화를 걸면 '죽어버리겠다', '자살하겠다' 하고 으름장을 놓는 고객들은 적지 않았다. 하지만 융자를 받지 못한 탓에 아이가 자살했다고 말하는 사람은 처음이었다.

우쓰기의 이야기는 사실일까.

급식비를 안 냈다고 아이의 급식이 중단됐다는 이야기는 못 들어봤다. 실제로 그런 일이 일어나면 문제가 되지 않을까. 하지만 최근에는 낼 수 있으면서 급식비를 안 내는 부모도 급증

했다고 한다. 어쩌면 우쓰기가 사는 학구에서는 악질적인 급식비 체납자에게 부득이하게 강경 수단을 취했는지도 모른다.

"가엾은 우리 딸…… 아직 초등학생인데. 내가 너무 한심해서…… 이런 일이…….'"

울음 섞인 목소리로 토해내는 우쓰기의 말이 마냥 거짓말로 들리지는 않았다. 뭐라고 말해야 할지 몰라 에리코는 말을 머뭇거렸다.

"네 탓이야."

"네?"

"네 탓에 우리 딸이 목을 맸어."

"그건…….'"

"네가 우리 딸을 죽인 거야."

그리고 전화가 뚝 끊겼다. 에리코는 헤드폰을 쓴 채 그저 멍하니 컴퓨터 화면만 바라봤다.

× × ×

세이부이케부쿠로선 나카무라바시역에 내린 에리코는 쨍쨍 내리쬐는 햇살에 무심코 눈을 찌푸렸다. 가방에서 선글라스를 꺼내서 끼고 스마트폰의 지도 애플리케이션을 켰다.

회사 고객정보에 기록된 우쓰기의 자택 주소를 검색하자 역에서 도보로 10분쯤 걸리는 곳이 표시됐다. 에리코는 이따금 스마트폰 화면에 눈길을 주며 우쓰기의 집으로 향했다.

더위 때문인지, 잠이 부족한 탓인지 가볍게 현기증이 났다.

우쓰기의 불만 전화를 받고 사흘간 잠을 설쳤다. 그가 전화를 끊기 전에 내뱉은 말이 머릿속에서 사라지지 않았다.

'네가 우리 딸을 죽인 거야.'

그 후 기도에게 우쓰기와 통화한 내용을 보고하자 그는 웃으며 말했다.

"걱정도 팔자네. 당연히 거짓말이지. 카드가 정지되니까 홧김에 장난 전화를 건 거야. 신경 쓸 것 없어."

기도의 말이 맞을지도 모른다. 하지만 혹시나 싶은 느낌을 완전히 지울 수는 없었다. 자기 탓에 어린애가 스스로 목숨을 끊은 것 아닐까. 그렇게 생각하자 일에 집중이 안 됐다.

하지만 우쓰기의 딸이 급식 때문에 괴롭힘을 당하다 죽음을 선택한 게 사실이더라도, 에리코에게 따지는 건 말도 안 된다. 애당초 우쓰기가 급식비를 체납한 게 원인 아닌가. 그걸 남 탓으로 돌리는 건 받아들일 수 없다.

그런 한편으로 자신이 뭔가 해줄 수 있지 않았을까 하는 생각도 머릿속을 떠나지 않았다. 이 상태로 기분을 싹 바꿔 아무일도 없었던 것처럼 상담원 일을 해나가기는 힘들다. 우쓰기의 이야기가 사실인지, 아니 거짓말이라는 걸 확인하지 않고서는 앞으로 나아갈 수 없다.

회사 컴퓨터에 저장된 우쓰기의 개인정보에는 그가 독신이라고 적혀 있었다. 하지만 이건 10년쯤 전 우쓰기가 카드를 만들 때 작성한 신청서의 내용이다. 그 후에 결혼해 딸을 얻었을 가능성은 충분하다.

우쓰기의 이야기가 사실인지 아닌지 내 두 눈으로 확인하자.

에리코는 그렇게 마음먹고 일부러 휴가까지 내서 여기에 왔다. 하지만 본인을 직접 만나 이야기를 들을 생각은 없었다. 그런다고 한 치의 거짓도 없는 진실을 들을 수 있을 것 같지는 않았다. 대신에 이웃 사람들을 찾아가 우쓰기에게 정말로 딸이 있는지, 자살했다는 게 사실인지 확인할 작정이었다. 아직 어린애가, 그것도 자살로 죽었다면 이웃 사람들도 뭔가 소문을 들었을 것이다.

몇 번이고 이마의 땀을 닦으며 도착한 우쓰기의 집은 허름한 연립주택이었다. '메종 시바타'. 지은 지 20년은 됐으리라. 금이 간 벽은 검댕이 묻어 잿빛으로 지저분했다. 우쓰기는 이 연립주택의 203호실에 살고 있을 것이다.

뒤쪽으로 돌아가 203호실인 듯한 방의 창문을 올려다보자 덧문이 닫혀 있었다. 우쓰기는 집에 있을까.

그때 바깥 계단을 내려오는 발소리가 들렸다. 우쓰기인가 싶었지만 내려온 사람은 대학생으로 보이는 젊은 남자였다. 고객 정보에 따르면 우쓰기는 마흔두 살이므로 나이가 들어맞지 않는다. 티셔츠와 무릎에 구멍이 뚫린 청바지를 입은 청년은 에리코를 힐끗 보고 역 쪽으로 걸어갔다.

분위기로 보건대 이 연립주택은 독신자용인 듯했다. 물론 단언은 못 하지만 우쓰기도 혼자 살지 않을까. 그렇다면 우쓰기에게 딸이 있다는 것도 의심스럽다.

에리코는 서둘러 대학생으로 보이는 아까 그 남자를 쫓아갔다. 길모퉁이를 돌자 남자의 뒷모습이 보여 말을 걸었다.

"저어, 실례합니다."

남자가 돌아보고 미심쩍은 시선을 던졌다.

"……뭔데?"

"메종 시바타에 사시죠?"

"그런데……."

"203호실의 우쓰기 씨라고 아세요?"

"우쓰기……?" 남자는 고개를 기울이고 생각에 잠겼다. "이름은 모르지만, 203호실 사람하고 몇 번 마주친 적 있기는 한데……. 갈색머리 아저씨 아닌가?"

에리코도 우쓰기의 얼굴은 모른다. 전화 통화밖에 해본 적 없다.

"어…… 그럴 거예요."

남자가 수상쩍다는 표정을 지었다.

"당신 누구야? 왜 그 사람 일을 묻는 건데?"

"그게……." 에리코는 재빨리 이야기를 꾸며냈다. "실은 제 동생이 우쓰기 씨와 사귄다고 해서요."

"동생이?"

"네. 하지만 저나 부모님이나 우쓰기 씨가 유부남 아닐까 의심스럽거든요."

"아아. 속아 넘어간 것 아니냐 그거지?"

"네. 그래서 걱정스러운 마음에 이웃 사람들께 우쓰기 씨가 어떤 사람인지 물어보고 있는 거예요."

"그렇구나. 심란하겠어."

"뭐, 네. 혹시 우쓰기 씨에게 처자식이 있는지 없는지는 모르세요?"

남자는 어째서인지 입을 열다 말고 말을 삼켰다. 눈에 묘한 빛이 감돌았다.

"그러고 보니……."

남자가 심상치 않은 표정으로 뜸을 들였다.

"뭔가요?"

"내가 그 사람 옆집에 살거든. 옆집에서 가끔 어린애 목소리가 나는 것 같더라고."

"정말요?"

"뭐, 실제로 본 건 아니니까 어린애가 있다고 장담은 못 하지만."

미적지근한 대답이었지만 아이 목소리를 들었다면, 역시 우쓰기에게는 딸이 있었을지도 모른다. 다만 연립주택을 실제로 보니 이웃과 트고 지내는 듯한 분위기는 아니었다. 설령 우쓰기의 딸이 죽었더라도 다른 주민들은 그 사실을 모르지 않을까.

"저기, 괜찮으면 우리 집을 빌려줄게."

생각에 잠겨 있던 에리코는 예상치 못한 말에 남자의 얼굴을 쳐다보았다.

"네?"

"그 사람한테에게 가정이 있는지 알아보고 싶은 거지? 옆집이니까 우리 집에 죽치고 있으면 동태를 알 수 있지 않겠어?"

남자의 얼굴을 살폈다. 지문으로 더러워진 안경 렌즈 안쪽의 눈이 먹잇감을 발견한 육식동물처럼 형형하게 빛나고 있었다.

이 남자가 거짓말을 하고 있음을 직감으로 깨달았다.

가끔 어린애 목소리가 난다는 건 자신을 집으로 유인하기 위해 꾸며낸 이야기 아닐까.

"아니요……. 괜찮아요."

"에이, 사양할 것 없는데. 맞다, 맥주라도 사서 함께 감시하자고."

남자가 구린 숨을 내뱉으며 다가왔다. 에리코는 저도 모르게 뒷걸음쳤다. 남자가 뻣뻣한 털이 난 팔을 뻗어 에리코를 붙잡으려 했다. 하지만 다음 순간 왠지 냉큼 손을 거두었다. 남자의 시선은 에리코 뒤쪽을 향해 있었다.

돌아보자 검은 폴로셔츠를 입은 중년 남자가 연립주택 쪽에서 걸어오고 있었다. 연인끼리 애정행각이라도 벌이고 있다고 착각했는지 중년 남자는 이쪽을 한 번 노려보고 역 쪽으로 걸어갔다.

"……우쓰기야."

남자가 기세 꺾인 투로 말했다.

"네?"

"저 사람." 남자는 점점 작아지는 폴로셔츠 차림 중년남자의 뒷모습을 가리켰다. "저게 우쓰기라고."

에리코는 놀라서 그쪽에 시선을 주었다. 이미 모퉁이를 꺾어

들어 우쓰기의 모습은 보이지 않았다. 에리코는 남자에게 살짝 머리를 숙이고 우쓰기를 뒤따라갔다. 뒤에서 "잠깐만" 하고 남자가 불렀다. 에리코는 무시하고 걸음을 재촉했다.

역을 향해 일직선으로 뻗은 큰길에서 우쓰기의 뒷모습을 발견했다. 털털한 복장으로 보아 일하러 가는 건 아닌 듯했다.

간격을 두고 뒤를 밟으며 앞으로 어떻게 할지 생각했다. 우쓰기는 자신의 얼굴을 모를 테니 미행해도 들킬 염려는 없으리라. 하지만 쫓아다닌들 딸이 자살했다는 이야기의 사실 여부를 확인할 수 있을지는 의문이었다.

어떻게 할지 결정하지 못한 채 뒤따라가자, 우쓰기는 역 앞의 잡거빌딩으로 들어갔다. 에리코도 따라 들어갔다. 들어가자마자 작은 엘리베이터 홀이 나왔다. 한 대밖에 없는 엘리베이터는 막 출발한 참이었다. 우쓰기가 탄 것이리라. 표시판을 올려다보자 엘리베이터는 3층에서 멈췄다. 벽에 붙은 안내판으로 확인하니 3층에는 '가네코 멘탈 클리닉' 하나뿐이었다. 우쓰기는 정신과에 다니는 걸까. 위장이 꽉 죄어 들었다. 혹시 딸의 자살에 충격을 받아 병원에 다니게 된 거라면……

드디어 내려온 엘리베이터를 타고 3층으로 올라갔다. 엘리베이터에서 내리자 정면에 '가네코 멘탈 클리닉'이라고 적힌 반투명 유리문이 있었다. 우쓰기는 분명 이 안에 있을 것이다. 유리문 너머로 안을 살폈다. 하지만 시야가 제한되어 대기실이 잘 보이지 않았다. 얼굴을 더 바싹 붙여 안을 들여다보다가 접수처 여직원과 눈이 마주쳤다. 여직원이 일어서서 문을 열어주었다.

"진료 받으러 오셨어요?"

나이는 30대 정도에 안경을 낀 얼굴은 평범하게 생겼지만, 렌즈 안쪽의 눈은 상냥해 보였다.

"어……네, 요즘 잠을 잘 못 자서…….."

그만 그런 말이 나왔다. 이대로 발걸음을 돌려 물러나도 되겠지만, 밖에서 기다리기보다 클리닉 안에 있으면 뭔가 건질 수 있을지도 모르겠다 싶었다.

여직원이 조심스럽게 웃음을 지었다.

"그러시군요. 힘드시겠어요. 자, 들어오세요."

그렇게 말하고 문을 활짝 열었다. 에리코는 시키는 대로 안에 들어갔다. 대기실에는 모차르트 음악이 작게 흐르고 있었다. 세 환자가 각자 거리를 두고 소파에 앉아 있었다. 그중에 우쓰기도 있었다. 대기실 구석에 거만한 자세로 떡 버티고 앉아 스마트폰을 만지작거리고 있었다. 이쪽에는 눈길 한 번 주지 않았다.

"문진표를 작성해 주세요."

여직원이 내민 문진표와 펜을 받아 근처에 있는 소파에 앉았다. 마침 우쓰기가 잘 보이는 위치였다. 문진표의 빈칸을 채우면서 그를 관찰했다. 갈색으로 물들인 머리는 잔뜩 헝클어졌고 턱에는 수염이 삐죽삐죽했다. 검은 폴로셔츠 어깨 부분에는 하얀 비듬이 떨어져 있었다.

에리코는 불면증에 시달린다고 문진표에 기입해 접수처에

제출했다. 접수처 여직원이 문진표를 확인하는 동안 우쓰기의
동태를 넌지시 살폈다. 그가 앉은 소파 바로 옆에 잡지와 책이
꽂힌 책꽂이가 있었다.

"부를 때까지 앉아 계세요."

에리코는 책꽂이에서 잡지를 고르는 척하며 우쓰기의 스마
트폰을 슬쩍 들여다보았다. 액정에는 게임 화면 같은 것이 비
치고 있었다.

주부 잡지를 골라 소파로 돌아왔다. 페이지를 펄럭펄럭 넘기
며 머릿속으로는 다른 생각을 했다. 어린 딸을 잃은 지 얼마 되
지도 않은 부모가 태평하게 게임을 즐길까. 그런 의문이 머리
를 스쳤다. 에리코는 대기실을 둘러보았다. 다른 두 환자는 아
무것도 하지 않고 고개를 숙인 채 그저 멍하니 앉아 있었다. 눈
은 죽은 물고기 같았고 표정도 힘이 없었다. 시선을 돌려 우쓰
기를 보자 진지한 표정으로 게임에 푹 빠져 있었다. 정신과에
다녀야 할 상태로는 보이지 않았다.

그때 우쓰기의 이름이 불렸다. 우쓰기는 스마트폰을 뒷주머
니에 쑤셔 넣고 진찰실로 들어갔다.

그제야 진찰실이 두 개라는 걸 알아차렸다. 아무래도 의사가
두 명인 모양이다. 잠시 후 에리코의 이름이 불렸다. 접수처 여
직원이 우쓰기가 들어간 곳 말고 다른 진찰실을 가리켰다.

문을 두드리며 지금 뭘 하는 건지 멍하니 생각했다. 하지만
요 며칠 잠을 설친 건 사실이므로 이 기회에 상담을 받아보는
것도 좋을지 모른다.

진찰실에 들어가자 품위 있어 보이는 백발 여성 의사가 맞이해 주었다. 베테랑 의사답게 하얀 가운이 잘 어울렸다. 에리코가 요 2, 3일 잠을 설쳤다고 말하자 뭔가 고민은 없느냐고 물어보았다. 물론 원인은 안다. 하지만 그걸 의사에게 털어놓을 수는 없었다. 의사는 생각했던 것보다 의욕적으로 불면의 원인을 밝혀내려 했다. 에리코는 수많은 질문에 대답해야 했다. 이대로 가다가는 진찰이 영원히 끝날 것 같지 않았기에 연인에게 차인 게 원인 아닐까 싶다고 말하자 의사는 시시하다는 듯한 표정으로 진찰을 마쳤다.

진찰실에서 나오자 우쓰기는 이미 진찰을 받고 소파에 앉아 스마트폰을 하고 있었다. 이 남자는 대체 뭣 때문에 정신과에 다니는 걸까.

잠시 후 우쓰기와 에리코는 순서대로 계산을 마쳤다. 원외처방이라 접수처 여직원이 근처 약국을 소개해 주었다.

클리닉을 나서서 약국으로 향했다. 먼저 나온 우쓰기가 앞을 걸어갔다. 에리코도 그의 뒤를 이어 약국에 들어갔다.

커다란 약국이었다. 손님 몇 명이 소파에 앉아 약이 나오기를 기다리고 있었다. 에리코는 카운터에 가서 약사에게 처방전을 내밀었다. 바로 옆에서 우쓰기가 다른 여자 약사에게 처방전을 건넸다. 뭔가 문제라도 있었던 걸까. 약사가 처방전을 보고 고개를 갸웃거렸다.

"잠깐만 기다리세요."

약사는 우쓰기에게 양해를 구하더니 처방전을 들고 안쪽으

로 들어갔다. 책임자인 듯한 나이 지긋한 남자 약사와 이야기
하는 모습이 유리창 너머로 보였다. 조바심이 나는지 우쓰기가
카운터를 손가락으로 계속 툭툭 두드렸다.

에리코가 소파에 앉았을 때 두 약사가 함께 카운터로 돌아
왔다. 에리코는 스마트폰을 하는 척하며 상황을 살폈다.

"우쓰기 씨." 남자 약사가 정중하게 말을 붙였다. "구체적으
로 어떤 증상이신 건가요?"

"그걸 왜 물어?"

발끈한 듯 우쓰기가 되물었다.

"그게, 처방전을 보니 약의 양이 상당히 많아져서요. 만약을
위해 어떤 증상인지 확인해 두려고 그럽니다."

그 심상치 않은 대화를 듣고 에리코는 스마트폰 렌즈를 슬
며시 우쓰기 쪽으로 향했다. 동영상 모드로 바꿔서 녹화 버튼
을 눌렀다.

"뭐야." 우쓰기가 언성을 높였다. "내가 처방전을 위조라도
했다는 거야?"

"그런 건 아니고요. 다만 한꺼번에 처방하기에는 위험한 양
이기도 해서요."

"얼씨구, 약국 아저씨 주제에 건방진 소리는. 댁들은 의사가
시키는 대로 약만 내놓으면 되는 거야."

"아니, 하지만……."

우쓰기가 카운터로 몸을 내밀고 남자 약사의 멱살을 잡았다.

"잔말 말고 빨리 데파스(불안, 긴장, 우울, 수면장애를 치료하는 데

사용하는 신경안정제)나 내놔!"

그 성난 목소리에 약국에 있던 모든 사람의 시선이 우쓰기에게 집중됐다. 에리코는 숨을 삼키면서도 스마트폰으로 촬영을 계속했다. 우쓰기의 서슬에 남자 약사는 잔뜩 기가 죽은 것 같았다. 여자 약사에게 뭐라고 작게 소곤거리자 그녀는 안쪽으로 들어가 잠시 후 약을 얹은 쟁반을 들고 돌아왔다.

"……오래 기다리셨습니다. 확인해 보십시오."

에리코가 앉은 곳에서도 쟁반에 이상하리만치 많은 약이 놓여 있다는 걸 알 수 있었다. 대량의 약을 챙긴 우쓰기는 약사를 한 번 노려보고 약국에서 나갔다.

'그러고 보니……'

에리코는 녹화 모드를 정지하고 나서 깨달았다.

우쓰기는 약값을 내지 않았다.

6

"그거 분명 약을 팔아넘기려는 걸 거야."

다음 날 밤, 에리코는 마이와 함께 회사 근처 이탈리안 레스토랑에서 저녁을 먹었다. 어제 우쓰기를 미행하며 보고 들었던 일을 이야기하자 마이는 목소리를 낮추어 그렇게 말했다.

"그 우쓰기……랬나? 그 사람 기초생활수급자 아닐까?"

"기초생활? 설마. 기초생활수급자는 카드를 못 만들잖아?"

"일단 법적으로는 그렇지만." 마이가 포크에 솜씨 좋게 파스타를 말면서 말했다. "카드회사 입장에서 고객이 기초생활수급자인지 아닌지까지 확인할 수는 없잖아."

"하지만 기초생활수급자라면 안정된 수입이 없으니까 카드 발급심사에서 탈락하지 않을까?"

"그럼 기초생활수급자가 되기 전에 만든 카드로 기초생활수급자가 된 후에도 돈을 빌리는 거 아닐까?"

그러고 보니 고객정보에 따르면 우쓰기가 카드를 만든 건

10년도 전이었다. 그 후 직장을 잃고 기초생활수급자가 됐는지도 모른다.

"그런데 약을 잔뜩 처방받은 거랑 기초생활수급자인 거랑 무슨 상관이야?"

에리코의 의문에 마이가 목소리를 죽였다.

"여기서만 하는 이야기인데, 기초생활수급자는 의료비도 약값도 공짜잖아. 자기부담금이 없으니까. 그 우쓰기라는 사람도 약값 안 냈지?"

"응, 그러고 보니 안 냈어."

"그것 봐. 그런 사람들 중에는 그런 제도를 악용해서 공짜로 입수한 약을 팔아 돈벌이하는 사람이 있대."

"팔다니 어떻게?"

"물론 인터넷으로. 우쓰기라는 사람이 데파스를 내놓으라고 난리를 쳤다며? 데파스는 신경안정제의 일종인데, 인터넷에서 고가로 거래된다나 봐. 뭐, 어떤 의미에서 마약 같은 거겠지."

"즉, 우쓰기가 꾀병으로 의사에게 데파스를 처방받아서 불법으로 팔아치웠다는 뜻? 하지만 의사도 그런 수법은 알 텐데? 왜 알면서 약을 잔뜩 처방해 주는 걸까?"

마이가 손바닥에 턱을 괬다.

"뭐, 의사 입장에서도 약을 처방해 줘야 돈이 될 테고, 그렇게 불법으로 약을 파는 사람들은 질이 안 좋잖아. 해달라는 대로 안 해주면 난폭하게 굴기도 한대. 협박을 받아 어쩔 수 없이 약을 내주는 의사도 많지 않으려나."

약국에서 있었던 일이 생각났다. 그때도 우쓰기는 순순히 약을 내주려 하지 않는 약사를 위협했다. 의사에게도 비슷한 태도를 취했는지도 모른다.

에리코는 화이트와인을 마시는 마이를 빤히 바라보았다.

"그런데 마이, 어째서 그렇게 잘 아는 거야?"

'순진하고 착한' 느낌의 마이가 기초생활 부정수급이라는 어울리지 않는 지식을 알고 있다니 의외였다.

마이가 모양 좋게 다듬은 두 눈썹을 늘어뜨리더니 한숨을 쉬고 말했다.

"옛날 남자친구가 그런 놈이었거든. 일하는 데 아무 지장도 없이 건강했는데, 무슨 방법을 쓴 건지 기초생활수급자 자격을 얻어서 공짜로 받은 약을 팔았어. 창피해하는 기색 하나 없이 의기양양하게 자랑했다니까."

"그래서 어떻게 됐는데?"

"녀석이 바람피웠다는 걸 알았을 때 부정수급해서 받은 약을 팔았다고 해당 기관에 찔렀지. 그 후로는 안 만났고."

와인이 과했는지 마이의 뺨이 발그레해졌다.

"속이 시원하더라. 복수에 더해 세상을 위해 좋은 일을 한 것 같아서 기분 좋았어……."

× × ×

다음 일요일, 에리코는 또 우쓰기를 미행했다.

이날 에리코는 지난번과는 분위기가 다르게 화장하고 검은색 야구모자를 푹 눌러쓴 데다 무테안경까지 껴서 변장했다. 생수를 들고 우쓰기가 사는 연립주택 앞 작은 공원의 벤치에 앉아 동태를 살폈다.

우쓰기가 부정수급자인지는 모른다. 겉으로는 멀쩡해 보이지만, 수급 기준은 충족시켰을 수도 있다. 하지만 공짜로 잔뜩 손에 넣은 약을 남에게 팔아치우는 건 틀림없으리라.

하지만 그의 딸이 자살했는지, 아니 애당초 딸이 있는지 없는지는 아직 확인하지 못했다.

요전에 우쓰기의 행동을 관찰해 보니 도저히 가족이 있는 것 같지도, 딸을 잃고 슬픔에 잠긴 아버지 같아 보이지도 않았다. 하지만 그래도 좀 더 확실한 증거가 필요했다.

자신 때문에 우쓰기의 딸이 자살했다. 그 이야기가 거짓임을 확인하지 않으면 마음의 안정을 찾을 수 없다. 그러한 충동에 떠밀려 오늘 또 이렇게 우쓰기의 집 앞에 왔다.

정오가 되기 조금 전에 2층의 문 하나가 열리고 우쓰기가 나왔다. 에리코는 그 모습을 보고 얼떨떨한 기분이었다. 오늘 우쓰기는 재킷과 바지를 멀끔하게 차려입었다. 일요일인데 요전과는 달리 차림새가 단정했다.

에리코는 다 마신 생수병을 쓰레기통에 버리고 역 쪽으로 향하는 우쓰기의 뒤를 밟았다. 대체 어디에 가는 걸까. 오늘은 일요일이니 클리닉은 문을 열지 않을 것이다. 물론 일하러 가는 것도 아니리라.

그 의문은 바로 풀렸다. 우쓰기는 역 앞 파친코 가게로 들어 갔다. 이따금 열리는 자동문 너머로 안쪽을 살펴보자 우쓰기는 입구 근처 게임기에 앉아 등을 구부린 채 게임을 하고 있었다. 아무래도 이게 그가 휴일을 보내는 방법인 모양이다.

한동안 가게를 떠날 낌새가 없었기에 에리코는 점심을 먹고 오기로 했다. 손님이 뜸해 보이는 역 앞 메밀국숫집에 들어가 튀김 냉메밀을 주문했다. 메밀 본래의 맛은 나지 않았지만 차 갑게 목을 넘어가는 느낌이 좋았다.

간단히 식사를 마치고 파친코 가게로 돌아가 보니 우쓰기는 이미 사라지고 없었다. 에리코는 당황해서 어쩔 줄을 몰랐다. 망설인 끝에 안으로 들어가 살펴보기로 했다. 가게에 발을 들 여놓자 쩌렁쩌렁한 음악 소리와 담배 연기가 맞이해 주었다.

지금까지 파친코를 해본 적 없는 에리코는 신기한 기분으로 가게를 한 바퀴 돌았다. 우쓰기는 가게 안쪽 게임기로 자리를 옮겨 앉아 있었다. 게임이 잘 풀리는 듯 발치에 구슬이 든 상자 를 쌓아두었다. 콧노래까지 흥얼거렸다.

에리코는 우쓰기의 모습을 확인하고 가게를 나섰다. 밖은 숨 막힐 듯 더웠다. 근처 자판기에서 페트병에 든 차를 뽑아 그늘 에서 마셨다.

대체 내가 지금 뭘 하는 걸까. 이대로 우쓰기를 따라다닌들 딸이 자살했다는 이야기의 진위를 확인할 수 있을 것 같지는 않았다. 아니, 도박을 즐기는 꼴을 보아하니 딸이 죽었다는 건 거짓말이 틀림없다. 딸을 잃은 슬픔을 달래기 위해 파친코에 빠졌다면 그나마 이해가 간다. 하지만 콧노래를 흥얼거리며 게임을 즐기는 그의 모습에서 슬픔은 털끝만큼도 느껴지지 않았다.

이쯤에서 미행을 중단해도 될 것 같았다. 볕이 비치는 곳에 한나절 있다 보니 살이 탔고 체력도 많이 소진됐다. 하지만 여기서 물러나려니 어중간한 기분도 들었다. 게다가 에리코의 머릿속에는 어떤 계획이 있었다. 만약 우쓰기의 딸이 죽었다는 이야기가 거짓말이라면 우쓰기에게 앙갚음해 주고 싶었다.

에리코는 일단 파친코 가게 맞은편에 있는 프랜차이즈 카페에 가서 창가 자리에 앉아 감시하기로 했다.

아이스커피를 두 잔 비웠을 무렵, 우쓰기가 경품을 들고 파친코 가게에서 나왔다. 그대로 좁은 골목길 안쪽으로 들어가더니 잠시 후 지갑을 들고 나타났다. 뒤편에 위치한 교환소에서 경품을 돈으로 바꾼 듯했다. 우쓰기는 역으로 걸음을 옮겼다.

카페를 나선 에리코는 우쓰기를 뒤쫓았다. 우쓰기는 IC카드를 대고 개찰구를 통과했다. 그는 이케부쿠로 방면으로 향하는 전철을 탔다. 같은 칸에 올라타 거리를 두고 관찰했다. 우쓰기는 문에 기대어 스마트폰을 들여다보고 있었다. 입가에 가끔 음흉한 미소가 맺혔다. 성인사이트라도 보는 걸까.

전철이 이케부쿠로에 도착하자 우쓰기는 동쪽 출입구로 나가서 인파를 누비며 선샤인시티(도쿄 이케부쿠로에 있는 초고층 복합 빌딩) 쪽으로 향했다. 사람이 너무 많아서 우쓰기의 뒷모습을 몇 번 놓칠 뻔했다.

우쓰기는 도큐 핸즈(잡화 전문 쇼핑몰) 앞에서 걸음을 멈췄다.

입구 앞에 떡 버티고 서서 다시 스마트폰을 열심히 조작하기 시작했다. 가끔 고개를 들어 주변을 둘러보았다. 아무래도 누군가와 만나기로 약속한 모양이었다. 에리코도 우쓰기와 약간 떨어진 곳에 서서 스마트폰을 들여다보는 척하며 그의 동태를 훔쳐보았다.

그때 한 여자가 우쓰기에게 다가가 말을 걸었다. 부자연스러울 만큼 선명한 오렌지색 볼터치에 반짝이는 립글로스. 화장은 진하지만 생김새는 어리다. 아직 고등학생 정도로 보였다.

우쓰기와 그 여자는 목소리를 낮추어 뭔가 소곤댔다.

청소년 성매매. 에리코의 머릿속에 그런 단어가 떠올랐다. 나이 차이로 보건대 도저히 평범한 남녀관계 같지는 않았다.

이야기를 엿들으려고 에리코가 가까이 다가가려 했을 때 그들은 나란히 걸음을 옮겼다. 손을 잡지는 않고 서로 미묘한 거리를 유지하며 뒷길로 나아갔다. 모텔로 직행하는 게 아닐까 싶었지만 그들은 패밀리레스토랑에 들어갔다.

망설인 끝에 에리코도 따라 들어가기로 했다. 안쪽 흡연석에 앉은 우쓰기와 여자가 보였다. 최근 시류 때문인지 거의 만석인 금연석에 비해 흡연석에는 빈자리가 눈에 띄었다.

"편한 곳에 앉으세요."

점원의 말에 에리코는 두 사람과 이웃한 테이블에 앉았다. 담배는 피우지 않지만, 그들의 동태를 살피려면 가까운 편이 낫다. 우쓰기와 등을 맞댄 좌석에 몸을 묻은 에리코는 메뉴를 펼치고 뒤에서 들리는 대화에 귀를 기울였다.

"아, 배고프다. 실컷 먹어도 돼요?"

여자 목소리가 들렸다.

"응, 마음껏 먹어."

여자는 주문을 받으러 온 점원에게 햄버거 정식과 그라탱을 시켰다. 한편 우쓰기는 커피가 다였다. 우쓰기가 여자에게 밥을 사주는 것이리라.

에리코는 스마트폰을 꺼내 화면을 셀카 모드로 바꾸었다. 스마트폰을 만지작거리는 척하며 뒤편에 앉은 두 사람의 테이블을 화면에 비추었다. 숱이 적은 우쓰기의 뒤통수와 맞은편에 앉은 여자의 얼굴이 보였다. 녹화 버튼을 눌렀다.

"이다음에 뭐 할 거예요?"

여자가 목소리를 약간 낮추어 묻자 우쓰기는 "응?" 하고 되물었다.

"난 노래방 가고 싶은데."

"야, 진심으로 하는 소리야? 마흔 살 넘은 아저씨랑 노래방에 가봤자 무슨 재미가 있다고."

여자의 눈이 가늘어지는 것이 보였다. 입가에 소녀답지 않게 요염한 미소가 맺혔다.

"그럼 모텔?"

"당연하지."

"난 비싼데."

여자가 그렇게 말하고 의미심장하게 분홍색 혀로 윗입술을 핥았다.

"일점오는 어때?"

우쓰기가 물었다.

"엥? 장난쳐요?"

"그럼 큰 이파리 두 개."

"큰 이파리 세 개."

여자가 즉시 받아쳤다.

"웃기지 마. 너무 비싸잖아."

"나, 18금에 걸려서 그게 시세예요."

은어로 추정되는 단어가 빈번하게 오가서 무슨 뜻인지는 정확히 알아듣진 못했지만, 성매매 가격을 교섭하고 있으리라는 건 에리코도 어쩐지 상상이 갔다.

여자가 담배를 꺼내 불을 붙이는 모습이 스마트폰 화면에 비쳤다. 고등학생으로밖에 보이지 않게 앳된 얼굴이지만, 담배 연기를 내뿜는 폼은 아주 능숙했다.

"텔 별개로 큰 이파리 두 개. 그 이상은 못 줘."

우쓰기가 딱 잘라 말하자 여자는 미간에 주름을 잡고 잠시 생각에 잠겼다. 이윽고 담배 연기와 한숨을 동시에 내뱉었다.

"······알았어요. 하지만 선불이에요."

우쓰기가 청바지 뒷주머니에서 지갑을 꺼내 만 엔짜리 두 장을 테이블에 내려놓는 것이 보였다. 싫지는 않은지 재빨리 지폐를 낚아챈 여자가 웃음을 지었다. 립글로스를 듬뿍 칠한 입술이 묘하게 농염해 보였다.

7

본부청사를 나서자 내리쬐는 땡볕에 시라이시는 실눈을 떴다. 재킷을 벗어 어깨에 걸치고 가스미가세키역 쪽으로 걸어갔다. 높이 솟은 빌딩 사이에서 이동식 카페가 영업 중이었다.

고위직 공무원으로 보이는 양복 차림 남자가 남자 점원에게 종이컵을 받아 떠나는 참이었다. 수염이 다보록하고 동그란 안경을 낀 점원은 시라이시를 보고 머리를 가볍게 숙였다.

"어서 오세요. 오늘도 에티오피아로 하시겠습니까?"

"응. 뜨거운 걸로."

시라이시는 카운터에 팔꿈치를 대고 향이 피어오르는 커피를 마시며 지금 안고 있는 안건에 대해 고민했다.

머릿속을 가득 채우고 있는 건 그 형사, 미마 무네키였다. 우수한 형사지만 말썽의 소지가 있는 남자. 그는 정말로 영상을 자세히 조사하기 위해 보관소에서 범행 영상이 담긴 비디오테이프를 대출했을까.

"입에 안 맞으세요?"

갑작스러운 말소리에 시라이시는 생각에서 깨어났다. 점원이 동그란 안경 안쪽에서 불안해 보이는 눈빛을 던지고 있었다. 저도 모르는 새 미간에 주름을 잡았던 게 틀림없다. 그래서 커피 맛에 불만이 있는 게 아닐까 걱정한 것이리라.

시라이시는 웃음을 지었다.

"아니, 정말 맛있어. 일 생각을 좀 하느라."

"아이고……. 고생이 많으시네요."

이걸 계기로 잡담이라도 시작될 줄 알았는데, 점원은 전동 그라인더에 묻은 커피가루를 털어내는 작업으로 되돌아갔다.

시선을 옮기자 길 저편에서 낯익은 여자가 걸어오고 있었다. 회색 바지 정장 차림의 마유코였다. 반듯하니 곧은 자세를 유지하고 어깨로 바람을 가르며 이쪽으로 다가왔다. 이렇게 더운데도 얼굴에 땀 한 방울 없었다.

마유코는 시라이시가 들고 있는 종이컵에 시선을 주었다.

"이렇게 더운데 뜨거운 커피를 드세요?"

"이렇게 더운데 어쩌면 표정이 그렇게 무덤덤한 거야?"

마유코의 입가에 희미한 미소가 맺혔다. 마유코는 점원에게 아이스커피를 주문하고 시라이시에게 시선을 되돌렸다.

"그 후로 레나는 좀 어때요?"

"아아……. 그 앱, 솔직히 아직 어떻게 할지 결정 못 했어."

"결단이 빠른 계장님답지 않으시네요."

"조카를 일처럼 다룰 수는 없으니까."

"후후, 그건 그래요."

점원이 마유코에게 아이스커피를 내주자 시라이시는 걸음을 옮겼다. 마유코가 옆에서 나란히 걸었다.

"계장님. 오늘 안색이 별로이신 듯한 건 제 착각일까요?"

"안색은 어릴 때부터 좋지 못하다는 말을 들었어."

마유코는 시라이시의 농담을 흘려 넘기고 말했다.

"뭔가 마음에 걸리는 일이라도?"

"뭐, 그렇지. 어떤 형사, 정확하게는 한 전직 형사가 마음에 걸려."

시라이시는 미마에 대해 설명해 주었다. 이야기를 들은 마유코의 표정이 진지해졌다.

"미마라는 사람이 왜 검찰 송치 직전에 비디오테이프를 대출했는지 신경 쓰이네요. 그리고 인사고과도요. 대체 어떤 말썽을 일으켰을까요?"

"실은 미마를 안다는 지인이 있어서 물어봤어."

경시청 소속 인원의 편성표는 2개월마다 감찰계 보관소에 보관된다. 그걸 보면 누가 언제 어느 부서에 근무했는지, 당시 누구와 동료였는지 알 수 있다.

미마의 옛날 편성표를 확인해 보니, 시라이시의 선배였던 남자가 한때 수사1과에서 미마와 함께 일했었다. 바로 그 선배에게 전화해 미마의 됨됨이를 물어보았다.

선배의 이야기에 따르면 미마는 분명 우수한 형사지만, 정의감이 너무 강한 나머지 가끔 폭주해서 용의자에게 폭력을 휘두를 뻔한 적이 있었다고 한다. 그리고 선배는 목소리를 낮추더니 이건 절대 발설하지 말라면서 어떤 이야기를 해주었다.

고쿠분지 여아 살해사건이 발생하기 몇 년 전, 미마는 연쇄 성폭행범을 체포했다. 미마가 직접 용의자를 취조했지만, 남자는 계속 혐의를 부인했다. 덧붙여 피해자는 범인의 얼굴을 기억하지 못했고 물적 증거도 충분하다고는 할 수 없는 상황이었다. 그래도 남자의 말과 행동에서 수사원 모두가 그를 범인으로 확신했다는 모양이다. 하지만 자백을 받아내지 못했고 증거도 불충분해 입건될 가능성은 낮았다. 그래서 미마는 용의자에게 불리하도록 증거를 날조했다고 한다. 결국 그 증거가 결정적으로 작용해 남자는 기소됐고, 재판에서 징역형을 선고받았다.

"선배는 어디까지나 소문에 불과하다고 못을 박았지만. 아무리 20년이 넘는 옛날이라고는 하나, 과연 증거를 날조할 수 있었을지 의문이기는 해."

그렇지만, 하고 마유코가 눈썹을 찌푸렸다.

"그에 가까운 일이 있었으니 그런 소문이 난 것 아닐까요?"

"그럴지도 모르지. 아무튼 미마가 이번 일의 가장 중요한 참고인인 건 확실해. 당장이라도 만나서 이야기를 듣고 싶지만, 공교롭게도 지금 어디에 사는지 몰라."

미마의 현재 주소를 알아내고자 운전면허증 정보를 조회해 보았지만, 미마는 3년 전에 면허를 반납했다. 3년 전이라면 미마는 아직 50대 중반이었을 것이다.

"일단 다른 방법으로 미마의 현재 주소를 알아내 보려고."

"그런 거라면 저희 팀원한테 시킬게요. 그보다 계장님께 보고드릴 게 있는데요."

시라이시는 멈춰 서서 마유코를 보았다. 마유코는 편의점 쓰레기통에 빈 종이컵을 버리고 시라이시의 눈을 마주했다.

"비디오테이프를 복사해 살해 영상을 조사했던 비디오 분석 팀 여섯 명 중에서 의심스러운 인물이 한 명 눈에 띄었습니다."

"그래?"

"당시 본청 수사과 주임이었던 요나미네 아키라라는 남자입니다. 은행계좌 정보를 파보니 옛날에 여러 번 소비자금융에서 돈을 빌렸더군요."

"금액은?"

"대개 한 번에 십만 엔 전후였습니다. 20년 전 고쿠분지 여아 살해사건 한 달 전에도 십오만 엔 빌렸고요."

즉, 요나미네에게는 돈벌이를 위해 비디오테이프를 복사해 빼돌릴 동기가 있었던 셈이다.

"요나미네의 가족 구성은?"

"아내와 딸이 있었습니다만 10년쯤 전에 이혼했어요. 그리고 이혼 전 가정방문을 했을 때, 아내가 요나미네의 도박벽을 호소했다고 합니다."

가정방문이라고 하면 초등학교 같지만, 경시청에서도 같은 제도를 시행 중이다. 상사가 부하의 집을 방문해 아내와 자녀가 정상적으로 생활하고 있는지를 살핀다. 원래는 경찰관의 불상사를 방지하기 위해 시작된 제도다.

"그렇군." 시라이시는 팔짱을 꼈다. "요나미네는 지금도 현역인가?"

"네. 현재는 오쿠타마서 소속입니다."

"오쿠타마서……. 유배됐나."

도심에서 멀리 떨어진 도쿄의 최서단에 위치한 오쿠타마서로 이동하는 건 '유배'로 일컬어지며 사실상 좌천에 해당한다. 요나미네는 인사고과가 시원찮았으니 나쁘게 말해 벽지로 밀려난 것이리라.

"즉, 요나미네에게는 비디오테이프를 복사할 기회도 동기도 있었던 셈이로군. 지금도 도박에서 헤어나지 못해 주머니 사정이 형편없다면 이번에 다크웹에 범행 영상을 팔았을 가능성도 있겠어."

"인원을 붙여서 감시할까요?"

아니, 하고 시라이시는 고개를 저었다. "직접 만나서 이야기를 들어보자고."

"계장님께서 직접 가시게요?"

"응." 시라이시는 고개를 끄덕였다. "자네도 같이 가지."

× × ×

감찰계로 돌아온 시라이시와 마유코는 노트북과 범행 영상이 담긴 DVD를 가지고 주차장으로 향했다. 왜건 차량을 탄 두 사람은 본부청사를 떠났다.

운전대를 잡은 마유코가 조수석에 앉은 시라이시에게 고개를 돌렸다.

"약속을 안 잡고 가도 될까요?"

"미리 알려서 마음의 준비를 시키기는 싫어."

"그것도 그렇군요."

가스미가세키에서 오쿠타마서가 있는 니시타마까지 차로 한 시간 반은 걸린다. 수도고속도로에서 주오자동차도로로 진입했을 무렵에는 잠이 부족한 탓인지 하품이 났다.

"좀 주무시죠."

룸미러로 시라이시의 졸린 얼굴을 알아차렸는지 마유코가 말했다. 시라이시는 호의를 받아들여 머리 받침대에 머리를 기댔다. 잠은 금방 찾아왔다.

눈을 떴을 때 차는 산간도로를 달리고 있었다. 산을 등지고 띄엄띄엄 자리한 집들이 보였다.

"이제 곧 도착합니다."

마유코가 말했다.

"미안해. 계속 운전을 시켰군."

"괜찮아요. 운전하는 거 좋아하거든요."

오쿠타마서는 면사무소를 연상시키는 허름한 4층 건물이었다. 자갈이 깔린 뒤편 주차장에 차를 대고 경찰서로 들어갔다. 안내데스크에는 눈에 졸음이 가득한 중년 직원이 앉아 있었다.

"경시청 경무부 인사1과 감찰계에서 나왔는데요, 요나미네 경사는 어디 있습니까?"

감찰이라는 말에 졸린 듯했던 남자의 눈이 동그래졌다.

"요나미네 경사는 오늘 비번인데요."

시라이시는 마유코와 얼굴을 마주 보았다. 운이 없다. 직원에게 다시 고개를 돌렸다.

"집에 있을까요?"

"글쎄요. 잘 모르겠습니다만, 집은 경찰서 앞길을 따라 똑바로 가면 제일 먼저 나오는 주택가에 있습니다. 차로 가면 금방이에요."

"고맙습니다."

"저어 요나미네 경사가 뭔가……?"

중년 직원의 눈에는 두려움과 함께 호기심이 깃들어 있었다.

"어떤 사건과 관련해 잠깐 이야기를 듣고 싶을 뿐입니다. 아, 요나미네 경사에게 저희가 온 건 비밀로 해주세요."

시라이시는 직원에게 당부하고 마유코와 차로 돌아왔다.

"어떻게 하실래요?"

마유코가 안전벨트를 매면서 물었다.

"일단 집으로 가보자."

직원 말처럼 차를 타고 잠시 가자 논밭 한복판에 주택 네다섯 채가 다닥다닥 붙어 서 있었다. 전부 비교적 신축처럼 보이는 건물이었다. 시라이시와 마유코는 길가에 차를 대고 한 집씩 문패를 확인했다. 그중 하나에 요나미네의 이름이 있었다. 문설주 위에는 시사(오키나와에서 집안의 액막이로 지붕에 올려두는 사자 모양 토기)가 놓여 있었다. 그러고 보니 요나미네는 오키나와

102

출신이었다.

현관 앞 초인종을 눌러보았지만 응답은 없었다. 2층 창문의 커튼은 쳐져 있었고, 인기척도 느껴지지 않았다.

마유코가 한숨을 쉬었다.

"어디 나간 걸까요?"

"또 도박을 하러 갔을지도 모르지."

그때 옆집에서 러닝셔츠 차림을 한 초로의 남자가 나왔다.

"댁들, 요나미네 씨를 찾아왔소?"

신기하다는 듯 시라이시와 마유코를 번갈아 보았다. 특히 마유코의 미모에 매료된 모양인지 마유코를 빤히 쳐다보았다.

"네. 아무래도 집을 비우신 것 같네요."

"아까 나가는 걸 봤어. 사복 차림이었으니 일은 아닐 테고, 분명 '오타후쿠'겠지."

"오타후쿠가 뭡니까?"

"정식집⋯⋯이라기보다 술집이지. 낮부터 마시는 작자들이 모이는 곳이야."

두 사람은 남자에게 '오타후쿠'의 위치를 묻고 차에 올라탔다. 왔던 길을 되돌아가 JR선로를 따라 차를 몰았다. 잠시 나아가자 역이 보였다. 역 앞은 활기 없이 한산했지만, 가게가 두세 곳 보였다. 그중 한 곳에 '오타후쿠'라고 적힌 포렴이 보였다.

차를 댈 공간이 없었으므로 시라이시만 차에서 내려 '오타후쿠' 안쪽을 유리문으로 들여다보았다. 남자 세 명이 이쪽을 등진 자세로 카운터석에 앉아 술을 마시고 있었다.

시라이시는 삐걱거리는 유리문을 열고 안으로 들어갔다. 손님들이 일제히 돌아보았다. 시라이시는 그중 한 명에게 시선을 멈췄다. 오키나와 출신답게 진하게 생긴 얼굴이었다.

"실례합니다만, 요나미네 씨 맞습니까?"

남자가 눈을 가늘게 뜨고 시라이시를 노려보았다.

"그러는 댁은 누군데?"

시라이시는 재킷 안주머니에서 경찰수첩을 꺼내 남자에게 보여주고 바로 집어넣었다.

"뭐야, 동업자였나."

"잠시 이야기 좀 나누셨으면 하는데요."

"지금 점심 먹는 중이야."

요나미네가 앉은 카운터에는 찬술이 든 컵만 놓여 있었다.

"벌써 많이 드신 것 같은데요. 술 좀 깨게 나가서 잠시 걸으시죠."

"웬 참견이람. 모처럼 비번인데 방해 좀 하지 마."

시라이시는 요나미네의 귀에 입을 가까이 대고 속삭였다.

"본청 감찰이다. 성가시게 굴지 마."

요나미네의 안색이 바뀌었다. 숨을 크게 후 내쉬더니 바지 뒷주머니에서 후줄근한 지갑을 꺼내 카운터에 천 엔짜리 세 장을 내려놓았다. 그리고 카운터 안쪽의 안주인에게 말했다.

"거스름돈은 넣어놔."

"요나미네 씨, 삼백 엔 모자라요."

요나미네는 혀를 차더니 백 엔짜리 동전 세 개를 카운터에

휙 내팽개치고 비틀거리며 일어나 시라이시를 행해 섰다.

"그럼, 갈까."

가게를 나서서 역 앞 거리를 걸어가자 마유코가 운전하는 왜건 차량이 뒤에서 따라와서 멈췄다.

"자, 타."

시라이시가 팔을 잡고 말하자 요나미네는 망설였다.

"뭐야, 어디로 끌고 가려고?"

"잠깐 드라이브나 즐기자고."

시라이시는 요나미네를 뒷좌석에 밀어 넣고 자신도 그 옆에 올라탔다. 마유코가 차를 출발시켰다.

요나미네가 의심이 가득한 눈으로 시라이시와 마유코를 차례대로 보았다.

"댁들, 정말 경시청 감찰이겠지?"

"안심해. 추심꾼은 아니니까."

"난 빚 같은 거 진 적 없어."

요나미네는 허세를 부리듯 좌석에 떡 버티고 앉았다.

"거짓말해 봤자 헛수고야. 댁의 신변조사는 마쳤으니까."

"감찰에 찍힐 만한 짓은 안 했는데."

"과연 어떠려나. 일단 이걸 봐주실까."

시라이시는 서류가방에서 노트북을 꺼내 전원을 켰다. 그걸 보고 요나미네가 눈살을 찌푸렸다.

"뭐야. 뭘 보여주려고?"

시라이시는 아무 대답 없이 노트북이 켜지기를 기다렸다가

DVD를 시디롬에 넣었다. 고쿠분지 여아 살해사건의 영상이 담긴 DVD다.

화면이 밝아지자 묶여 있는 이토 미쓰키의 모습이 나타났다. 요나미네에게 보이도록 화면을 돌렸다. 요나미네는 보면서도 처음에는 무슨 영상인지 모르는 것 같았지만, 얼마 지나지 않아 눈이 휘둥그레졌다.

"이봐, 잠깐. 이 영상은……."

"입 다물고 보기나 해."

영상을 보는 요나미네의 얼굴이 금세 창백해졌다. 시라이시는 그 표정을 한순간도 놓치지 않게끔 예의 주시했다.

"그만해. 이딴 건 두 번 다시 보고 싶지 않아."

요나미네가 앓는 듯한 목소리로 말했다.

시라이시는 아무 대꾸도 없이 영상을 계속 재생했다. 요나미네의 이마에 땀이 맺혔다. 그걸 보고 시라이시는 차를 세우도록 마유코에게 신호했다. 다음 순간 요나미네는 웩 소리를 내더니 손으로 입을 틀어막으며 문을 열고 밖으로 뛰쳐나갔다.

시라이시도 바로 뒤를 쫓았다. 마유코도 따라왔다.

요나미네는 갓길의 나무 뒤편에서 어깨를 떨며 토하고 있었다. 잠시 후 겨우 진정됐는지 입을 닦으며 고개를 들었다.

"……왜 저런 걸 보여주는 거야?"

"요나미네 경사. 20년 전 사건 당시, 저 살해 영상을 복사해서 빼돌린 거 당신 아니야?"

시라이시를 올려다보는 요나미네의 눈이 크게 벌어졌다. 정말 놀란 것처럼 보였다.

"……그게 무슨 소리야?"

"최근에 저 영상이 담긴 DVD가 인터넷 경매 암시장에서 판매됐어. 그것의 원본은 20년 전 당시 수사를 맡은 경찰 관계자가 유출했다는 게 우리의 판단이고."

"난 몰라! 그런 짓 안 했어."

"당신, 도박에 미쳤다던데. 경마, 경륜, 경정, 파친코, 불법 카지노, 뭐가 당신 취향이야?"

"……경정은 가끔 해. 하지만 판돈은 얼마 안 된다고."

"요나미네 경사. 자꾸 거짓말하면 당신 목만 조를 뿐이야. 아까도 말했다시피 당신이 요 수십 년간 수없이 소비자금융 신세를 진 거 다 알아. 혹시 불법 사채업자에게도 돈을 빌린 거 아닌가? 그래서 정떨어진 나머지 아내와 딸이 집을 나간 거고. 그렇지?"

요나미네가 고개를 푹 숙였다. 셔츠 옷깃은 시커멓게 때가 탔고, 희끗한 머리털도 빗질한 흔적 없이 부스스하다. 그 모습에서 홀몸으로 구질구질하게 살아가는 초로 남자의 칙칙함과 비애가 풍겼다.

"……실은 도박을 그만두고 싶어." 요나미네가 기어들어 가는 목소리로 말했다. "하지만 내 의지로는 어떻게 해도 안 돼."

"상담은 받아봤나?"

"그랬다가 상사 귀에라도 들어가면 인사고과에 흠집이 생겨."

흠집은 벌써 생기고도 남았겠지만, 입 밖에는 내지 않았다.

시라이시는 엉거주춤하게 몸을 구부려 눈물에 젖은 요나미네의 눈을 들여다보았다.

"20년 전, 고쿠분지 여아 살해사건이 발생하기 한 달 전에도 소비자 금융에서 십오만 엔을 빌렸더군. 그 돈은 어떻게 변제했어?"

요나미네가 시선을 획 돌렸다.

"솔직히 말해. 그런 유의 영상이 고가에 거래된다는 걸 알고 있었겠지. 그래서 영상을 팔아 빚을 갚은 거 아니야?"

"아니야. 그렇게까지 썩지는 않았어!"

"그럼, 어떻게 돈을 갚았는데?"

요나미네는 잠시 고개를 숙였다. 어깨가 살짝 떨렸다.

경찰관이 불상사를 일으켜 취조를 받을 때는 보통 범죄자들보다 더 빨리 무너진다. 대부분 금방 자백한다.

요나미네가 고개를 숙인 채 말했다.

"……난 아니야. 그런 영상을 어떻게 유출시키겠어. 순진무구한 소녀가 무참하게 살해당하는 장면을 촬영한 영상인걸."

문득 그에게 외동딸이 있다는 게 생각났다.

"그럼 그때 그 빚은 어떻게 갚았느냐니까?"

여전히 고개를 숙이고 있던 요나미네가 겨우 고개를 들고 모깃소리만큼 작게 대답했다.

"……정보를 흘렸어."

"뭐?"

"알고 지내던 도토 스포츠신문의 기자한테 소년A가 고쿠분지 여아 살해사건의 범행 영상을 촬영했다는 사실을 말했어."

도토 스포츠신문은 석간지다. 분명 사건 당시, 범행 영상이 존재한다는 정보를 매스컴에는 의도적으로 덮어놓았을 것이다. 그런데 도토 스포츠신문이 그 정보를 특종으로 대서특필한 기억이 있다.

"즉, 정보를 넘기는 대가로 기자에게 돈을 받아 빚을 갚았다?"

"그래."

요나미네가 다시 눈을 내리깔았다.

"그 기자 이름은?"

"마쓰키. 마쓰키 요이치로. 지금도 도토 스포츠신문에 있을 거야."

시라이시는 마유코와 시선을 교환했다. 마유코가 고개를 끄덕였다.

요나미네가 비슬비슬 일어섰다. 술기운은 이미 완전히 날아갔고, 안색이 창백했다.

"난 징계를 먹는 건가."

"각오는 해두는 편이 좋겠지."

시라이시는 그렇게 말하고 발걸음을 돌렸다. 마유코가 따라왔다. 차로 돌아와 이번에는 시라이시가 운전석에 앉았다. 나무에 손을 짚고 고개를 숙인 요나미네가 뒷유리창으로 보였다. 시라이시는 그 모습을 힐끗 바라보고 차를 출발시켰다.

돌아가는 길에는 대화가 거의 없었다. 감찰계로 온 지 벌써 4년이지만, 경찰관이 저지른 범죄를 실제로 보고 들을 때마다 기분이 참 께름칙하다.

"방금 전 요나미네의 이야기 말인데요."

조수석에 앉은 마유코가 입을 열었다.

"확인해 볼까요?"

"응. 거짓말 같지는 않았지만, 확인할 필요는 있겠지."

"알겠습니다. 도토 스포츠신문의 마쓰키라는 기자에게 요나미네의 이야기가 사실인지 확인해 볼게요."

시라이시는 앞유리창 너머를 응시하며 고개를 끄덕였다.

8

시라이시는 피곤한 심신을 이끌고 집에 도착했다. 그래도 담 너머로 불빛이 새어나오는 거실 창문을 보자 조금 기운이 났다. 혼자 살 때는 누가 집에서 기다린다는 게 이렇게 기쁜 일인 줄은 상상도 못했다.

시라이시는 신주쿠의 백화점 지하 식품매장에서 산 케이크를 들고 있었다. 레나가 좋아하는 빵집의 케이크다.

"다녀왔어."

거실로 들어가자 레나는 텔레비전을 켜놓은 채 소파에 누워 자고 있었다. 시라이시는 한숨을 쉬고 케이크 상자를 테이블에 내려놓았다. 이제 10시가 조금 지났지만, 요즘 레나는 스마트폰을 너무 많이 하느라 수면 부족인지도 모른다.

이불을 덮어주려다 소파 밑에 분홍색 스마트폰이 떨어져 있는 걸 알아차렸다. 시선을 들자 레나는 새근새근 숨소리를 내며 곤히 잠들어 있었다. 이불을 덮어주고 스마트폰을 주웠다.

레나의 잠든 얼굴과 스마트폰을 번갈아 보았다. 요전번에 마유코와 나눈 대화가 머릿속에 되살아났다.

감시 앱.

시라이시는 얼굴을 문질렀다. 자신은 분명 레나의 보호자다. 레나가 올바른 길에서 벗어나지 않는지 지켜볼 의무가 있다. 하지만 앱을 설치해서 레나의 사생활까지 훔쳐보는 건 역시 너무 과하지 않을까.

하지만 혹시라도 일이 생기면 세상을 떠난 누나 부부에게 면목이 없다. 일단 레나의 교우관계만이라도 알아놓자고 생각했다. 잠든 레나의 집게손가락에 스마트폰 화면을 대서 지문으로 잠금을 해제했다.

겨드랑이가 땀으로 축축해졌다. 일할 때도 이렇게 긴장한 적은 거의 없었다. 메신저 애플리케이션에 들어가 학교 친구인 듯한 사람 몇 명과 나눈 하잘것없는 대화를 확인해 나갔다. 다음에 디즈니랜드 놀러가자는 둥, 어느 아이돌이 제일 좋으냐는 둥 그야말로 여중생다운 내용이었다. 이런 걸 일일이 확인할 마음은 들지 않았다.

그런데 그때 학교 친구와는 별개로 RYO라는 사람과 대화를 주고받았다는 걸 알아차렸다. RYO는 대체 누구일까. 료라고 읽는 걸까. 남자 이름으로도 여자 이름으로도 볼 수 있다. 재빨리 예전에 나눈 대화를 확인했다. 별것 아닌 내용이 대부분이었지만, 말투로 보건대 RYO는 남자 같았다.

지난주 일요일에 시부야에서 만나기로 약속했던 대화가 남아 있었다. 시라이시는 기억을 더듬었다. 분명 그날 레나는 친구와 공부한다며 외출했다. 스마트폰 화면에서 시선을 들어 레나를 보았다. 코까지 고는 것이 잠에서 깰 낌새는 없었다.

시라이시는 스마트폰을 재빨리 조작해 추적 애플리케이션을 다운받았다. 다운받을 때는 비밀번호가 필요하지만, 스마트폰을 구입하는 조건으로 시라이시는 레나에게 비밀번호를 알려달라고 했다. 외워둔 비밀번호를 입력해 추적 애플리케이션을 설치했다.

시라이시는 숨을 푹 내쉬었다. 죄책감과 의무감이 가슴속에서 힘 싸움을 벌였다. 잠든 레나의 얼굴을 새삼 바라보았다. 참으로 천진난만해 보였다.

9

목욕을 마치고 나온 에리코는 목욕수건으로 머리를 닦으며 컴퓨터 앞에 앉았다. 컴퓨터가 켜지는 동안 요전에 스마트폰으로 찍은 동영상을 재생했다. 패밀리레스토랑에서 우쓰기와 여자가 나눈 대화가 생생하게 녹화돼 있었다.

그 후 에리코는 아이스티만 한 잔 마시고 바로 가게를 나섰다. 더 이상 두 사람의 뒤를 밟을 생각은 없었다. 대화의 흐름상 모텔로 갈 것이 불 보듯 뻔했다.

집으로 돌아가는 전철에서 두 사람이 사용한 말이 무슨 뜻인지 검색해 보았다.

'일점오'는 만오천 엔이고 '큰 이파리'는 만 엔짜리, 요컨대 큰 이파리 두 개는 이만 엔이고 세 개는 삼만 엔이다. 덧붙여 '텔 별개'는 모텔비는 별개라는 뜻. 즉 그들은 모텔비는 별개로 이만 엔의 성매매 교섭을 성립시킨 것이다.

그리고 여자는 자신을 가리켜 18금에 걸린다, 다시 말해

18세 미만이라고 했다. 우쓰기가 한 짓은 엄연한 미성년자 성매매에 해당한다.

그 남자는 공짜로 얻은 대량의 약을 인터넷에서 불법으로 판매해 번 돈으로 미성년자의 몸을 사고 있는 것이다. 분노가 부글부글 끓어올랐다. 어린 딸을 잃은 지 얼마 되지도 않은 인간이 미성년자 성매매라는 못된 짓에 손을 댈 리 없다.

분명 카드를 못 쓰게 되자 홧김에 있지도 않은 이야기를 꾸며내 불만 전화를 걸었으리라. 그런 이야기를 곧이듣다니 멍청했다고 넘기면 그만일 것이다. 하지만 분노는 쉽게 가라앉지 않았다.

그 남자는 쓰레기다.

그런 인간을 내버려 둬서는 안 된다. 이 영상을 경찰에 제출하면 우쓰기를 체포할까. 하지만 그러면 내가 왜 이런 영상을 찍었는지도 설명해야 한다. 만약 우쓰기를 몰래 촬영했다는 사실이 회사에 들통나면 고객의 사생활을 침해했다는 이유로 징계를 받을지도 모른다.

드디어 부팅된 컴퓨터로 눈을 돌렸다. 인터넷에 접속해 북마크에 추가해 둔 사이트를 열었다. '자경단, 심판은 우리의 손으로'라는 이름의 커뮤니티 사이트다.

사이트 이름 아래에는 '우리가 정의다! 악에게 제재를!'이라는 구호가 떠있다. '사회질서를 어지럽히는 자들을 인터넷에서 폭로해 대가를 치르게 하자'라는 문장이 뒤를 잇는다.

이 커뮤니티 사이트는 '인터넷 자경단'이라고 불리는 사람들이 모이는 곳이다. '인터넷 자경단'이란 사회적으로 용서받지 못할 짓을 하거나 자신들의 악행을 인터넷에서 자랑하는 사람들의 개인정보를 인터넷에 공개해서 공격하는 사람들을 가리킨다.

예를 들어 최근에 어떤 젊은 남녀가 편의점 점원의 태도에 생트집을 잡아 무릎을 꿇려놓고 동영상을 찍어 인터넷에 올린 사건이 있었다. 동영상이 인터넷에 퍼지자 그 몰상식한 행동은 네티즌들의 분노를 샀다. 네티즌들은 동영상을 올린 사람을 찾아내 남녀의 이름과 주소를 인터넷에 공개했다.

이 일은 매스컴에서 심층취재로 다룰 만큼 화제가 되었고, 결국 남녀는 강요죄로 체포되었다.

법으로는 단속할 수 없는 자들에게 사적 제재를 가한다.

옛날부터 종종 등장하던 자경단이 인터넷 세상으로 그 활약의 무대를 옮긴 셈이다. 그리고 그 같은 자칭 '인터넷 자경단'이 이 사이트에 모여 정보를 교환하고 '악행'을 저지른 자들의 신원을 까발리고 있다.

사이트에서 표적이 되는 악행은 여러 분야다. 왕따, 좀도둑질, 학대……. 자경단은 그러한 악행을 저지른 사람들이 눈에 띄면 인터넷에 폭로해서 철저하게 공격한다.

반년 전에 우연히 이 사이트를 발견했을 때는 에리코도 눈살을 찌푸렸다. 아무리 악행을 저질렀다고는 하나 개인이 멋대로 남의 사생활을 알아내 인터넷에 공개해도 되느냐는 생각이 앞섰다. 물론 정의감에서 비롯된 행동이겠지만, 스트레스를 발산하고 있다는 인상도 받았다.

하지만…….

동시에 '인터넷 자경단' 활동에 공감한 것도 사실이었다.

세상에는 못된 인간이 너무 많다.

채무를 독촉하는 일을 하다 보면 그렇게 느낄 때가 적지 않다. 이기적으로 남에게 폐를 끼치거나 상처를 주는 인간이 너무나 많다고 느낀다.

어느덧 이 사이트를 매일 방문해 자경단 멤버들이 못된 인간들의 악행을 까발리는 모습을 보는 게 낙이 됐다.

물론 구경만 할 뿐 직접 글을 올린 적은 없었다. 그래, 오늘까지는.

에리코는 글타래 게시판에 새로 올라온 글들을 확인했다. 오늘은 며칠 전 누군가가 강가에서 생활하는 남자 노숙자를 강에 빠뜨리고 허우적대는 모습을 동영상으로 찍어 유튜브에 올린 사건이 화제가 됐다.

에리코도 그 동영상은 보았다. 물에 떠내려가며 필사적으로 허우적대는 중년 남자를 수십 초 동안 촬영한 영상이다. 시사 정보 프로그램에서도 재빨리 그 동영상을 소개했다. 다행히도 피해자는 지나가던 사람에게 구조되어 목숨을 건졌다는 소식이었다. 하지만 누가 동영상을 촬영했는지는 아직 밝혀지지 않았다고 한다.

그런데 놀랍게도 이 사이트 유저 중 한 명이 벌써 동영상을 올린 사람을 알아내 게시판에 실명을 공개했다. 범인은 도내

유명 사립대학교 학생인 모양이다.

└ 역시 이 게시판은 정보가 빠르다니까.

└ 굿 잡! 열일했네.

└ 요즘 대학생은 수준이 형편없다니까.

└ 경찰 봤나? 빨리 체포해.

└ 이 자식, 물론 퇴학이겠지. 취직도 물 건너갔네.

└ 장래 노숙자 확정. 동정은 안 할게.ㅋㅋ

게시판에는 실명 공개를 반기는 답글이 줄을 이었다. 그들 말처럼 조만간 경찰이 움직일 테고 대학도 징계를 내리리라. 그리고 인터넷에 실명이 까발려졌으니 평생 씻을 수 없는 오명을 안고 살아야 할 것이다.

요즘은 대졸 신입사원을 채용할 때 후보자의 이름을 인터넷에 검색하는 기업도 적지 않다. 인터넷에 공개된 '신상'을 발견한 기업은 그를 절대로 채용하지 않으리라. 더 나아가 결혼할 때도 장해물이 될 가능성이 높다. 가벼운 기분으로 저질렀을 악행 때문에 이 대학생은 사회적으로 영원히 말살된 셈이다.

조금 가엾기도 했지만 강에 빠진 노숙자는 목숨은 건졌으나 뇌에 가벼운 장애가 생겼다고 한다. 그걸 감안하면 대학생에 대한 제재가 너무 심했다고만은 할 수 없으리라.

에리코는 엄지손톱을 깨물었다. 안절부절못해서 그러는 것이 아니라 생각에 잠겼을 때의 버릇이었다. 머릿속이 점차 정리됐다. 이미 마음은 정했다.

스마트폰으로 요전번과 오늘 찍은 우쓰기의 동영상을 재생했다.

약국에서 약사에게 덤벼드는 장면과 패밀리레스토랑에서 미성년자를 상대로 성매매를 교섭하는 장면.

몇 번을 봐도 혐오감을 불러일으킨다.

에리코는 스마트폰을 조작해 '아이무비(iMOVIE)'라는 앱으로 영상을 편집했다. 군더더기를 잘라내 두 영상을 이어 붙이고 이해가 잘 되도록 자막을 넣었다. 약국에서 우쓰기가 고함을 지르는 장면에는 '기초생활수급자 네리마구 구민 42세 남성 U씨, 공짜로 신경안정제를 대량 구매. 인터넷에서 판매하려고?'라는 설명을 넣었다.

명예훼손으로 고소당할 위험성을 고려해 실명이 아니라 이니셜을 사용했다. 만약을 위해 우쓰기와 약사의 얼굴에도 모자이크를 씌웠다.

이어서 패밀리레스토랑 장면에도 자막을 넣었다.

'약을 판 돈으로 미성년자 성매매?'

편집을 마친 영상을 유튜브에 올릴 준비를 했다. 일단 제목과 설명문을 써야 한다. 제목은 '기초생활 보장제도를 악용해 약물 불법 판매. 그 수입으로 미성년자 성매매?'라고 정했다.

어느 틈엔가 이마에 땀이 흘렀다. 더워서가 아니다. 흥분 때문이었다. 소파에 기대서 마음을 진정시켰다.

일단 영상을 올리면 눈 깜짝할 새 온 세상에 퍼져나가리라.

과연 이건 올바른 일일까.

고민하고 자시고 할 것도 없다. 우쓰기가 부정 수급자인지 아닌지는 모른다. 하지만 그 제도를 악용해 필요도 없는 약을 공짜로 손에 넣어 불법으로 판매하는 건 분명하다. 그리고 그 돈으로 미성년자의 몸을 사고 있다.

누가 벌을 주지 않으면 우쓰기는 똑같은 짓을 계속할 것이다. 그걸 막을 수 있는 사람은 자신뿐이다.

심호흡을 하고 '게시' 버튼을 클릭했다. 잠시 후 동영상 업로드를 완료했다는 문구가 떴다. 정말로 업로드된 걸까. 불안감이 머릿속을 스쳤다. 하지만 괜한 걱정이었다.

잠시 후에 접속해 보자 에리코가 올린 영상은 문제없이 재생됐다. 처음부터 확인해 본 에리코는 영상의 완성도에 만족스러운 한숨을 토해냈다. 스스로 생각하기에도 썩 잘 만들었다. 조금 전의 망설임은 거짓말처럼 사라졌고 성취감으로 온몸이 가득했다.

그러나 아직 해야 할 일이 남았다.

컴퓨터로 돌아앉아 '자경단' 사이트 게시판에 글타래를 만들었다.

이런 인간에게 혈세를 낭비해도 될까요? 기초생활 보장제도를 악용해 사리사욕을 채우는 쓰레기 같은 남자.

그런 문장을 쓰고, 조금 전 올린 동영상의 주소를 링크했다.

이로써 '저격'은 완료했다. 이제 어떻게 흘러가는지 지켜보면 된다.

부엌 냉장고에서 캔 맥주를 꺼내서 땄다. 작은 축배였다. 시원한 맥주가 여느 때보다 맛있었다.

컴퓨터 앞으로 돌아오자 이 시간대에는 인터넷을 하는 사람이 많은 건지, 어느새 에리코의 글에 차례차례 답글이 달렸다.

ㄴ 와, 진짜 인성 개판이네. 죽어야 사회에 도움이 되겠다.

ㄴ 이딴 놈한테 세금을 쓰면 안 되지.

ㄴ 지금 당장 경찰에 신고하겠습니다.

ㄴ 실명도 부탁함.

ㄴ 다함께 조지자.

모두 에리코가 올린 영상을 보고 의분에 사로잡힌 것 같았다. 이제 에리코의 글을 다른 사이트에도 퍼가서 우쓰기의 불법행위가 빠르게 더 많은 네티즌들에게 알려질 것이다.

시계를 보자 벌써 자정이 다 되었다. 급격히 졸음이 몰려왔다. 실시간으로 게시판을 확인하고 싶은 기분이었지만 내일은 일해야 한다.

에리코는 컴퓨터를 끄고 잘 준비를 했다.

10

다음 날 아침, 늦잠을 잤다.

옷을 갈아입고 간단히 화장한 후 집을 나섰다. 만원 전철에서 이리 치이고 저리 치이면서도 자경단 사이트를 확인했다. 에리코가 잠든 사이에 답글이 확 늘어났다. 전부 우쓰기를 강하게 비난하는 내용으로, 다들 '이 녀석의 신상을 털자'며 기염을 토했다.

분명 에리코가 올린 내용을 몇몇 다른 사이트에도 퍼갔으리라. 이제 수만, 아니 수십만 단위의 사람들이 우쓰기의 악행을 알고 있을 것이다.

실명을 숨기고 얼굴에 모자이크도 씌웠지만, 자경단 사이트 유저들의 신상 털기 실력을 생각해 보면, 우쓰기의 신원이 밝혀져 개인정보가 공개되는 건 시간문제다.

그건 에리코의 책임이 아니다. 네티즌들 전체의 의지다.

지금껏 느껴보지 못한 고양감에 감싸인 채 에리코는 회사에

도착했다.

이날도 평소와 다를 바 없이 온종일 독촉 전화만 걸었지만, 오늘은 지금까지와는 달리 내면에 굳은 심지가 하나 박혀 있는 느낌이었다. 흔들림 없는 자신감이 몸속에 넘쳐나 만만치 않은 체납자를 상대로도 의연한 태도를 취할 수 있었다.

"이야, 어쩐 일이야? 오늘은 얼굴에 깡이 넘치네."

팀장 기도도 그렇게 말했다. 아무래도 내면의 자신감이 겉으로도 드러난 모양이다. 나쁜 기분은 아니었다.

일이 끝나자 부랴부랴 회사를 나섰다. 전부터 가보고 싶었던 역 근처 스페인 요리 전문점에 혼자 가서 화이트와인과 참피노네스 알 아히요(버섯과 마늘 등을 올리브유에 튀기듯이 볶아낸 스페인 요리)를 주문했다. 종업원이 가져다준 와인을 마시며 스마트폰으로 자경단 사이트에 접속했다. 더 많이 늘어난 답글 중에 눈길을 끄는 것이 하나 있었다.

'료마'라는 닉네임을 보고 에리코는 흠칫 놀랐다.

ㄴ 현재 화제에 오른 기초생활수급자 U의 신원을 밝혀냈습니다. 본명은 우쓰기 도시키. 자세한 내용은 아래의 사이트에서 확인하시길.

문장 밑에 인터넷 주소가 링크되어 있었다.

'료마'라는 인물은 이 게시판에서 상당히 유명인이라 에리코도 이름을 알고 있었다.

그는 지금까지 몇 번이나 악행을 저지른 사람들의 신원을 파악해 개인정보를 까발렸다. 그뿐만 아니라 악행을 저지른 사람들 불시에 찾아가 취재하고, 그 모습을 담은 영상을 자기 홈페이지에 공개했다. 그 뛰어난 조사력과 행동력 때문에 료마는 네티즌들에게 '신'으로 떠받들어질 정도였다.

마침내 그가 뛰어들었나.

두근대는 가슴을 진정시키며 링크된 주소를 누르자 '사형(私刑)집행인·료마'라는 사이트로 넘어갔다. 이게 바로 료마의 홈페이지다. 료마 본인으로 추정되는 인물이 팔짱을 낀 채 우뚝 서 있는 뒷모습이 커다랗게 떴다. 티셔츠 등 부분에는 'justice(정의)'라는 글씨가 큼지막하게 박혀 있었다.

화면을 아래로 스크롤하자 '천벌 목록'이라는 카테고리의 동영상 일람이 나왔다. 료마가 지금까지 했던 돌격 취재 영상들이었다.

제일 위에 'NEW'라는 빨간 글씨가 반짝이는 동영상 섬네일이 있었다. 섬네일 밑에는 '기초생활금 부정 수급자의 악행'이라는 제목이 적혀 있었다. 아무래도 이게 우쓰기와 관련한 동영상인 모양이다. 우쓰기가 부정 수급자인지 아닌지는 정확하지 않지만, 그렇게 단정하는 편이 임팩트가 있으므로 이런 제목을 붙인 것이리라.

즉시 동영상을 재생해 보았다.

스마트폰 화면에 낯익은 가게의 외관이 비쳤다. 요전에 갔었던 약국이었다.

갑자기 약국 자동문이 좌우로 열렸다. 안에서 티셔츠에 반바지 차림의 중년 남자가 나왔다. 우쓰기였다. 오른손에 약이 담겼으리라 추정되는 반투명 비닐봉지를 들었다. 얼굴에 모자이크를 씌우지 않아 맨얼굴이 고스란히 공개됐다. 료마의 평소 수법이다.

"실례합니다!"

부르는 소리와 함께 카메라가 깜짝 놀라 눈이 휘둥그레진 우쓰기에게 다가갔다. 아무래도 료마가 캠코더로 촬영하는 모양이었다. 때때로 흔들리는 화면이 현장감을 높였다.

"우쓰기 씨 맞으시죠?"

료마가 묻자 우쓰기의 미간에 주름이 잡혔다.

"……너, 뭐야?"

"료마라고 합니다."

"뭐? 누구?"

우쓰기의 얼굴에 곤혹스러운 표정이 번졌다.

"모르시나요? 이래 봬도 인터넷에서는 제법 유명인인데요. 뭐, 그건 됐고요. 오늘은 우쓰기 씨에게 이것저것 여쭙고 싶어서 찾아왔습니다. 인터뷰 괜찮으실까요?"

"인터뷰? 갑자기 뭔 소리야?"

"그 봉지에 약이 들었죠? 좀 보여주시겠어요?"

화면 속으로 쑥 들어온 료마의 손이 우쓰기가 든 비닐봉지를 허락도 없이 마구 만졌다.

"야, 건드리지 마!"

당황한 듯 우쓰기가 비닐봉지를 등 뒤로 감추었다.

"양이 엄청 많네요. 그렇게 많이 구입해서 어쩌시려고요?"

"……네가 무슨 상관인데."

"본인이 다 드시는 거 아니죠? 데파스를 그렇게 많이 먹었다가는 무사할 리 없으니까요."

"꺼져."

우쓰기가 캠코더를 밀쳐내고 걸음을 옮겼다. 화면이 심하게 흔들렸다. 하지만 캠코더는 우쓰기를 바싹 뒤따랐다.

"잠깐만요. 저는 변명할 기회를 드리려는 거라고요. 카메라에 대고 똑똑히 말씀해 주시는 게 어떨까요? 약을 불법으로 팔아넘기는 게 아니다, 나는 무고하다고."

우쓰기는 말없이 걸음을 재촉했다. 캠코더가 따라간다.

"우쓰기 씨. 기다리시라니까요. 도망치면 자신의 잘못을 인정하는 셈입니다. 덧붙여 약을 팔아서 번 돈으로 미성년자와 성매매를 한다는 게 사실인가요?"

갑자기 우쓰기가 걸음을 멈추고 캠코더를 돌아보았다. 관자놀이에 핏대가 섰다.

"이 새끼야, 카메라 꺼!"

그렇게 소리치며 귀신같이 무서운 형상으로 캠코더에 덤벼들었다. 우쓰기의 손바닥이 화면을 뒤덮었다. 덜커덕, 하는 소리와 함께 화면이 심하게 흔들리다 컴컴해졌다.

영상은 거기서 끝났다.

에리코는 그제야 정신이 돌아왔다. 현장감이 어마어마했다.

아무래도 료마는 우쓰기에게 폭행을 당한 모양이었다. 그래도 이렇게 무사히 영상을 올린 걸 보면 크게 다치지는 않은 것이리라.

에리코는 잔을 들어 와인을 꿀꺽 마셨다. 지금 본 영상은 지금까지 료마가 찍은 돌격 취재 영상과 형식이 비슷했다. 악행을 저지른 사람을 약속 없이 찾아가 도발한다. 상대의 성미를 건드려 본성을 끌어내는 건 료마가 평소 사용하는 수법이다. 취재 상대가 화를 내면 낼수록 네티즌의 반감은 커진다. 료마는 그걸 계산하고 행동하는 것이다.

에리코는 스마트폰을 조작해 '자경단' 사이트의 게시판을 확인했다. 료마의 영상을 본 사람들의 글이 눈덩이 커지듯 늘어났다.

ㄴ 이 자식, 반성하는 기색이 전혀 없네.

ㄴ 변명하지 않는 시점에서 죄를 인정한 거나 마찬가지죠.

ㄴ 약을 팔아서 번 돈으로 미성년자 성매매라고? 인성 무엇?

ㄴ 이런 놈한테 기초생활을 보장해 주다니……정부는 뭐하는 거냐. 진짜 개무능.

ㄴ 열심히 일하는 사람을 등신 만드는 세상이라니까.

ㄴ 빨랑 체포해라.

ㄴ 교도소에 들어간들 금방 나올 테니, 다시는 나쁜 짓을 못하도록 거세합시다.

우쓰기에게 분노를 터뜨리는 글들이 넘쳐나는 한편으로, 료마를 칭찬하는 내용의 글도 눈에 띄었다.

ㄴ 료마 씨. 역시 영상을 잘 뽑는다니까.
ㄴ 어지간한 매스컴보다 훨씬 유능함.
ㄴ 진짜로 신.

　한순간 가슴속 깊은 곳에서 료마에 대한 질투심이 불꽃처럼
튀었다. 우쓰기를 고발하는 영상은 내가 먼저 올렸는데, 그건
이미 싹 잊히지 않았는가. 그런 섭섭함을 느꼈다.
　그러다가 마음을 고쳐먹었다.
　료마가 돌격 취재를 할 수 있었던 것도 내가 소재를 제공했
기 때문이다. 지금 인터넷에서 일어나고 있는 움직임의 씨앗을
뿌린 건 나다. 그 사실은 변함없다.
　기분을 진정시키고 글을 다시 읽어나갔다. 실시간으로 글이
늘어나 화면을 스크롤해도 차례차례 새 댓글이 나타났다. 자신
이 던진 돌멩이가 인터넷 세상에 파문을 일으키고 있었다.
　"어? 에리코?"
　이름을 부르는 목소리에 흠칫 놀라 스마트폰에서 고개를 들
자 가게 입구에 서 있던 마이가 에리코의 자리로 다가왔다. 마
이는 가느스름하게 뜬 눈으로 화이트와인 잔을 바라보았다.
　"뭐야. 이런 데서 혼자 마시고 있었던 거야? 나한테 한마디
말도 없이 이러기야?"
　"미안해. 야근하느라 바쁠 것 같아서."

실은 빨리 혼자서 인터넷을 확인하고 싶었기 때문이다.

"흐음." 마이가 탐색하는 듯한 시선을 던졌다. "앉아도 돼?"

"그럼."

마이는 맞은편 자리에 앉아 종업원에게 마르가리타를 주문하고 에리코에게 고개를 돌렸다.

"에리코. 새 남자친구 생겼어?"

"응?"

"아까 스마트폰 보면서 실실 웃었잖아. 남자친구한테 온 문자 메시지 보고 있었던 거지? 맞지?"

자신이 웃고 있었던 줄은 몰랐다.

"아니야……. 웃기는 누가."

"에이, 거짓말하기는. 탁 털어놔 봐."

아무리 마이라고는 하나 우쓰기의 악행을 인터넷에 까발리고 그 반응을 보며 흡족하게 웃고 있었다고 말하기는 꺼려졌다. 인터넷에서 남을 '저격'했다고 떠들고 다닐 생각은 털끝만큼도 없었다. 역시 좀 켕겼다.

"그런 거 아니래도. 개그 동영상 보다가 웃었나 보네."

그렇게 말하고 잔을 들어 와인을 쭉 들이켰다. 마이에게도 말 못 할 비밀을 가지고 있다. 그 비밀은 양심의 가책과 동시에 짜릿짜릿한 길티 플레저를 선사했다.

11

시라이시는 읽고 있던 자료에서 눈을 들어 철테안경을 벗고 미간을 문질렀다. 아침부터 쉴 새 없이 컴퓨터 화면과 서류를 보느라 눈이 너무 피곤했다.

서랍에서 안약을 꺼내 두 눈에 넣었다. 기분 좋은 청량감이 눈에 스며들었다.

주위를 둘러보았다. 계원들이 책상 앞에 앉아 컴퓨터나 서류와 씨름하고 있었다. 평소 온화한 표정을 잃지 않는 히토요시도 핏발 선 눈으로 컴퓨터 화면을 들여다보고 있었다. 양복이 어제와 똑같은 걸로 보아 어젯밤은 서내에서 잠깐 눈을 붙인 게 다일지도 모르겠다.

미마 무네키.

그 이름이 시라이시의 머릿속에 가득했다. 요나미네의 혐의가 풀린 지금, 역시 사건의 열쇠는 미마가 쥐고 있을 듯했다. 미마의 소재는 마유코의 부하들이 알아보고 있을 것이다. 소재를 파악할 때까지는 그와 접촉할 방도가 없다.

시라이시는 방금까지 읽고 있던 서류에 시선을 떨어뜨렸다. 아와노의 인사 기록이었다.

요전에 총감실에서 만난 아와노는 속이 꽉 차고 강건한 인상이었다. 날카로운 눈빛도 유능한 형사였음을 짐작케 했다.

인사기록을 훑어보자 아와노도 미마에게 뒤지지 않게 우수한 평가를 받았다. 덧붙여 미마와는 달리 말썽을 일으킨 적도 없었던 모양이다. 아주 모범적인 형사라 할 수 있었다.

하지만 소년A, 오치아이 세이지를 취조할 때 범죄 영상이 담긴 비디오테이프를 취조실에 가져갔다. 두 시간 후에 반납은 했지만, 대출 혹은 반납할 때 짬을 내어 영상을 복사했을 가능성이 있었다.

현재 미마와는 연락이 되지 않으니 먼저 아와노에게 이야기를 들어보아야 할 듯했다.

하지만 그 전에 당시 수사 관련 서류를 한번 훑어볼 생각이었다.

시라이시가 다시 작업에 몰두한 지 얼마 지나지 않아 한 서류가 눈길을 끌었다.

'취조 상황 보고서.'

누가 언제 소년A, 오치아이 세이지를 취조했는지 기록한 서류다.

취조 담당자 성명란을 보고 시라이시는 한순간 자신의 눈을 의심했다. 거기에 아와노의 이름과 함께 미마 무네키의 이름이

기재되어 있었다.

아와노의 이야기로는 분명 스즈키 슈이치 경위와 함께 오치아이 세이지를 취조했다고 했다. 그런데 왜 여기에 미마의 이름이 있는 걸까.

시라이시는 명함집을 꺼내 요전에 아와노에게 받은 명함을 찾았다. 당장 아와노에게 사정을 물어보아야 한다. 명함을 찾아내 아와노에게 전화를 걸려다가 마음을 바꿨다.

전화로 물어보고 치울 수도 있지만, 역시 만나서 상대의 표정을 보며 이야기를 듣는 편이 좋으리라. 그러는 김에 아와노의 진술 조사도 끝내야 한다.

시라이시는 일어나서 재킷을 입었다. 파티션 너머로 마유코를 찾았지만 보이지 않았다. 마유코가 있으면 같이 갈까 싶었지만 어디 나간 모양이다.

시라이시는 넥타이를 고쳐 매고 방을 뒤로했다.

× × ×

아와노가 컨설턴트로 있는 경비회사의 본사 건물은 경시청에서 그리 멀지 않은 도라노몬에 있었다. 시라이시는 정면 현관을 통과해 안내데스크로 직행했다. 안내데스크 여직원에게 경찰수첩과 아와노의 명함을 보여주었다.

"경시청의 시라이시라고 하는데요, 아와노 씨 계십니까?"

"약속하고 오셨어요?"

"아니요. 하지만 제 이름을 전하면 만나주실 겁니다."

여직원은 내선전화로 잠시 통화한 후 전화를 끊고 시라이시에게 시선을 돌렸다.

"바로 갈 테니 로비에서 기다려달라고 하시네요."

소파에 앉아 양복 차림으로 바쁘게 오가는 남자와 여자들을 바라보고 있으니 안내데스크 옆 엘리베이터에서 아와노가 내렸다. 회색 양복을 단정하고 입었고 넥타이도 맸다.

시라이시는 일어서서 아와노에게 머리를 숙였다.

"일하시느라 바쁘실 텐데 죄송합니다. 급하게 여쭙고 싶은 일이 생겨서요."

아와노가 느긋하게 손을 내저었다.

"괜찮아. 대단한 일을 하는 것도 아닌데 뭘. 오히려 한가한 시간을 주체 못 할 지경이었어."

"그렇게 말씀해 주시니 감사합니다."

아와노는 로비 옆 휴게실을 보고 눈살을 모았다.

"어디서 이야기할까. 사람이 별로 없는 곳이 좋겠지?"

"그렇죠."

"근처에 파리 날리는 카페가 있어. 점장이 귀가 안 좋은 영감님이라 이야기를 엿들을 걱정도 없지. 거기라도 괜찮겠나?"

"편한 대로 하시죠."

아와노가 앞장서서 걸음을 옮겼다. 시라이시는 그 뒷모습을 보며 따라갔다. 요전에 총감실에서 만났을 때와 달리 오늘 아와노에게서 적의는 느껴지지 않았다. 적어도 지금은.

카페는 지하철 도라노몬역으로 이어지는 지하도에 있었다. 아와노 말처럼 입지 조건이 좋은데도 불구하고 한산했다. 제일 안쪽의 어스름한 테이블석에 아와노와 마주 앉았다. 벽에 걸린 낡은 괘종시계가 댕댕 종을 쳤다. 주문을 받으러 온 백발의 점장에게 아와노가 큰소리로 말했다.

"아이스커피 두 잔."

별생각 없이 메뉴를 보자 아이스커피는 천이백 엔이나 했다. 그 밖의 음료도 역시 비쌌다. 그래서 손님이 별로 없는 것이리라.

"자." 아와노가 시라이시에게 날카로운 시선을 던졌다. "묻고 싶은 건 물론 그 비디오와 관련된 일이겠지?"

"물론 그렇습니다." 시라이시는 몸을 살짝 내밀었다. 의자 스프링이 삐걱거렸다. "소년A, 오치아이 세이지를 취조할 때 스즈키 슈이치 경위와 한 팀이었다고 말씀하셨죠."

"그렇지."

"그럼, 이 서류는 어떻게 된 겁니까?"

시라이시는 서류가방에서 취조 상황 보고서를 꺼내 테이블에 내려놓고 취조 담당자 성명란을 가리켰다. 아와노는 서류를 들고 눈을 가늘게 떴다. 하지만 바로 내려놓고 재킷 안주머니에서 노안경을 꺼냈다. 노안경을 쓰고 서류를 다시 집었다.

"취조 담당자 성명란에 아와노 씨와 미마의 이름이 함께 적혀 있습니다. 왜 일전에 하신 말씀과 다른 건가요?"

아와노가 입을 열려고 했을 때 점장이 아이스커피를 가져왔다. 그가 테이블에서 멀어지기를 기다렸다가 아와노가 대답했다.

"아무래도 이 서류를 작성한 사람이 실수한 모양이군."

"스즈키 경위와 미마 경위의 이름을 잘못 적었다는 말씀이십니까? 믿기지 않는데요."

아와노는 고개를 저었다.

"그런 게 아니라, 취조를 시작할 당시는 나와 미마가 담당자였어. 도중에 미마가 스즈키로 교체됐고."

"교체됐다고요?"

"응. 이 서류를 작성한 사람이 그걸 기입하는 걸 잊어버렸겠지."

"잠깐만요. 미마 경위는 왜 교체된 겁니까?"

아와노는 바로 대답하지 않고 재킷에서 담뱃갑과 라이터를 꺼냈다.

"피워도 되겠나?"

아무래도 아와노는 다시 담배를 피우기 시작한 모양이다. 시라이시는 따지자면 담배를 싫어하는 쪽이지만, 이 상황에서 피우지 말라고 거부할 생각은 없었다. 담배를 피워서 입이 가벼워진다면야 전혀 상관없다.

아와노가 라이터를 켜기 전에 시라이시는 테이블에 있던 성냥갑을 집어 그가 문 담배에 불을 붙여주었다. 아와노는 아주 맛있다는 듯 실눈을 뜨더니 천장을 향해 가늘고 긴 연기를 뿜어냈다. 시라이시는 아이스커피를 마시며 아와노가 말하기를 기다렸다. 아와노는 재떨이에 재를 턴 후 입을 열었다.

"……이토 미쓰키가 살해당한 후 나와 미마는 한 조가 돼 피해자의 부모님에게 진술을 들었어. 이토 미쓰키의 눈알을 적출해 집으로 보낸 것으로 판단컨대 미치광이의 범행이라는 의견이 우세했지만, 부모님의 이야기도 들어봐야 했으니까."

아와노가 다시 담배를 입에 물었다. 코와 입에서 연기를 내뿜고 말을 이었다.

"어머니는 충격이 아주 심했어. 딸이 무참하게 목 졸려 죽었으니 무리도 아니지. 어머니는 미인이었지만 완전히 초췌해져서 실제 나이보다 늙어 보이더군. 거의 넋이 나간 상태였지. 그래서 이야기를 듣느라 제법 애먹었다니까. 나는 아버지를 전담했고, 미마가 어머니에게 증언을 듣기로 했어."

"왜 그렇게 역할을 분담하셨죠?"

아와노가 어깨를 으쓱했다.

"단순해. 미마가 여자를 더 잘 다뤘거든. 실제로 미마는 반쯤 광란 상태에 빠진 피해자의 어머니를 잘 다독여서 이야기를 끌어냈어. 아버지 쪽은 비교적 냉정했지. 물론 그가 마음을 다스리려 애쓴다는 건 내게도 전해졌지만. 둘 다 슬픔에 짓눌려 있다는 점은 똑같았어. 두 사람의 그런 모습을 보고 우리는 새로이 결의를 다졌지. 어떻게든 범인을 붙잡아 극형을 받게 해주자고 맹세했어."

"하지만 수사선상에 부각된 용의자는 통상적인 법으로는 처벌할 수 없는 열네 살 소년이었고요."

시라이시의 말에 아와노의 미간에 잡힌 주름이 깊어졌다.

"그 나이의 소년이 용의자였던 건 의외였어. 중요참고인으로 연행된 오치아이를 보고 얼마나 놀랐는지 몰라. 어디에서나 흔히 눈에 띄는 평범한 소년으로 보였거든. 하지만 진술을 청취하자마자 놈의 비정상성이 명백히 드러났지."

"진술 청취도 아와노 씨가 하셨습니까?"

아와노는 고개를 끄덕였다.

"응, 나와 미마가 맡았어. 소년이라고 해서 적당히 넘어갈 마음은 조금도 없었지."

시라이시는 기억을 더듬었다.

"진술 청취 도중에 오치아이의 집에서 범행 영상이 담긴 비디오테이프 등이 발견돼 오치아이는 체포됐고, 진술 청취는 취조로 전환됐죠."

"그래, 나와 미마가 취조도 이어서 맡았어. 하지만 오치아이는 범행을 인정할 낌새가 전혀 없었지. 자기는 관계없다, 무고하다는 말로만 일관했다니까. 그러다 그 말을 내뱉었어."

"그 말?"

"'혹시 부모님 중 한 명이 딸을 학대하던 끝에 죽여버린 거 아닐까요' 하고 지껄이더군."

시라이시는 저도 모르게 말문이 턱 막혔다. 아와노가 얼굴을 찡그리며 말을 이었다.

"그때였어. 미마가 오치아이에게 덤벼들어 목을 조르려고 했지. 내가 허둥지둥 말렸고, 취조실 밖에 있던 형사들도 들어와서 미마와 오치아이를 떼어놓았어."

아와노는 담배를 재떨이에 비벼 껐다. 침묵이 내려앉았다. 어스름한 카페에 하얀 연기가 감돌았다.

시라이시는 메마른 입술을 핥고 입을 열었다.

"그 일 때문에 미마 경위가 취조에서 빠진 거로군요?"

"응. 스즈키로 교체해서 취조했지."

시라이시는 머금고 있던 숨을 내쉬고 의자에 몸을 기댔다.

'우수하지만 말썽의 소지가 있다.'

미마를 평가한 말이 머릿속에 떠올랐다. 그는 허용될 수 없는 짓을 저질렀다. 그렇다고 미마를 책망할 마음은 들지 않았다.

"취조 상황 보고서에 미마 경위의 이름이 있었던 이유는 이해가 됐습니다."

시라이시의 말에 아와노는 말없이 아이스커피를 한 모금 마셨다. 인상을 찌푸렸지만 커피가 써서 그런 건지, 지금 이야기 때문에 그런 건지는 알 수 없었다.

"여쭙고 싶은 게 하나 더 있는데요."

"뭔데?"

"증거물 출납표를 확인해 봤는데, 비디오테이프 원본을 대출한 사람이 두 명이더군요."

"두 명?"

아와노가 한쪽 눈썹을 실룩했다.

"한 명은 아와노 씨. 당신이었습니다."

"그야 이상할 것 없지. 오치아이를 취조할 때 비디오테이프를 틀었다고 했을 텐데."

"네, 문제는 다른 한 명입니다. 오치아이가 검찰에 송치되기 직전에 보관소에서 비디오테이프를 대출했어요."

아와노가 미간에 주름을 잡았다.

"대체 누군데?"

시라이시는 아와노의 얼굴을 바라보며 천천히 말했다.

"미마 경위입니다."

한순간 아와노의 표정이 굳은 것처럼 보였다. 아와노는 팔짱을 끼고 잠자코 천장을 노려보았다.

"아와노 씨. 미마 경위와 오랜 세월 함께하셨던 모양이더군요. 그 사람이 왜 비디오테이프를 대출했는지 짚이는 점 없으십니까?"

아와노는 뜸들이듯 또 담배를 꺼내 이번에는 라이터로 불을 붙였다. 그는 담배 연기를 뿜어내고 말했다.

"……미마는 정의감이 강한 녀석이었어. 취조에서 제외된 후에도 오치아이가 범인이라는 증거를 찾으려고 애썼지. 비디오테이프도 범행 영상을 조사하기 위해 대출한 거 아닐까?"

"하지만 미마 경위는 검찰 송치 직전에 비디오테이프를 대출했습니다. 그 무렵에는 다른 증거도 확보돼서 추가 증거가 굳이 필요 없었잖아요? 그 타이밍에 미마 경위가 범행 영상을 조사하다니, 앞뒤가 안 맞는 것 같습니다만."

아와노는 실팍한 어깨를 움츠렸다.

"난 모르겠어. 녀석에게는 녀석 나름의 이유가 있었겠지. 나

말고 본인에게 직접 물어보는 게 낫지 않겠나."

"미마 경위의 현재 주소를 몰라서 접촉할 방도가 없습니다.
혹시 모르세요?"

아와노는 기억을 더듬는 듯한 눈빛으로 말했다.

"분명 지금은 본가가 있는 사이타마에 살고 있는 걸로 알고
있는데. 재작년쯤에 아버지가 돌아가셨다면서 상중엽서(가족의
상중이라 연말연시 인사를 드리지 않는다는 내용의 엽서)를 보냈더군. 거
기 정확한 주소가 적혀 있을 거야."

"그럼 수고스러우시겠지만 확인 좀 부탁드릴 수 있을까요?"

"그래. 퇴근하고 엽서를 찾아볼게. 연락은 내일 줘도 괜찮겠
나?"

"네. 감사합니다."

시라이시는 테이블에서 취조 상황 보고서를 집어 서류가방
에 넣었다. 일단 아와노에게 물어볼 건 다 물어보았다. 이제 한
시라도 빨리 미마와 접촉해야 한다.

다음 순간, 아와노가 재떨이에 담배를 비벼 끄고 몸을 내밀
었다. 담뱃진 냄새가 강해졌다.

"이보게, 혹시 미마가 비디오테이프를 복사해서 빼돌렸다고
의심하는 건가?"

"당시 수사 관계자 전원을 수사대상으로 삼고 있다고만 말
씀드리겠습니다."

흥, 하고 아와노가 콧방귀를 뀌었다.

"누가 감찰 아니랄까 봐 철저하게 비밀주의로군. 요전에도

말했다시피 난 수사 관계자가 그랬을 거라고는 추호도 생각지 않아. 알겠나? 보기 드물게 잔혹하고 처참한 사건이었어. 수사 관계자들 모두 살 떨릴 만큼 분노했었다고. 그중에 범행 영상을 유출시킨 놈이 있다고는 도저히 못 믿겠어."

더욱 예리해진 아와노의 눈빛이 시라이시에게 꽂혔다. 현역 시절에는 이 눈빛으로 수많은 용의자들에게 겁을 주어 자백을 끌어냈으리라.

거칠지만 정의감 강하고 대쪽 같은 성격의 형사.

아와노에게 품고 있었던 인상이 더 강해졌다. 그가 범행 영상을 유출시켰을 가능성은 낮아 보였지만, 아직 수사대상에서 제외할 수는 없다. 직업상 시라이시는 남을 철저하게 의심하는 습관이 들었다. 아와노처럼 단순히 동료를 신뢰하지는 못한다.

"저희 감찰은 진실을 추구할 작정입니다."

"뭐, 좋을 대로 하게."

아와노는 그렇게 말하고 일어서서 넥타이를 졸라맸다.

"슬슬 가봐야겠어. 커피 값은 자네가 내는 거겠지?"

"네. 시간 내주셔서 감사합니다."

아와노는 할 테면 해보라는 듯 배짱부리는 걸음걸이로 카페를 나섰다. 시라이시는 그 뒷모습을 바라보다 아이스커피를 마셨다. 쓴맛만 혀 위에 남았다.

12

기초생활 보장제도를 악용해 약을 불법으로 판매한 42세 남성을 체포.

어제 7일, 경시청 조직범죄 대책과는 의료비가 전액 공제되는 기초생활 보장제도를 악용해 무료로 처방받은 항정신병약을 불법 판매한, 네리마구 나카무라바시에 거주하는 우쓰기 도시키 씨(42세, 무직)를 마약단속법 위반 혐의로 체포했다.

기초생활수급자인 우쓰기 씨는 인터넷에서 약을 불특정다수에게 판매한 것으로 추정된다. 경찰은 여죄가 더 있을 것으로 보고 수사를 진행 중이다.

20**년 8월 8일 도토 신문

에리코는 입가에 미소를 지으며 만족스럽게 신문을 접었다.

플라스틱 컵을 들어 아이스커피를 마셨다. 에리코는 이미 카페인이 안겨주는 것 이상의 짜릿함을 느끼고 있었다.

우쓰기가 체포된 건 인터넷 뉴스로 처음 알았다. 전철을 타

고 출근하며 스마트폰으로 기사를 읽었지만 그다지 자세하게
는 나와 있지 않았다.

신주쿠에 도착하자 에리코는 편의점에서 조간신문을 사서
근처 프랜차이즈 카페로 들어갔다. 우쓰기의 체포를 알리는 기
사는 생각보다 무덤덤했지만, 활자로 된 기사를 읽자 역시 사
실이었음을 새삼 실감했다. 다만 체포 혐의는 약 불법 판매뿐
이었다. 기사에 따르면 경찰이 여죄도 수사하고 있다니까 이제
미성년자 성매매 혐의로도 입건될지 모르겠다.

에리코는 신문을 가방에 고이 챙겨 넣고 직장으로 향했다.

또 독촉 전화를 거는 하루가 시작된다. 평소에는 업무를 앞
두고 있으면 기분이 우울하지만, 오늘은 몸에 기력이 넘쳤다.
스스로도 잘 모르겠지만 우쓰기를 인터넷에서 저격함으로써
내면에서 뭔가가 변한 것 같았다.

자신이 올린 글이 경찰을 움직인 건 틀림없다. 우쓰기의 불
법행위가 인터넷에서 퍼져, 경찰의 눈에 띄어 체포에 이른 것
이리라. 즉, 자신이 공권력을 움직인 셈이라 해도 된다.

지금까지 스스로를 그리 예쁘지도 않고 장점도 없는 사람이
라고 비하해 왔다. 하지만 지금은 강대한 힘을 손에 넣은 듯한
기분이었다. 언제나처럼 독촉전화를 걸다가 고객이 고함을 질
러도 오늘은 여유가 있었다.

더 소리쳐. 입에 담기에도 민망한 폭언을 퍼부어.

속으로 상대에게 그렇게 빌었다. 되잖은 분노를 쏟아내는 고
객이 있으면 또 인터넷에서 저격할 수 있다는 기분까지 들었다.

하지만 가는 날이 장날이라더니, 오늘은 아주 까칠한 손님이 없었다. 별다른 말썽도 없이 점심시간을 맞았다.

에리코는 점심을 같이 먹자는 마이의 제안을 거절하고 혼자 신주쿠역 서쪽 출입구에 있는 정식집으로 향했다. 낮 시간대에 여기 오면 카운터에서 보이는 작은 텔레비전에 시사 정보 프로그램을 틀어놓기 때문이다.

가게에 들어가자 아니나 다를까 방송이 나오고 있었다. 카운터 쪽 자리에 앉아 멘치카츠 정식을 주문하고 텔레비전으로 눈을 돌렸다. 패널들이 인기배우의 불륜 소동에 관한 이야기를 나누는 참이었다. 솔직히 그런 데는 흥미 없다.

민스커틀릿을 먹으며 가끔 텔레비전에 시선을 주었다. 12시 반이 넘었을 즈음에 드디어 우쓰기가 화제로 거론됐다. 에리코는 텔레비전 화면에서 눈을 떼지 못했다. 자신이 인터넷에 올린 동영상이 흘러나왔기 때문이다.

우쓰기가 약사에게 덤벼드는 장면이 나온 후, 그가 약을 불법 판매해 체포됐다는 소식을 아나운서가 전했다. 패널들이 경쟁하듯 기초생활 보장제도를 악용한 우쓰기를 비판했다.

어느덧 인터넷상의 '저격' 행위가 옳은지 그른지로 논의의 주제가 옮겨갔다. 패널들은 대부분 '저격'을 하는 기분은 이해하지만 찬성할 수는 없다는 의견이었다. 옳지 못한 짓을 저질렀다고는 하나, 사생활 보호 문제도 있고 누명일 가능성도 있다. 그리고 인터넷에 실명과 얼굴이 공개되면 과거를 영원히 지울 수 없다고 패널 중 한 명이 자신감 넘치는 표정으로 말했다.

흥, 하고 에리코는 코웃음쳤다. 그런 건 나도 안다. 하지만 우쓰기는 나쁜 일에 손을 댄 게 확실하다. 누명일 가능성은 없다.

우쓰기는 앞으로 끝없는 사회적 제재를 받게 될지도 모르지만, 그가 저지른 짓을 생각하면 그래야 마땅하다. 약을 불법으로 판매해 벌어들인 돈으로 미성년자 성매매를 한 인간이니 세상에서 말살당해도 불평은 못할 것이다.

"나는 괜찮다고 생각하는데." 에리코 옆에서 텔레비전을 보던 초로의 남자가 혼잣말을 중얼거렸다. "저딴 놈들한테 인권은 개뿔. 척척 까발려서 사회적으로 제재를 가하면 그만이지."

남자는 조금 취한 것 같았지만, 그런 까닭에 본심이 툭 튀어나왔으리라. 에리코는 조금 기뻤다. 남자에게 맥주를 쏘고 싶을 정도였다.

시사 정보 프로그램의 패널이 '저격' 행위에 대해 부정적인 의견을 밝혔을 때 실은 에리코도 마음이 약간 흔들렸다. 자신이 잘못을 저지른 것 아닐까 불안해졌다.

하지만 세상의 보통 사람들은 옆자리 남자처럼 에리코의 행동을 지지할 것이다. 아니, 패널들도 방송이라 상식 있는 사람인 척할 뿐, 속으로는 분명 '저격' 행위에 찬성할 것이다.

에리코는 자신을 위해 맥주를 주문했다. 한잔 쭉 들이켜고 싶은 기분이었다.

× × ×

뜨끈한 욕조 물에 목까지 담그고 에리코는 숨을 푹 내쉬었다. 이마에 땀이 살짝 배어났다. 에리코는 스마트폰으로 '자경단' 사이트를 확인했다. 생각한 대로 우쓰기의 체포 소식이 온통 화제였다.

└ 드디어 체포됐네요.
└ 꼴좋다. 교도소에서 푹 썩어라.
└ 우리 군의 승리.
└ 오늘 밤은 술맛이 꿀맛이로세!

네티즌들의 환희와 고양감이 전해져왔지만 게시판에 올라온 글들은 죄다 비슷비슷했다. 낮에 느꼈던 전능감은 이미 시들었다.

사이트를 닫으려고 했을 때 '공지사항'이라는 글씨가 눈에 들어왔다. 조만간 오프라인 모임을 할 예정이니 참석하고 싶은 사람은 메시지를 보내라는 내용이었다. 이런 커뮤니티 사이트에도 오프라인 모임이 있구나 싶어 에리코는 조금 놀랐다.

대체 어떤 사람들이 모일까. 약간 호기심이 생겼지만 '자경단' 사이트에 드나들 만한 사람은 공격적인 성격에 고집도 세지 않을까. 에리코는 자기도 글을 올린 건 제쳐놓고 그런 걱정을 했다.

결국 모임에는 참석하지 않기로 했다. 차가운 물로 샤워해 달아오른 몸을 식힌 후 에리코는 욕실을 나섰다.

13

아라카와강을 건너서부터는 도쿄가 아니라 사이타마현이다. 시라이시는 조수석 창문으로 밖을 바라보았다. 앞쪽에 푸른 하늘을 배경으로 고층맨션이 줄지어 있었다.

시라이시는 운전대를 잡은 마유코에게 고개를 돌렸다.

"체육관 이름이 뭐라고 했지?"

"가와구치 복싱체육관이요."

오늘 아침에 아와노가 미마의 주소를 알아냈다며 전화를 걸었다. 전화번호도 알려주었으므로 시라이시는 즉시 전화를 걸어보았다. 미마 본인이 전화를 받았다. 시라이시가 경시청 감찰계 소속임을 밝히고 이야기를 하고 싶다고 청하자 미마는 오늘은 할 일이 있다고 했다.

하지만, 하고 미마는 말을 이었다.

"내가 있는 곳으로 와준다면 상관없는데."

그래서 시라이시는 마유코와 함께 미마가 산다는 가와구치

시까지 온 것이다. 아라카와강을 따라 차를 달리자 영세 공장
이 여기저기 흩어져 있는 구역에 노란 간판이 달려있는 것이
보였다. 간판에 '가와구치 복싱체육관'이라고 적혀 있었다.

근처 주차장에 차를 대고 체육관으로 걸어갔다. 미마의 이야
기로는 경찰을 그만둔 후, 이 복싱체육관에서 트레이너로 일하
고 있다고 한다. 체육관은 조립식 주택 같은 단층 건물이었다.
지저분한 유리창으로 안을 들여다보자 링 주변에서 연습생 몇
명이 기초연습을 하고 있었다.

"실례합니다."

그렇게 말하며 덜커덕거리는 미닫이문을 열었다. 체육관 안
에 있던 젊은이들이 일제히 이쪽을 돌아보았다. 땀 냄새가 고
여있었다. 시라이시는 재빨리 실내를 둘러보았다. 안쪽에서 젊
은 연습생과 미트 치기를 하고 있는 백발 남자가 보였다.

"저 사람일까요?"

마유코가 작게 속삭였다.

"그런 것 같은데."

시라이시는 말을 걸지 않고 백발 남자가 미트로 펀치를 받
아주는 모습을 지켜보았다. 젊은 연습생의 물 흐르는 듯한 펀
치 콤비네이션이 차례차례 남자의 미트에 꽂혔다. 그때마다 남
자가 든 미트에서 뺑뺑, 하고 찰진 소리가 울려 퍼졌다. 시라이
시는 남자가 일부러 소리가 잘 나도록 펀치를 받아주고 있다는
걸 알았다. 그럼으로써 연습생에게 자신감을 붙여줄 수 있다.

드디어 미트 치기가 끝나자 연습생을 허리를 푹 숙이고 거

친 숨을 몰아쉬었다. 시라이시와 마유코는 백발 남자에게 다가
갔다. 남자는 이쪽에 시선을 주지 않았지만 자신들이 왔음을
이미 알아차렸을 것이라 시라이시는 확신했다.

"미마 씨 맞으시죠? 오늘 아침에 전화를 드린 시라이시입니
다. 이쪽은 이즈미라고 하고요."

미마가 돌아섰다. 아와노처럼 기골이 장대하지 않을까 상상
했었지만, 그는 후리후리한 몸에 콧대가 오뚝하니 단정한 생김
새였다. 머리카락은 새하얬지만, 볕에 탄 얼굴은 생기가 있어
실제 나이보다 열 살은 젊어 보였다.

"오늘은 이만하자. 샤워하고 와."

미마의 말에 연습생은 "감사합니다" 하고 인사하고 안쪽으
로 사라졌다. 그 뒷모습을 보며 미마가 중얼거렸다.

"저 녀석이 우리 기대주야."

"콤비네이션이 좋더군요."

시라이시의 말에 미마가 실눈을 뜨고 평가하는 듯한 시선을
던졌다. 시라이시는 말을 이었다.

"다만 오른손 스트레이트 때 조금 주춤하는 경향이 있는 것
같습니다만."

미마가 약간 감탄한 듯한 표정을 지었다.

"복싱에 조예가 있나?"

"아니요, 텔레비전으로 보는 정도입니다. 실제로 해본 적은
없어요."

"자네 말이 맞아. 지치면 오른손 스트레이트 때 주춤하지."

"상위권 수준과 붙으면 카운터펀치의 먹잇감이 되겠군요."

"그러게. 고치려고 애는 쓰고 있는데 어렵군."

미마는 미트를 벗고 안쪽으로 고개를 까딱했다.

"할 이야기가 있다면서? 안쪽 방으로 가지. 더러운데 괜찮겠나?"

마지막 말은 마유코를 향했다.

"괜찮습니다. 형사실도 깨끗하다고는 할 수 없으니까요."

마유코의 농담 섞인 대답에 미마는 훗 웃더니 몸을 돌려 앞장서서 걸어갔다. 시라이시와 마유코도 뒤따라갔다.

미마가 데려간 방은 사무실 같았다. 철제 책상이 있고, 방구석에는 골판지박스를 쌓아놓았다. 미마는 작은 냉장고에서 2리터짜리 페트병을 꺼내 종이컵에 차를 따라 시라이시와 마유코에게 건네주었다. 그리고 자기도 차를 한 잔 따라 꿀꺽꿀꺽 마셨다. 그는 텅 빈 종이컵을 책상에 내려놓고 시라이시에게 물었다.

"그래서 할 이야기는?"

시라이시와 마유코는 재빨리 눈빛을 교환했다. 마유코가 들고 있던 서류가방에 시선을 떨어뜨렸다. 안에는 노트북과 고쿠분지 여아 살해사건의 범행 영상이 담긴 DVD가 들어 있다.

요나미네에게 그랬던 것처럼 이야기를 듣기 전에 범행 영상을 보여주어 미마를 동요시키는 방법도 있었다. 하지만 시라이시가 보건대 미마는 그런 일로 동요할 사람이 아닐 듯했다.

시라이시는 마유코에게 고개를 젓고 미마를 보았다. 그의 입가에는 희미한 웃음이 서려있었다.

"어떤 방법을 쓸지 정했나?"

"예전에 감찰에게 취조를 받으신 적 있습니까?"

"……찍히기는 했지. 문제아였거든."

"그런 평가를 받으셨다는 건 압니다. 하지만 그 이상으로 우수한 형사셨다고도 들었습니다."

미마가 건조한 웃음소리를 흘렸다.

"아첨으로 입을 가볍게 만들어보겠다는 건가?"

"사실을 말씀드렸을 뿐입니다."

미마는 손사래를 쳤다.

"됐어, 됐어. 빨리 본론으로 들어가자고. 대체 무슨 이야기를 하러 온 거야?"

"3년 전에 면허를 반납하신 이유는 뭡니까?"

시라이시가 용건을 꺼냈다.

"그걸 물어보려고 일부러 여기까지 왔나?"

"아니요. 우선은 가벼운 잽부터 던져본 겁니다."

시라이시의 대답에 미마는 한쪽 뺨을 끌어올려 웃었다. 나이에 비해서는 어쩐지 섹시함이 느껴지는 표정이었다.

"자네, 재미있는 사람이로군."

"아직 면허증을 반납할 나이는 아니실 텐데요. 뭔가 이유가 있으셨습니까?"

미마의 표정이 딱딱해졌다.

"3년 전에 체육관 연습생이 무면허로 운전하다 사고를 냈어.

다행히 피해자가 크게 다치지는 않았지만."

"그 차에 미마 씨도 타고 계셨다는 말씀입니까?"

"아니, 그런 게 아니야. 연습생은 혼자 차를 몰다 사고를 냈어. 상대방과는 이미 합의를 봤고."

"그럼 그 사고가 미마 씨랑 무슨 상관인지?"

"내가 직접 사고에 연루된 건 아니야. 하지만 내 제자가 무면허 운전으로 인신사고를 일으킨 것도 사실이지. 우리 체육관 연습생 중에는 가정환경이 복잡한 젊은이도 많아. 그런 애들에게는 복싱뿐만 아니라 사회에서 통용되는 상식과 인간으로서 올바르게 살아가는 방법도 가르치고 싶어. 하지만 그 연습생에게는 그런 가르침이 통하지 않았던 모양이야."

"그게 딱히 미마 씨의 책임은 아니죠."

"아니, 내게도 일부 책임이 있어. 아무리 입바른 소리를 해본들 상대에게 전해지지 않으면 헛일이지. 그래서 나 스스로도 반성하자는 의미에서 면허를 반납한 거야."

아무리 그래도 책임을 너무 혼자 짊어지려는 것 아닌가 싶었지만, 미마에게는 미마 나름의 가치관이 있으리라. 다시금 그의 우직한 성격을 엿본 것 같은 기분이었다.

미마가 문 쪽을 보았다.

"아까 미트를 쳤던 연습생이 걔야. 그 후로는 사고를 안 쳐."

시라이시는 고개를 끄덕였다. 본론으로 들어갈 때가 왔다.

"20년 전 고쿠분지 여아 살해사건은 물론 기억하시겠죠?"

"그걸 어떻게 잊겠나."

"용의자였던 소년A, 오치아이 세이지의 취조에 미마 씨도 참여하셨다고 들었는데요."

미마는 잠자코 고개를 끄덕였다. 이야기가 어느 방향으로 향할지 생각하고 있는 것처럼도 보였다.

"취조 도중에 오치아이에게 폭력을 휘둘러서 취조에서 제외되셨죠. 맞습니까?"

미마는 어깨를 움츠렸다.

"그래, 맞아. 놈의 말을 듣고 뚜껑이 열렸어."

"부모님이 미쓰키를 학대하다 죽인 것 아니냐는 내용의 발언이었죠."

미마가 고개를 끄덕였다.

"피해자 부모님의 마음을 짓이기는 폭언이었지. 나도 모르게 몸이 제멋대로 움직였어."

이야기를 해보니 미마는 냉정하고 온화한 사람처럼 보인다. 도저히 폭력을 휘두를 사람 같지는 않았다. 하지만 그에게도 평소에는 드러나지 않는 다른 일면이 있는 것이리라.

"취조에서 제외된 후에는 뭘 하셨습니까?"

"뭘 했느냐고……?" 미마는 고개를 갸우뚱했다. "그건 잘 기억이 안 나는데. 취조에서 제외됐지만 수사본부에는 머물렀어. 오치아이의 범행을 뒷받침할 단서를 찾으려고 서류나 증거물을 조사하지 않았을까?"

시라이시는 서류가방에서 증거물 출납표를 꺼내 책상에 내려놓았다. 미마가 범죄 영상이 담긴 비디오테이프를 대출한 부분을 짚었다.

"이 서류에 따르면 미마 씨는 미쓰키가 살해당하는 장면이 기록된 비디오테이프를 보관소에서 대출하셨습니다. 이것도 사건 해결에 보탬이 되기 위해서였습니까?"

미마는 잠시 묵묵히 서류를 내려다보았다. 고개를 숙여서 표정이 어떤지는 안 보인다. 시라이시는 마음을 다잡았다. 이제부터가 중요한 대목이다.

미마가 서류에서 고개를 들고 시라이시의 얼굴을 빤히 들여다보았다. 뺨 언저리가 조금 긴장돼 보이는 건 그렇게 생각해서일까.

"미마 씨? 왜 비디오테이프를 대출하셨는지 말씀해 주시지 않겠습니까?"

"……그걸 왜 묻지?"

"질문에 질문으로 대답하지 마십시오."

시라이시는 일부러 강한 어조로 말했다.

미마는 한숨을 쉬고 답했다.

"특별히 대단한 이유는 아니야."

"무슨 말씀이신지?"

"취조에서 제외된 후, 한 수사원이 심상치 않은 안색으로 수사본부에 들어왔지. 손에는 석간신문을 쥐고 있었어."

석간신문이라는 말에 흠칫했다. 옆에 있는 마유코도 몸을 움찔하는 게 느껴졌다.

"도토 스포츠신문이라고 저속한 석간신문이야. 오치아이가 피해자를 살해하는 장면을 촬영했다는 정보가 대서특필됐더군. 영상을 실제로 본 사람이 아니고서는 모를 부분도 포함해 내용이 세세하게 묘사되어 있었지."

미마는 손가락이 하얘질 만큼 주먹을 꽉 움켜쥐었다. 관자놀이에는 핏대가 섰다.

"살해 영상이 존재한다는 건 매스컴에게는 공개하지 않은 극비정보였어. 대체 누가 정보를 유출했는지……. 화가 나서 미칠 것 같더군."

물론 시라이시와 마유코는 요나미네가 정보를 넘겼다는 사실을 안다.

"미마 씨, 그거랑 범행 영상을 대출한 거랑 무슨 관계가 있습니까?"

"……오치아이에게 공범이 있었다고 암시하는 문장이 기사에 실려 있었어. 그걸 읽고 놀랐지. 물론 나도 취조하기 전에 그 영상을 구석구석 꼼꼼히 살펴봤어. 하지만 어쩌면 공범의 존재를 암시하는 부분을 지나쳐버렸을지도 모르잖아. 그래서 서둘러 보관소에서 비디오테이프를 대출해 재조사한 거야."

공범설. 그런 기사가 실렸다는 건 금시초문이었다.

미마가 미간에 주름을 잡으며 말을 이었다.

"하지만 아무리 영상을 살펴봐도 공범의 존재를 암시하는 부분은 눈에 띄지 않았지. 아마 정보를 흘린 사람이 이야기를 과장했든지, 기자가 허위로 기사를 쓴 거겠지. 독자의 흥미를 부추기기 위해 자주 사용하는 수법이거든."

시라이시는 마유코에게 시선을 주었다. 마유코가 고개를 끄덕였다. 지금 미마가 한 이야기는 앞뒤가 맞는 것 같았다. 요나미네가 정보를 유출해 석간신문에 범행 영상이 존재한다는 기사가 실린 것도 사실이다.

"알겠습니다. 그걸 확인하기 위해 비디오테이프를 대출하셨단 말씀이시군요."

"그래. 납득이 됐나?"

"네. 협력해 주셔서 감사합니다."

시라이시는 증거물 출납표를 서류가방에 넣었다.

"하나 물어봐도 되겠나?" 미마가 시라이시와 마유코의 얼굴을 번갈아 보았다. "자네들 대체 뭘 조사하는 건가?"

시라이시는 미마의 눈을 들여다보았다. 연기를 하는 것처럼은 보이지 않았다.

"고쿠분지 여아 살해사건의 범행 영상이 인터넷 경매 암시장에 나왔습니다."

시라이시의 말에 미마의 눈이 휘둥그레졌다. 그의 표정이 크게 변한 건 이게 처음이었다.

"뭐라고? 설마, 가짜겠지."

"아니요. 경시청에서 영상을 입수해 진품을 복사했다는 걸 확인했습니다. 저희는 현재 원본이 어디서 새어나갔는지 조사하는 중입니다."

미마가 얼떨떨한 표정을 지었다. 인터넷상에서는 이미 고쿠분지 여아 살해사건의 범행 영상 DVD가 유출된 것이 화제에

156

올랐지만 미마는 몰랐던 모양이다. 하지만 그는 바로 정신을
가다듬고 혀를 찼다.

"분명 오치아이 그놈이 어딘가 영상매체를 숨겨놨다가 이번
에 인터넷에서 팔았겠지."

미마는 고개를 옆으로 돌리고 불쾌하다는 듯 말을 내뱉었다.

"그때나 지금이나 변함없이 썩어빠진 놈이로군."

× × ×

"일리 있는 이야기던데요."

돌아오는 차에서 운전대를 잡은 마유코가 불쑥 말했다.

"일단은."

시라이시의 대답에 마유코가 곁눈질로 힐끔 보았다.

"뭔가 걸리는 점이라도?"

"있어. 경매 암시장에 범행 영상이 나왔다고 이야기했을 때
미마가 지은 표정. 그때까지 차분했던 태도와는 딴판으로 아주
동요한 것처럼 보였어."

"충격을 받은 것 같기는 했는데……."

"그런 일은 있을 수 없다, 내 눈에는 그런 표정으로 보이던데."

"……추측이 너무 지나치신 것 아닐까요?"

"그럴지도 모르지."

시라이시는 머리 받침대에 머리를 맡겼다.

"일단 미마의 이야기를 확인해 봐야겠어. 도토 스포츠신문에

정말로 공범설이 실렸는지 알아보자."

× × ×

감찰계로 돌아오자 컴퓨터 앞에 앉아 있던 히토요시가 일어나 시라이시와 마유코에게 다가왔다.

"계장님, 이거 보셨어요?"

히토요시는 그렇게 말하며 손에 든 잡지를 쳐들었다. 딱딱한 시사 정보보다는 말랑말랑한 연예계 가십을 중심으로 지면을 편성해 최근 판매 부수가 급격히 늘어난 주간지였다.

"아니. 뭔가 쓸 만한 기사라도 실렸어?"

"고쿠분지 여아 살해사건의 범인인 소년A의 인터뷰 기사가 실렸습니다."

"뭐라고?"

시라이시는 히토요시의 손에서 주간지를 낚아채고 기사가 실린 페이지를 펼쳤다. 마유코도 어깨 너머로 들여다보았다.

'소년A 직격 인터뷰! 나는 살해 영상을 팔지 않았다'라는 표제가 큼지막하게 박혀 있었다.

"……대체 뭐야, 이 기사?"

시라이시의 물음에 히토요시는 순순한 표정으로 대답했다.

"아시겠지만 고쿠분지 여아 살해사건의 영상이 경매 암시장에서 거래됐다는 정보가 인터넷에 나돌기 시작했어요."

"응, 그건 알아. 경찰 관계자가 정보를 흘린 걸까?"

히토요시가 고개를 저었다.

"경매 암시장에 범행 영상이 올라온 걸 본 네티즌이 인터넷 게시판에 그 사실을 알려서 소문이 퍼진 것 같습니다. 그리고 영상을 판매한 건 소년A가 틀림없다며 인터넷상에서 비난이 속출하고 있다고 합니다."

"그런데 왜 주간지에 오치아이…… 소년A의 인터뷰가 실린 건데?"

"아무래도 소년A 쪽에서 인터넷의 비방과 중상에 반론하고 싶으니 인터뷰를 실어달라고 주간지에 요청한 모양이에요."

시라이시는 주간지 기사를 다시 읽어보았다. 기사에는 예전의 소년A, 오치아이 세이지로 추정되는 남자의 뒷모습 사진이 실려있었다. 하얀 셔츠를 입은 뒷모습만 봐서는 그가 어떤 인간으로 성장했는지 짐작이 가지 않았다. 오치아이 세이지는 현재 자신과 동갑인 서른네 살일 것이다.

오치아이 세이지, 속칭 소년A는 인터뷰에서 자기는 이미 갱생했으며 반사회적 행위는 저지르지 않는다고 밝혔다. 그리고 범행 영상을 판매한 것도 자기가 아니라고 딱 잘라 부정했다.

그의 인터뷰는 이렇게 마무리됐다.

'이제 나를 가만히 내버려 달라고.'

14

그날 밤은 비가 내렸다.

비가 억수같이 쏟아졌지만 혹서가 계속되는 여름의 열기를 식히지는 못해 습기 찬 거리는 후덥지근했다.

에리코는 우산을 접고 물기를 털어낸 후 좁은 엘리베이터에 올라탔다. 목적지는 이 잡거빌딩 3층이었다. 엘리베이터에서 내리자 에어컨의 냉기와 시끌벅적한 웃음소리가 맞이했다.

'선술집 겐바치'라고 페인트칠 된 유리문 앞에서 들어갈까 말까 주저했다. 손목시계를 보자 저녁 8시가 지났다. 오프라인 모임은 이미 시작됐을 것이다.

공지사항을 본 후부터 2, 3일 망설인 끝에 에리코는 '자경단' 사이트의 운영자에게 메시지를 보냈다. 모임에 참석하겠다는 뜻을 전하자 그날 안에 답장이 왔다. 답장에는 환영 인사와 오프라인 모임 일시 및 회비, 모임 장소가 적혀있었다.

그때까지도 에리코는 오프라인 모임에 참석할지 말지 망설였다. 처음 만나는 사람들과 술을 마시러 간다니 거부감이 들었다. 아니, 그보다도 이런 사이트에 드나드는 사람들이 어떤 부류일지 몰라서 불안했다. 하지만 그런 한편으로 오프라인 모임에 참석하면 료마를 만날 수 있지 않을까 기대도 됐다.

가게 앞에서 망설이고 있자니 비상계단으로 통하는 문이 열리고 중년 여자가 담배 연기를 풍기며 들어왔다. 아무래도 계단에서 담배를 피우고 온 모양이었다. 여자는 에리코를 보고 평가하듯 실눈을 떴다.

"……혹시 모임에 왔어요?"

"어……네."

"그럼 들어가죠. 무서운 데 아니니까."

중년 여자는 에리코의 속내를 꿰뚫어 본 것처럼 말하더니 냉큼 가게 안으로 들어갔다. 에리코도 마음을 정하고 따라갔다. 오프라인 모임은 안쪽 방에서 진행 중이었다.

슥 훑어보니 열대여섯 명쯤 참석했다. 대부분 남자지만 여자도 세 명 정도 있었다. 아까 그 중년 여자는 어느새 안쪽 자리에 앉아 사람들과 대화를 나누고 있었다.

에리코가 빈자리를 찾고 있자니 "괜찮으면 여기 앉아요" 하는 목소리가 들렸다. 앞에 있던 회사원풍 중년 남자가 몸을 움직여 공간을 만들어주었다. 따로 자리도 없을 듯해 시키는 대로 거기 앉았다.

"오프 모임은 처음이에요?"

중년 남자가 에리코의 컵에 맥주를 따라주었다. 철테 안경을 낀, 얼핏 보기에는 순한 인상의 남자다.

"네……. 올까 말까 망설였지만……."

하하하, 하고 남자가 쾌활하게 웃었다.

"그 기분 잘 알죠. 저도 처음 왔을 때는 쭈뼛쭈뼛했다니까요. 하지만 다들 좋은 사람들이에요. 전혀 무섭지 않아요. 보통 사람들이랍니다."

다만, 하고 남자가 말을 이었다.

"다른 사람들보다는 정의감이 약간 강할지도 모르겠네요."

에리코는 주변을 둘러보았다. 남자 말처럼 참석자는 대부분 평범한 사람으로 보였다. 학생처럼 보이는 젊은 남자도 있거니와 대머리 노인도 있었다. 그 후로는 약간 긴장이 풀려 다른 사람들과도 이야기를 나누었다. 자기소개부터 시작해 직업과 취미, 연예계 소식 등 이야기꽃을 피웠다. 영락없이 '저격'에 대해서만 이야기할 거라고 생각했었는데 약간 김이 샜다.

하지만 술이 들어가 점점 술기운이 돌자 '저격'에 대한 화제가 드문드문 고개를 내밀었다.

"내가 제일 용서할 수 없는 건 스마트폰 좀비야. 요전에도 어떤 젊은 남자가 스마트폰을 하느라 앞도 보지 않고 걸어오길래 힘껏 부딪쳐 줬지."

에리코 정면에 앉은 반백머리의 50대 남자가 기세등등하게 말했다. 그걸 계기로 주변 참석자들도 경쟁하듯 사회에 불만스러운 점을 털어놓기 시작했다. 새치기하는 중년 남자, 유모차를 끌고 바겐세일 매장을 찾는 엄마에 대한 불평 등 전부 소소한 것들이었다. 분명 에리코도 그러한 일들에 화를 내봤다.

하지만 '자경단' 사이트의 일원이라면 그런 소소한 일들 말고 좀 더 중대한 부정행위에 관심을 가져줬으면 싶었다. 예를 들면 우쓰기처럼 기초생활 보장제도를 악용해 사리사욕을 챙기는, 그런 행위에 대해서.

술기운이 돈 탓인지 에리코는 자기가 우쓰기를 저격했다고 밝히고 싶어졌다. 당신들과 달리 나는 사회적으로 더욱 용납할 수 없는 짓을 저지른 인간을 고발했다고 자랑하고 싶었다.

그러자 문득 이런 생각이 들었다. 나는 우쓰기를 저격한 걸 칭송받고 싶어서 오늘 여기에 온 것 아닐까.

에리코가 결심하고 입을 열려고 했을 때, 맥주를 따라준 철테 안경 남자가 나직하게 말했다.

"제가 지금 용서할 수 없는 건 그 로리콤(롤리타 콤플렉스의 일본식 준말) 범죄자예요."

"로리콤 범죄자?"

남자에게 시선이 모였다.

"왜, 20년 전에 고쿠분지에서 초등학교 여학생을 죽인 소년A 있잖아요. 살해 영상까지 찍었던 놈."

아아……, 하고 에리코는 고개를 끄덕였다. 아직 어렸던 시절에 일어난 사건이라 또렷하게 기억하고 있는 건 아니다. 하지만 헤이세이(1989~2019년까지 사용된 일본의 연호) 시대를 대표하는 엽기사건이라 약간의 지식은 있었다.

"놈이 최근에 그 범죄 영상을 인터넷 경매사이트에서 팔았잖아요? 진짜 세상을 뭐로 보는지 모르겠어요."

"하지만 본인은 주간지 인터뷰에서 부정했던데요."

에리코의 대각선 맞은편에 앉은 젊은 남자가 말했다.

"거짓말일 게 뻔하죠." 철테 안경 남자가 고개를 휘휘 내저었
다. "소년A 말고 누가 그런 영상을 팔려고 내놓겠습니까?"

에리코도 소년A가 범행 영상을 경매 암시장에 내놓은 것 같
다는 소문은 인터넷에서 봐서 알고 있었다. 다만 주간지 인터
뷰 기사에서 그 사실을 부정한 것까지는 몰랐다.

"나도 동감. 범행 영상을 판 건 소년A일 거야."

왼쪽에서 술기운이 가신 듯한 목소리가 들려 에리코는 그쪽
을 돌아보았다. 어느 틈엔가 아까 그 중년 여자가 옆자리에 앉
아 있었다. 미즈와리(술을 물로 희석시켜 마시는 방식)를 채운 잔을
들고 손에 턱을 괴고 있었다. 담배와 강한 향수가 뒤섞인 냄새
가 풍겼다.

"왜, 그는 자기현시욕이 강한 놈이잖아. 고쿠분지 여아 살해
사건이 발생한 지 20년이나 지났어. 이제는 그런 사건이 있었
는지조차 모르는 사람이 많아졌지. 소년A는 분명 그걸 견딜 수
없었을 거야. 그래서 다시 주목받기 위해 범행 영상을 출품한
것 아닐까."

"과연 운영자님답네요. 날카로운 견해입니다."

철테 안경 남자가 만족스럽게 고개를 끄덕였다.

운영자라는 말에 놀라 에리코는 옆에 앉은 중년 여자를 보
았다. 이 여자가 '자경단' 사이트의 운영자란 말인가. 운영자는

분명 남자일 거라 믿었기에 의외였다.

에리코는 운영자라는 중년 여자를 새삼 관찰했다. 나이는 40대 중반쯤일까. 탄탄한 몸매에 화장기는 거의 없지만 이목구비도 단정했다.

"난 실시간으로 그 사건을 접한 세대니까. 사건이 발생한 당시 매스컴에서 얼마나 떠들어댔는지 몰라. 소년A를 추앙하는 팬 같은 사람들도 있었더랬지."

"흐음, 그런 느낌이었군요."

"결국 소년A는 의료소년원인가 뭔가에 4년인가 들어가 있었던 게 전부잖아? 그 정도로 속죄했다고 할 수야 없지."

운영자는 냉랭한 어조로 그렇게 말하고 미즈와리를 꿀꺽꿀꺽 마셨다.

"그럼요." 철테 안경 남자가 기쁜 듯이 말했다. "소년A는 결국 갱생하지 않았다는 거겠죠?"

"그 자식, 잡히지 않으리라는 확신이 서면 또 사람을 죽일 거야. 분명해."

운영자는 내뱉듯이 말했다.

"야, 진짜 그럴 겁니다." 철테 안경 남자가 열띤 표정으로 말했다. "애초에 그런 짐승을 풀어주는 게 아니었어요. 뭐, 이번에 소년A가 주간지 인터뷰에서 반론을 펼친 탓에 네티즌의 분노에 불을 붙인 셈이 됐지만요. 더욱 활활 타올라서 사회적 제재를 받으면 좋겠습니다."

침을 튀기며 열변을 토하는 철테 안경 남자의 얼굴에서 처음 보았을 때의 순한 인상은 싹 사라지고 없었다.

× × ×

모임은 10시 넘어서까지 이어졌다.

에리코는 내일도 일찍 출근해야 해서 2차를 가겠다는 사람들과 헤어져 집에 가기로 했다. 술 냄새를 풍기는 회사원과 젊은이들 사이를 누비듯 신주쿠역으로 걸음을 빨리했다. 비에 젖은 아스팔트에서 열기가 피어올랐다.

도중에 마주친 대형 서점에 아직 불이 켜져 있었다. 안을 들여다보자 드문드문하게나마 손님이 있었다. 아직 영업을 하는 모양이었다.

문득 떠오른 생각에 에리코는 서점으로 들어갔다. 계산대 옆에 찾으려던 잡지가 쌓여 있었다. 소년A의 인터뷰 기사가 실린 주간지다. 잡지를 들어 주변을 살피며 기사가 실린 페이지를 펼쳤다. 소년A로 추정되는 남자의 큼지막한 뒷모습 사진 위에 '소년A 직격 인터뷰! 나는 살해 영상을 팔지 않았다'라는 표제가 박혀 있었다.

기사를 재빨리 읽어보았다. 소년A는 사건 당시 수사 관계자에게 살해 영상을 모조리 압수당했는데 어떻게 이번에 경매에 내놓겠느냐며 자신의 혐의를 부인했다.

과연 어떨까. 에리코는 고개를 기웃했다.

그때 갑자기 뒤에서 누가 어깨를 두드렸다.

에리코는 하마터면 비명을 지를 뻔했다. 펄쩍 뛰다시피 돌아보자 마찬가지로 놀란 표정의 운영자가 서있었다.

"아아…… 미안해. 그렇게 놀랄 줄은 몰랐어."

"아니요……."

에리코는 잡지를 얼른 판매대에 되돌려 놓았다. 운영자가 에리코의 움직임을 좇아 주간지 표지에 시선을 주었다.

"어머, 그 잡지 사려고 그랬어?"

"아니요." 허둥지둥 고개를 저었다. "그런 건 아니지만, 아까 모임에서 운영자님의 이야기를 듣고 호기심이 생겨서……."

"소년A의 인터뷰 기사 말이구나."

"네. 정말로 그가 살해 영상을 팔려고 내놓은 게 맞는지 궁금해져서……."

"그 사건이 일어났을 때 아직 어리지 않았나?"

"네. 하지만 잔인한 사건이라는 건 알아요. 어린 여자애의 눈알을 빼내다니 도무지 믿기지가……."

운영자의 눈이 고양이 눈동자처럼 가늘어졌다.

"어, 그쪽 이름이 뭐였더라?"

"……에리코예요."

어쩐지 성까지 가르쳐주기는 꺼려졌다.

운영자가 고개를 끄덕였다.

"난 야마모토 야요이."

힘찬 그 말투에 에리코는 자기만 성을 말하지 않은 것이 좀 미안했다. 야요이는 주간지 표지를 탁 두드렸다.

"이런 인터뷰에 뻔뻔스레 응하는 소년A도 쓰레기지만, 그걸 싣는 출판사도 쓰레기지. 그걸 읽은 나도 쓰레기고."

"그건 아니지 않……."

"맞아. 소년A는 자기애를 채우기 위해 인터뷰에 응했고, 출판사는 돈을 벌기 위해 기사를 냈고, 독자는 호기심과 구경꾼 기질을 채우기 위해 그 기사를 읽지. 저마다 추한 욕망을 채우는 셈이야."

그렇게 말하고 야요이는 단정한 얼굴을 일그러뜨렸다. 에리코는 어쩐지 그녀에게 흥미가 생겼다.

야요이는 대체 어떤 사람일까. 결혼은 했을까. 아이는 있을까. 왜 '자경단' 사이트의 운영자가 된 걸까.

위악적인 말을 하지만 상스러운 인간으로는 보이지 않았다. 다만 그녀가 에리코 자신에게는 없는 강철 같은 의지를 숨기고 있는 것만은 분명해 보였다.

"저어……야마모토 씨는 무슨 계기로 '자경단' 사이트를 운영하게 되셨어요?"

"뭐라고 한마디로 대답하기는 어려운 질문이네."

쌀쌀맞은 말투에 에리코는 당황했다. 그리 친하지도 않은데 너무 깊게 파고들었다.

"죄송해요. 꼬치꼬치 캐물을 생각은 없었어요."

"아니야, 괜찮아."

"저……알고 싶었어요. 그 사이트에 모이는 사람은 다들 저처럼 가슴에 울분을 품고 있는지."

야요이가 갑자기 웃음을 지었다.

"요즘 같은 세상에 울분 없는 사람이 있을까."

"네, 하지만 저는 울분이 넘치거든요. 업무 스트레스도 장난
아니고. 하지만 그 사이트에서 저격하니까 울분이 조금 씻겨
내려간 것 같은 기분이……."

"당신도 누군가 저격했어?"

야요이의 눈에 호기심의 빛이 깃들었다. 우쓰기의 약 불법
판매와 미성년자 성매매 의혹 동영상을 올렸다고 밝히자 야요
이의 눈이 동그래졌다.

"그랬구나. 당신이 그걸……."

야요이가 적지 않게 감명을 받은 것이 전해졌다. 그것만으로
도 우쓰기를 저격한 보람이 느껴졌다. 강한 여자로 보이는 야
요이에게 인정받은 것 같아서 기뻤다.

"저기."

야요이가 부드러운 목소리로 말했다.

"술 깨니까 어째 출출하다. 어디서 뭐 좀 먹고 가지 않을래?"

× × ×

야요이가 가끔 간다는 뒷골목의 꾀죄죄한 라면집에 들어갔
다. 입구에서 식권을 사서 기름으로 끈적한 카운터석에 앉았
다. 밤늦은 시간인데도 가게는 붐볐다. 에리코와 야요이처럼
술 마시고 허기진 속을 달래러 온 회사원이 많은 것 같았다.

"이야, 독촉하는 일을 하는구나."

라면이 나올 때까지 에리코는 자신의 처지에 대해 이야기해 주었다. 카드회사에서 추심 업무를 하고 있다고 말하자 야요이는 감탄한 것 같았다.

"정말 힘들다니까요. 체납해 놓고 적반하장으로 피해자인 척하는 고객이 많아서……."

"알 것 같아. 그런 인간들은 자기 잘못은 인정하지 않고 남의 탓으로 돌리려 하지."

"맞아요. 너무 부조리하다니까요."

"그래, 그거야. 부조리."

야요이가 고개를 크게 끄덕이고 얼굴을 가까이 댔다. 같은 여자인데도 왠지 가슴이 두근두근했다.

"난 '자경단' 사이트를 통해 그런 부조리를 바로잡으려고 해. 부정행위로 득을 보는 인간과 나쁜 짓을 저질렀는데도 법적으로 처벌받지 않는 인간. 그런 놈들에게 철퇴를 가하는 게 내 사명이라고 생각해."

그렇게 말하는 야요이의 얼굴은 마치 순교자처럼 보였다.

라면이 나오자 야요이는 나무젓가락을 쪼개 먹성 좋게 면을 후룩후룩 빨아들였다. 호쾌하게 먹는 모습이 에리코에게는 매력적으로 느껴졌다.

"나 말야……."

야요이가 불쑥 말했다.

"네?"

에리코는 야요이의 얼굴을 보았다.

"옛날에 교통사고로 초등학생이던 외동딸을 먼저 보냈어."

갑작스러운 고백에 에리코는 할 말을 잃었다. 야요이가 어쩐지 아련한 눈빛으로 말을 이었다.

"학교 다녀오는 길에 횡단보도를 건너는데 차가 돌진했지. 차를 훔친 절도범이 경찰차의 추격을 피하려고 빨간불을 무시하고는 교차로에 진입한 거야. 딸은 머리를 세게 찧어서 즉사했어. 차는 그대로 달아났고."

"결국 범인은 잡히지 않았나요?"

야요이는 고개를 저었다.

"다음 날 경찰에 자진 출두했어. 하지만 16세 소년이라 보호관찰처분으로 끝났지. 절도로도, 딸을 치어죽인 죄로도 실형을 살지 않았어. 그런 법이 어디 있어?"

야요이가 부조리 척결에 목을 매는 이유를 알았다. 소중한 외동딸이 죽었는데 가해자가 미성년자라는 이유만으로 처벌을 받지 않았으니, 부조리에 치를 떨 만도 하다.

그 사건이 야요이가 '자경단'에 매진하게 된 원인이었을까.

"그러고 보니" 그제야 에리코는 중요한 게 생각났다. "료마는 오늘 모임에 나왔나요?"

"내가 알기로는 안 나왔어. 지금까지도 참석한 적 없었을 거야. 사람과 어울리기를 별로 안 좋아하는 거 아닐까."

"야요이 씨는 만나신 적이……?"

"없어. 료마를 직접 봤다는 사람도 모르고. 그는 큰손하고도 무관하니까 접촉할 방도가 없지."

"큰손이라니, 그게 뭔데요?"

처음 듣는 말에 당황해 물어보았다.

"료마뿐만 아니라 인터넷에 과격한 동영상을 공개해 돈을 버는 사람들이 많잖아. 인기 있는 크리에이터에게는 열광적인 팬이 붙는데, 개중에는 금전적으로 원조해 주는 사람들도 있어."

"그게 큰손인가요?"

"응. 고액의 돈을 원조하면 한정 영상을 보여주는 등 특별대우를 해주기도 한다나 봐. 때로는 큰손이 돈을 내는 대가로 찍고 싶은 영상을 요청하기도 하는 모양이고."

에리코는 반쯤은 어이없고, 반쯤은 감탄하는 기분으로 이야기를 들었다.

"료마는 큰손이 관여하는 걸 별로 좋아하지 않는 모양이야. 아마도 돈 때문에 제약이 생기는 게 싫은 거 아닐까."

그는 혼자 힘으로 다양한 돌격 취재를 성공했다. 취재 대상의 신원을 알아내는 조사력과 어디든 취재에 나가는 행동력은 수많은 동영상 크리에이터들 중에서도 단연 으뜸이라 할 만하다.

료마와 만나보고 싶은 기분이 더욱 강해졌다. 하지만 그와 접촉할 방법은 없는 듯했다.

15

스툴에 앉은 마유코가 손목에 찬 시계에 눈길을 주었다.

"벌써 30분 지났네요. 시간 개념 없는 사람은 싫은데."

옆에서 우롱차를 마시던 시라이시는 달래듯이 말했다.

"뭐, 기자니까 바빠서 그렇겠지."

"하지만 시간을 정한 건 그쪽이잖아요."

마유코가 입을 삐죽거리고는 우롱차를 마셨다.

그때 문이 열리고 몸집이 작은 남자가 가게로 들어왔다. 짧은 머리를 왁스로 세우고 흰 셔츠 소매를 걷어붙였다. 어쩐지 쥐를 연상시키는 외모였다. 그가 도토 스포츠신문 기자 마쓰키이리라. 그는 마유코를 보고 카운터로 다가와 물었다.

"댁이 전화 준 사람?"

마유코가 스툴에서 내려와 그에게 가볍게 고개를 숙였다.

"경시청의 이즈미라고 합니다. 이쪽은 시라이시고요."

마쓰키는 시라이시가 같이 왔다는 걸 알고 인상을 찌푸렸다.

"전화로는 단둘이 만난다는 약속이었을 텐데."

마유코가 빙긋 웃었다.

"아니요, 이쪽에서는 둘이서 가겠다고 말씀드렸습니다."

시라이시는 떨떠름한 표정의 마쓰키에게 말을 붙였다.

"안쪽에 칸막이석을 맡아놨습니다. 그쪽으로 가시죠."

시라이시와 마유코는 조명이 닿지 않는 안쪽 칸막이석으로 옮겨 마쓰키와 마주 앉았다.

"그래서 뭘 묻고 싶은 건데?"

마쓰키가 거만한 말투로 물었다.

마유코가 차분한 어조로 이야기를 시작했다.

"전화로도 잠시 말씀드렸지만, 20년 전 고쿠분지 여아 살해 사건의 보도에 대해서입니다. 살해 영상이 존재한다는 건 대외비였는데, 도토 스포츠신문에서 그 사실을 대서특필했죠."

"아아, 그거." 마쓰키가 안쪽의 은니를 반짝이며 씨익 웃었다. "그때 국장상을 받았던가."

"즉, 그 기사는 마쓰키 씨가 쓰셨군요?"

"뭐, 그렇지."

마쓰키는 종업원이 가져온 미즈와리를 꿀꺽 마셨다.

"누가 마쓰키 씨께 그 정보를 흘렸나요?"

"그건 말 못 해. 정보원의 비밀을 지켜주는 게 신문쟁이에게 얼마나 중요한지 잘 알잖아?"

"그 정보는 경찰이 의도적으로 덮어놓은 겁니다. 범인만 알 수 있는 정보를 확보하려고요. 그걸 외부에 유출했으니 수사

방해에 해당합니다. 그리고 당신은 그에 가담한 셈이고요."

"하하, 그런 협박은 안 통해."

오랜 세월 신문기자로 살아온 만큼 간단한 흔들기에는 꿈쩍
도 하지 않을 듯했다. 교활한 쥐를 연상시키는 눈이 반짝였다.
그 시선은 노골적으로 마유코의 가슴께에 꽂혀 있었다.

마유코가 황갈색으로 변색된 서류가방에서 서류 다발을 꺼
냈다. 마유코는 서류를 넘기며 말을 이었다.

"마쓰키 씨, 주거래은행 말고 아카네 신용조합에도 예금계좌
를 가지고 계시네요."

미즈와리를 마시려던 마쓰키가 손을 딱 멈췄다.

"예금액은 이천만 엔……이 넘네요. 주거래은행도 아닌데 예
금을 많이도 하셨어요. 실례지만, 이 돈은 어디서?"

마쓰키는 술잔을 테이블에 내려놓고 마유코를 노려보았다.
시라이시가 있다는 건 까맣게 잊어버린 듯했다.

"이봐, 내 은행계좌를 멋대로 조사했나? 개인정보보호법에
위배되는 거 아니야?"

"정당한 절차를 밟았습니다." 마유코는 시원스러운 얼굴로
받아쳤다. "법원에서 영장 받았어요."

"……수상한 돈 아니야. 3년 전에 복권에 당첨돼서 받은 돈
이라고."

마유코는 고개를 끄덕였다. 그 사실은 마유코도 이미 파악해
놓은 모양이었다.

"하지만 당첨금을 주거래은행에 입금하지 않으셨다. 그럼 사

모님과 따님은 마쓰키 씨가 복권에 당첨됐다는 사실을 모르는 거 아닌가요?"

마쓰키의 얼굴이 험악해졌다.

"……가족 사이에도 비밀은 있는 법이잖아."

"그런데 거래내역을 확인해 보니 매달 정기적으로 이십만 엔이 아시다 에리나라는 여자의 계좌로 송금되더군요. 이 여자는 대체……?"

이제 마쓰키의 얼굴은 완전히 창백해졌다. 반면 마유코의 얼굴은 가면처럼 냉정했다.

"……이봐, 내게 공갈을 치겠다는 거야?"

"설마요. 저희는 경찰입니다. 다만 아시다 에리나라는 사람이 마음에 걸려서요. 혹시 마쓰키 씨가 키다리 아저씨처럼 부모 없는 어린이를 도와주고 계신 걸까요? 만약 그렇다면 그 훌륭한 행동을 꼭 사모님과 따님께 알려드리고 싶습니다만……."

마유코의 능청스러운 대답에 시라이시는 살짝 쓴웃음을 지었다. 한편 마쓰키는 물수건으로 이마의 땀을 닦았다.

"……알았어. 뭘 알고 싶은 건데?"

마쓰키가 이를 갈며 말했다.

"아까도 말씀드렸다시피 범행 영상이 존재한다는 정보를 흘린 사람의 이름입니다."

"……성은 요나미네. 이름은 몰라."

마유코가 고개를 끄덕였다. 시라이시는 그 믿음직스러운 옆얼굴을 지켜보았다. 마쓰키가 자리에서 엉거주춤 일어섰다.

"볼일 끝났으면 난 이만……."

"왜 그렇게 서두르세요?" 마유코가 빙긋 웃음을 지었다. "아직 술도 남았는데요."

마쓰키는 경계하는 표정으로 다시 자리에 앉았다.

"기자님이 쓰셨다는 특종기사에 대해서도 조금 여쭤볼게요. 기사에서 공범설을 언급하셨는데, 그것도 요나미네에게 들으셨나요?"

"아니……." 마쓰키가 될 대로 되라는 듯한 투로 대답했다. "그건 내가 멋대로 부풀린 거야. 우리 독자는 그런 기사를 좋아하거든."

"즉, 날조하신 거로군요."

"넌지시 암시했을 뿐 공범이 있다고 단언하지는 않았어."

"그렇군요. 그런데 한 가지 걸리는 점이 있습니다."

마유코의 말에 마쓰키뿐만 아니라 시라이시도 무심코 그녀의 얼굴을 보았다.

"소년A가 살해 영상을 가지고 있었다는 사실만으로도 독자의 흥미를 끌기에는 충분했을 거예요. 그런데 왜 굳이 공범설까지 집어넣으신 거죠?"

마쓰키가 눈살을 모았다.

"아무래도 착각하는 것 같은데."

"착각?"

"내가 공범설을 쓴 건 소년A에 관한 특종이 실린 날이 아니야. 그로부터 이틀 후에 썼다고."

마유코가 왼쪽 눈썹을 살짝 움찔했다. 하지만 그 이외에는 거의 표정 변화 없이 되물었다.

"이틀 후에요?"

"그래. 신문은 매일매일 새롭고 매력적인 기사를 싣지 않으면 독자들이 사보질 않아. 범행 영상 특종이 먹힌 건 기껏해야 이틀이었지. 그래서 이틀 후에 공범의 존재를 암시하는 기사를 쓴 거야."

말을 마친 후 그는 쓰디쓴 표정으로 미즈와리를 들이켰다.

× × ×

근처 주차장에 세워둔 차에 올라타자 시라이시는 말했다.

"착안점이 좋았어."

운전석에 앉은 마유코가 가볍게 고개를 숙였다.

"감사합니다. 칭찬에 인색한 계장님이 그렇게 말씀해 주시니 영광이네요."

시라이시는 풋 웃었다.

"공범설 기사는 범행 영상 특종이 나가고 이틀 후에 실렸어. 즉, 소년A가 이미 검찰 송치된 다음이지."

"네. 송치와 더불어 증거물도 검찰에 보내졌을 테고요. 다시 말해 공범설이 신문에 실린 시점에, 그 비디오테이프는 이미 검찰의 수중에 있었다. 반대로 말하면 미마가 비디오테이프를 대출한 시점에 공범설은 나오지 않았다."

시라이시는 팔짱을 꼈다.

"그렇다면 미마가 공범설을 검증하기 위해 비디오테이프를 빌렸다는 이야기는 거짓말인 셈이지. 대체 왜 거짓말을 했을까?"

마유코가 눈썹을 찡그렸다.

"역시 미마가 범행 영상을 빼돌린 걸까요?"

"일단 미마에게 감시 인원을 붙이도록 하지."

"알겠습니다."

"그리고" 시라이시가 덧붙였다. "공범설이 정말 이틀 후 신문에 실렸는지 확인할 필요가 있어."

마유코가 고개를 끄덕였다.

"국회도서관에 옛날 신문이 마이크로필름으로 보존돼 있을 거예요. 내일 당장 팀원을 보내 확인시키겠습니다."

마유코가 시동을 걸고 차를 출발시켰다. 시라이시는 그만 하품을 했다.

"잠이 부족하신 것 같은데요?"

마유코가 눈치 빠르게 지적했다.

"나만 그런 게 아니잖아. 지금은 계원들 모두가 그래."

입 밖에는 내지 않지만, 마유코 역시 눈 아래 다크서클을 화장으로도 완벽하게 감추지는 못했다.

"그나저나 레나 일은 어떻게 됐나요?"

그 질문을 듣자 속이 찌르르 아팠다.

"……그 추적 앱을 깔았어."

"마침내 마지막 선을 넘으셨군요." 마유코가 한숨을 크게 쉬

179

었다. "그래서, 레나의 움직임은요?"

"그게, 요즘 너무 바빠서 앱을 확인할 생각도 못했어."

"그래서는 의미가 없잖아요. 위험만 무릅쓴 꼴이라고요."

시라이시는 졸음을 깨울 겸 스마트폰을 꺼내 추적 앱을 켰다. 잠시 후 화면에 지도가 표시됐다. 레나의 현재 위치를 나타내는 아이콘이 지도 한복판쯤에 나타났다.

그걸 보고 시라이시는 무심코 미간에 주름을 잡았다.

"왜 그러세요?"

"레나 이 녀석이, 이런 시간에 시부야 일대를 돌아다니고 있는 것 같아."

손목시계를 보자 이미 밤 9시가 넘었다. 여중생이 이런 시간까지 시부야를 돌아다니는 건 바람직한 일이 아니다. 최근 시라이시는 거의 매일, 날짜가 바뀌고 나서야 귀가한다. 레나는 그걸 좋은 기회로 여기고 밤늦게까지 놀러 다니고 있는 걸까.

"계장님." 마유코가 진지한 표정으로 말했다. "당장 가보시는 편이 좋겠어요. 차로 바래다 드릴게요."

시라이시는 고개를 끄덕였다.

"미안하지만 그래야겠어. 본청에 돌아가면 다른 사람들한테도 오늘은 일찍 들어가라고 전해줘."

"알겠습니다."

그로부터 20분 후, 시라이시는 시부야의 도큐백화점 앞에서 차를 내렸다. 마유코는 창문 너머로 가볍게 손을 흔들고 멀어졌다. 시라이시는 스마트폰을 들여다보았다. 위치 아이콘에 따르면 레나는 도큐백화점 앞 큰길에서 한 블록 들어간 길에 있는 듯했다.

시라이시는 술 취한 회사원과 외국인 여행자 사이를 누비듯 나아갔다. 밤이 되자 낮보다 사람이 더 많아진 것 같았다.

스마트폰으로 레나의 현재 위치를 확인했다. 제법 가까워 보이지만, 이런 앱은 꼭 오차가 생긴다. 이제부터는 육안으로 레나를 찾아내는 수밖에 없으리라.

인파 속에 파묻혀 주변을 주의 깊게 살피며 나아갔다. 앞쪽에 젊은이들이 줄을 서있었다. 이런 밤중에 뭘까 싶어 자세히 보니 버블티 가게였다. 젊은이들이 차례차례 음료를 사서 마시며 갈 길을 갔다.

그 가게 옆쪽, 셔터가 내려진 가게 앞에 앉아 있는 젊은 남녀가 문득 눈에 들어왔다. 여자는 레나였다. 시라이시는 처음 보는 오프숄더 블라우스를 입었다. 레나는 남자가 든 스마트폰을 들여다보고 있었다. 즐거운 듯 가끔 소리 내어 웃었다.

시라이시는 줄을 선 사람들 뒤편에 숨어 레나와 남자의 동태를 관찰했다. 남자는 아직 성인이 아닌 것 같았다. 티셔츠에 물이 빠진 청바지. 매끈매끈한 갈색 머리에 어쩐지 풋풋함이 남은 얼굴. 나이는 열대여섯 살쯤일까.

소년이 레나와 얼굴을 바싹 붙인 채 이야기하는 걸 보고 시라이시는 당장 두 사람을 떼어놓고 싶은 충동에 휩싸였다.

이제 어떻게 해야 할까. 우연히 레나를 발견한 척 데리고 돌아갈까. 하지만 레나는 머리가 좋은 아이다. 분명 시라이시가 우연히 여기를 지나갔다고는 믿지 않을 것이다.

이대로 두 사람을 지켜보는 편이 나을까. 이 부근에는 모텔가도 있다. 만약 두 사람이 그쪽으로 향하는 것 같다면 그때는 실력 행사에 나설 수밖에 없다.

그때였다. 레나가 손목시계를 들여다보고 당황한 듯 일어섰다. 소년에게 "미안해" 하고 말하더니 아쉬운 듯 자리를 떠났다. 소년도 일어서서 레나의 뒷모습을 바라보았다. 레나의 뒷모습이 시부야역 쪽으로 사라졌다. 자기도 모르는 사이에 시간이 많이 흘렀다는 걸 깨닫고 서둘러 집에 돌아가려는 것이리라.

일단 오늘 지켜본 바, 레나와 소년이 마지막 선까지는 넘지 않은 것에 시라이시는 안심했다. 이대로 레나를 뒤쫓아 집에 가는 걸 확인해야 할까. 하지만 소년도 신경 쓰였다.

결국 그 자리에 남아 소년을 관찰하기로 했다. 소년은 셔터 문에 기대어 나른한 표정으로 스마트폰을 들여다보았다.

갑자기 버블티 가게 앞에 줄을 서있던 청년 두 명이 말다툼을 벌이기 시작했다. 순서 문제로 실랑이가 붙은 모양이다. 둘 다 야수처럼 사나운 분위기를 뿜어냈다. 어느 한쪽도 물러날 낌새 없이 점점 목소리가 커졌다. 그러다 한 청년이 상대방의 멱살을 잡았다.

그때 레나와 함께 있었던 소년이 검은색 캠코더로 그들을 찍고 있다는 걸 시라이시는 알아차렸다. 말다툼을 하던 청년들도 역시 눈치챈 듯했다.

"야, 이 새끼야, 뭘 찍는 거야."

분노의 화살이 소년 쪽을 향했다. 그래도 소년은 기죽는 기색 없이 계속 촬영했다.

"야, 인마. 그거 안 치워!"

말다툼하던 청년들이 어느새 한편이 되어 소년을 다그쳤다. 한 청년이 소년의 캠코더를 쳐서 땅에 떨어뜨렸다.

시라이시는 저도 모르게 끼어들어 말렸다.

"이봐, 그만해."

관자놀이에 핏대가 선 청년들이 시라이시를 돌아보았다.

"……뭐야, 다치기 싫으면 아저씨는 빠져 있어."

시라이시는 재킷 안주머니에서 경찰수첩을 꺼내 청년들의 눈앞에 들이댔다.

"경찰이다. 썩 물러나. 이런 데서 싸움질하면 다른 사람들에게 민폐야."

청년들은 경찰수첩을 보고 어떻게 할지 고민하다가 혀를 차더니 각자 다른 방향으로 가버렸다. 주변을 둘러싸고 있던 구경꾼들도 김샜다는 듯 뿔뿔이 흩어졌다. 소년에게 눈을 돌리자 그는 캠코더를 주워 고장 나지 않았는지 확인하고 있었다.

"이봐, 괜찮아?"

"글쎄요. 렌즈에 모래가 들어갔을지도 모르겠네요."

"캠코더 말고 너 말이야. 다치지는 않았어?"

"나요?" 소년은 뜻밖이라는 표정을 지었다. "난 괜찮아요. 아저씨야말로 조심하는 편이 좋을걸요. 함부로 싸움 말리러 끼어들었다가 칼 맞아 죽기라도 하면 하소연도 못할 테니까."

시라이시는 소년의 얼굴을 빤히 들여다보았다. 어쩐지 별난 소년이었다. 동안이지만 종잡을 수 없는 분위기를 풍겼다.

"왜 촬영한 거야?"

"물론 영상으로 남기려고요."

"아아, 알았다. 너 유튜버구나? 아까 싸우는 모습을 찍어서 인터넷에 올리려고 한 거지?"

소년이 콧방귀를 뀌었다.

"나를 유튜버랑 똑같이 취급하지 말아요."

"그럼 뭔데?"

"어디 보자……. 일단 필살처형인(1973년에 일본에서 방영된 사극. 자칭 처형인들이 합의하에 의뢰를 받아 사람들의 원한을 풀어주는 내용)이라고 해둘까요."

"필살처형인?"

소년이 고개를 끄덕였다.

"사회적으로 용납될 수 없는 짓을 했지만 법적으로 처벌할 수 없는 자들을 인터넷에 까발리는 게 내 역할이에요."

그 말을 듣고 알았다.

"그렇군. 너 '인터넷 자경단'인가 그거야?"

"이야." 소년이 감탄한 듯한 표정을 지었다. "아저씨, 잘 아네요."

"즉, 사적 제재를 하고 있다는 뜻이로군. 경찰 관계자로서는 칭찬할 수 없는 행동인데."

"딱히 아저씨한테 칭찬받으려고 하는 거 아닌데요. 내 정의감에 비추어 행동하고 있을 뿐이라고요."

"……무슨 뜻이야?"

"아저씨도 경찰이라면 알 텐데요. 법률에 빠져나갈 구멍이 수
없이 많다는 걸. 약삭빠른 작자들은 그런 구멍을 빠져나가 나쁜
짓에 손을 대죠. 합법이라면 도덕에 반하는 짓도 아무렇지 않
게 하는 자들도 있고요. 난 그런 인간들을 용서할 수 없어요."

그렇게 말하는 소년의 태도에는 나이에 어울리지 않게 염세
적이고 냉소적인 구석이 있었다.

"음. 칭찬은 할 수 없지만 무슨 생각인지는 알았어. 하지만
아까 그 싸움은 자경단 활동과 관계없을 텐데?"

"아까 싸우던 사람 중 한 명의 뒷주머니에 칼이 꽂혀 있더라
고요. 몸싸움이 벌어졌다면 그걸로 상대를 다치게 하거나 죽이
고 달아났을지도 몰라요. 그때는 내가 찍은 영상으로 달아난
놈의 정체를 밝혀낼 수 있다는 말씀."

아무래도 아무 생각도 없이 행동에 나선 건 아니었던 모양
이다.

시라이시는 새삼 소년의 얼굴을 바라보았다. 멀끔하게 생겼
지만 나이에 비해서는 피부가 칙칙하고 손톱도 길었다. 운동화
밑창은 많이 닳았고, 청바지에도 구멍이 났지만 일부러 낡아
보이게 가공한 것은 아닌 듯했다.

"너, 학교는 다니니?"

"그딴 건 필요 없어요."

"가족은? 어디 살아?"

소년의 눈에 경계심이 서렸다.

"뭐예요, 스토킹이라도 하게요?"

"네가 누구인지 확인하고 싶을 뿐이야."

"왜요?"

"아까 여자애랑 사이좋게 속닥거렸지?"

소년은 깜짝 놀란 표정을 지었다.

"혹시 아저씨, 레나의 아빠?"

"보호자야. 레나는 아직 중학교 2학년밖에 안 됐어. 난 레나
를 감독할 책임이 있어."

"그렇구나⋯⋯. 중학생인 줄은 몰랐어요. 자기 말로는 고딩
이랬는데."

"어디서 알게 됐어? 만남 사이트?"

"아니에요. 한 달 전에 역 앞 쓰타야(책, DVD, 게임소프트웨어 등
을 대여하는 프랜차이즈)에서 알았어요. 내가 좋아하는 뮤지션의
음반을 들어보고 있는데, 언제까지 독차지하고 있을 거냐고 불
평하더라고요. 그걸 계기로 친해졌어요."

할 말은 하는 레나다운 일화였다.

"그런데 레나하고 아무 일도 없었던 거지?"

"아무 일?"

"시치미 떼지 마. 그 나이라면 알 건 다 알잖아."

"자지는 않았어요. 키스는 가볍게 몇 번."

"뭐라고?"

시라이시는 동요했다. 소년은 어이없다는 듯 눈을 빙글 돌

렸다.

"아저씨. 요즘은 초등학생도 키스 정도는 하거든요?"

"듣기 싫어."

소년은 외국인처럼 어깨를 으쓱했다.

"안심해요. 중학생이란 걸 알았으니 더는 진도 안 뺄게요."

"그 말 믿어도 되겠지?"

"정 그러면 이제 그만 만나자고 메일 보낼까요?"

시라이시는 잠시 고민했다. 얼핏 보기에는 건방지지만 어쩐지 밉지 않은 구석이 있는 소년이다. 그리고 그와의 교제를 금지하면 레나는 분명 마음에 상처를 입을 것이다.

"어떻게 할래요, 아저씨? 레나한테 앞으로 다시는 보지 말자고 메일 보낼까요?"

다시금 소년의 얼굴을 보았다. 그는 눈빛이 맑았다.

"……그럴 필요까지는 없어. 다만 레나는 아직 중학생이야. 만날 거면 낮에 만나."

"중학교 2학년 여학생이 돌아다니기에 시부야 밤거리가 위험하긴 하죠."

"레나만 그러겠냐. 너도 기껏해야 고등학교 1, 2학년 정도로밖에 안 보이는데. 이런 밤중에 번화가를 돌아다니는 건 바람직하지 않아."

"난 고등학생 아니에요. 학교 안 다닌다고 했잖아요."

"왜?"

"가봤자 아무 의미도 없으니까."

"가족은? 부모님은 안 계셔?"

"그딴 건 내가 먼저 버렸어요."

가출했다는 뜻일까. 가정에 뭔가 문제가 있는 것이리라. 어디서 지내는지는 모르지만, 요즘은 인터넷카페나 만화카페 등 하룻밤을 보낼 곳은 수두룩하다. 이 소년도 그런 곳을 떠돌아다니는지도 모른다.

시라이시는 명함집을 꺼내 소년에게 명함을 내밀었다. 명함을 본 소년이 한쪽 눈썹을 씰룩했다.

"경시청 감찰계? 이거 한솥밥 먹는 사람들에게 스파이 짓 하는 부서 아니에요?"

"경시청의 규율을 지키기 위한 부서야." 시라이시는 강한 어조로 정정했다. "아무튼 곤란한 일 있으면 연락해."

의심스럽다는 듯 소년이 실눈을 떴다.

"왜 이래요? 왜 나한테 편의를 봐주는 건데요?"

"넌 아직 어린애고, 보호가 필요해 보이니까."

"내 앞가림은 내가 알아서 할 수 있어요."

"글쎄다. 오늘 같은 말썽에 휘말릴 우려도 있어. 네 행동을 고깝게 여기는 사람들도 있겠지."

"그런 놈들은 안 무서워요. 놈들은 그냥 얼간이니까."

시라이시는 한숨을 쉬고 고개를 설레설레 저었다.

"……부디 조심해서 행동해. 네게 무슨 일이 생기면 레나가 슬퍼할 거야."

소년이 시라이시를 보았다.

"앞으로도 개랑 만나도 된다는 거예요?"

"내 말을 지킨다면. 하지만 만약 레나에게 허튼짓하면 가만두지 않겠어. 그것만은 머릿속에 잘 새겨놔."

"알았어요. 아저씨도 참 다혈질이네요."

"말썽에 휘말릴 것 같으면 언제든지 주저 없이 연락해. 알겠어? 그리고 내가 너랑 만난 거, 레나에게는 비밀이다."

"알았어요. 아저씨가 레나를 몰래 감시했던 건 덮어둘게요."

장난기 가득하게 윙크하는 소년을 보고 시라이시는 살짝 한숨을 쉬었다.

"그럼 난 간다." 시라이시는 발걸음을 돌리려다 소년의 이름도 모른다는 걸 깨달았다. "맞아. 네 이름을 안 물어봤군."

소년이 씩 웃었다.

"네티즌들은 '료마'라고 불러요."

제 2 장

사냥꾼들

1

요 며칠 계속 비가 내렸다. 다행히도 오늘은 장마가 소강상
태라 두꺼운 구름 사이로 햇빛이 비쳤다.

이날 에리코는 야요이의 부탁으로 냉장고를 함께 사러 갔다.
지금 냉장고는 고장이 나서 못 쓰게 됐다는 모양이다. 가전제
품 판매점에서 사는 것보다 가성비가 좋다기에 야요이와 에리
코는 근처 중고매장으로 향했다. 운 좋게 새것과 다름없는 소
형 냉장고를 저렴하게 구입했다.

야요이는 차가 없으므로 에리코의 카롤라로 냉장고를 집까
지 가져다주었다.

오프 모임 이후 야요이와 몇 번 만나 차를 마시거나 식사를
했다. 나이 차이가 있지만 왠지 그녀와는 마음이 잘 맞았다.

함께 몇 번 '저격'도 했다. 상습적으로 좀도둑질을 하는 중년
여자와 집을 쓰레기장처럼 만들어놓고 이웃 주민들의 불만을
귓등으로도 듣지 않는 영감의 신원을 인터넷에 폭로했다.

하지만 이제 에리코는 그 정도의 잔챙이를 저격하는 정도로는 성에 차지 않았다. 야요이도 마찬가지인 듯했다. 야요이는 거듭 투덜거렸다.

"어째 기분이 시들하네. 역시 좀 더 거물을 상대해야 해."

약한 마약으로는 만족하지 못하는 약쟁이 같은 말투였다. 자신도 야요이도 '저격' 중독자가 되어가고 있는지도 모른다.

"거기 놓을까? 응, 그럼 내린다."

야요이의 신호에 맞춰 좁은 부엌 한구석에 냉장고를 설치했다. 소형이지만 역시 여자 둘이서 옮기려니 뼛골이 빠질 지경이었다. 냉장고를 내려 놓은 후에도 팔 관절 주변의 근육이 부들부들 떨렸다.

"정말 고마워. 덕분에 무사히 옮겼네. 차 가져올게. 앉아서 좀 쉬고 있어."

야요이의 말을 받아들여 에리코는 자리에 앉기로 했다. 야요이의 집에 오는 건 오늘이 처음이었다. 평소에 청소를 열심히 하는지 거실로 사용하는 듯한 다다미 여섯 장(다다미 한 장은 약 0.5평)짜리 방은 먼지 하나 없을 만큼 깔끔했다. 한복판에 놓인 낮은 테이블 아래에 여름인데도 털이 긴 러그를 깔아놓은 것이 눈길을 끌었다.

창밖으로 작은 마당이 보였고, 바로 그 너머에 이웃집의 차양이 뻗어 나와 있었다.

방이 더 있는 듯했지만, 텅 빈 것처럼 집 안에 인기척이 없었다. 야요이는 여기에 혼자 사는 걸까. 그러고 보니 외동딸을 교통사고로 먼저 보냈다고 했다. 그 후에 남편과는 헤어졌는지도 모른다.

러그 위에 편한 자세로 앉았다. 실내에 향냄새가 진하게 감돌았다.

"많이 기다렸지."

야요이가 캔 맥주와 삶은 풋콩을 담은 접시를 들고 방에 들어왔다.

"차보다 술이 낫겠다 싶어서. 풋콩은 어젯밤에 삶은 건데 이걸로 안주 하자."

야요이는 그렇게 말하고 캔 맥주를 따서 벌컥벌컥 마셨다. 여전히 시원스럽게 마신다. 에리코도 캔 맥주를 따서 한 모금 마셨다. 한바탕 일을 마치고 나서인지 맛이 각별했다.

그때 야옹, 하고 울음소리가 들렸다. 놀라서 고개를 들자 옷장 위에 검은 고양이가 앉아 있었다. 눈이 금색으로 빛났다.

"고양이를 기르시나 보네요."

에리코는 물었다.

"반대야. 내가 길러지는 거지."

"네?"

"내가 이 집에 이사 왔을 때, 얘는 이미 마당에 살고 있었어. 그러니 얘가 선주민인 셈이야."

야요이가 고양이용 통조림을 까주자 고양이가 옷장에서 내려왔다. 하지만 냄새만 맡아보고 몸을 홱 돌려 창가로 가서 밖을 내다보았다.

"나가고 싶은 모양이구나. 다녀오렴."

야요이가 창문을 열어주자 고양이는 힘차게 뛰어나갔다. 야요이가 쓴웃음을 지었다.

"태생이 길고양이라 그런지 자꾸 밖에 나가고 싶어해. 가끔 박쥐 같은 걸 잡아와서 기겁할 때도 있다니까. 그리고 고양이를 기르면 집에 오줌 냄새도 배고. 아, 괜찮아? 방에서 냄새 안 나?"

"괜찮아요. 향냄새도 그윽하고요."

"마음이 차분해진다니까."

"저어, 하나 여쭤봐도 될까요?"

"뭔데?"

야요이가 맥주를 입에 가져가며 에리코에게 눈길을 주었다.

"야요이 씨, 여기 혼자 사세요?"

"뭐, 그렇지."

변함없이 무뚝뚝한 말투다.

"남편분은요?"

야요이는 어렴풋한 과거를 돌아보듯 아련한 눈빛을 지으며 답했다.

"……헤어졌어. 딸이 세상을 떠나고 어쩐지 관계가 삐걱대서."

"그러셨군요……."

다시금 실내를 둘러보았다. 활짝 열린 미닫이문 밖에 어두운 복도가 안쪽으로 뻗어 있었다. 여자 혼자 이렇게 넓은 독채에 살면 위험하지 않을까 싶기도 했다.

"야요이 씨, 뭔가 일은 하고 계세요?"

"물론이지. 파트타임으로 청소 일을 해." 야요이가 단정한 얼굴에 쓴웃음을 지었다. "일은 힘들고 급료는 짜지만, 시간에 융통성이 있거든."

야요이가 텔레비전을 켰다. 주간 시사 정보 프로그램이 방송되는 중이었다. 에리코도 한가할 때는 가끔 보는 방송이다. 사회를 맡은 코미디언이 예상외로 능수능란하게 진행하는 덕도 있는지 시청률도 높은 모양이다. 화면에 그 코미디언을 중심으로 스튜디오의 광경이 비쳤다.

"이야, 정말 분기탱천할 소식이로군요."

사회자의 말에 대체 무슨 이야기인가 싶어 에리코는 몸을 내밀었다. 화면 구석에 '고쿠분지 여아 살해사건의 범행 영상 유출됐나?'라는 자막이 떠있었다. 깜짝 놀라 야요이를 보자 그녀도 화면을 뚫어져라 바라보고 있었다.

텔레비전으로 시선을 돌렸다. 소년A가 촬영한 범행 영상이 인터넷 경매 암시장에서 판매된 듯하다고 보조 진행을 맡은 여자 아나운서가 설명했다.

텔레비전 화면이 바뀌고, 그 영상이 판매되는 걸 실제로 보았다는 네티즌의 인터뷰가 흘러나왔다. 그 사람 말로는 범행 영상이 담겼다고 선전하는 DVD가 경매 암시장에 올라와 고액에 낙찰됐다고 한다.

화면이 스튜디오로 돌아왔다. 사회자가 패널들에게 물었다.

"그런데 이 이야기가 사실이라면, 대체 누가 무슨 목적으로 이런 악질적인 영상을 팔았을까요?"

가나가와 현경에 있다가 퇴직했다는 험상궂은 얼굴의 남자 패널이 한탄스럽다는 듯 고개를 저었다.

"모를 일이죠. 애당초 이 영상이 진짜인지 아닌지도 의문스럽습니다. 어쩌면 터무니없는 가짜일지도 몰라요."

"하지만 실제로 그런 영상이 존재하는 건 사실이죠?"

"네······. 범행 영상이 있다는 걸 당초에는 매스컴에 공개하지 않았지만요. 어느 스포츠신문에서 그 사실을 특종으로 내는 바람에 경시청도 어쩔 수 없이 사실을 인정했다는 경위가 있습니다."

실은 말이죠, 하고 패널은 전국에 나가는 방송인데도 불구하고 왠지 목소리를 낮추었다.

"당시부터 이 영상은 그런 유의 마니아들 사이에서 환상적인 비디오라고 소문이 났었습니다."

"앗, 그런가요?"

"네. 죽도록 갖고 싶어 하는 마니아도 적지 않았대요. 그리고 지금까지도 인터넷에 고쿠분지 여아 살해사건의 영상이라고 선전하는 물건은 가끔 나돌았고요. 하지만 역시 전부 가짜였던 모양입니다."

"그렇다면." 사회자가 눈썹을 찌푸렸다. "이번에 판매된 DVD도 역시 가짜일까요?"

"그게 말이죠. 경찰 관계자에게 얻은 정보에 따르면 경시청이 이번에 경매 암시장에 판매한 DVD를 독자적으로 입수해 진짜라고 확인했다는 이야기도 있습니다."

스튜디오가 술렁거렸다. 분위기가 진정되기를 기다렸다가 사회자가 패널에게 물었다.

"가령 이 영상이 진짜라면, 어디서 유출됐다고 보십니까?"

"살해 영상이 담긴 비디오테이프 같은 증거물은 경찰 또는 검찰에 엄중히 보관됩니다. 전직 경찰로서 거기서 유출됐다고는 생각하고 싶지 않네요."

"그럼 다른 가능성은?"

"글쎄요. 소년A가 압수된 비디오테이프 외에도 범행 영상을 은닉해 놓았을 가능성이 있습니다."

"즉, 영상을 경매 암시장에 올린 건 소년A 본인이다?"

"그럴 가능성도 있다고 봅니다."

다만, 하고 패널이 말을 이었다.

"요전에 소년A가 주간지 인터뷰 기사에서 영상을 판 건 자기가 아니라고 주장했죠."

"그 말을 믿어도 될까요?"

"그건 뭐라 말씀드리기 힘들군요."

"가령 소년A가 판 게 사실이라면, 돈이 목적이었을까요?"

아니요, 하고 패널은 고개를 저었다.

"그보다도 자기현시욕을 채우기 위해 출품하지 않았을까 싶습니다. 사건이 발생한 지도 벌써 20년이 지나 사람들의 기억에서 차차 잊히고 있으니까요. 소년A는 다시 세상의 주목을 받고 싶어서 영상을 판매했을지도 모릅니다."

"잠깐만요. 그럼 소년A는 자신의 범행을 전혀 반성하지 않았다는 말씀이십니까?"

"물론 전부 추측에 지나지 않습니다. 다만 그럴 가능성도 있다는 겁니다."

숨을 죽인 채 텔레비전을 보고 있던 야요이가 내뱉듯이 말했다.

"정말 인간 말종이네."

소년A를 가리킨 말이리라. 야요이는 테이블에서 멘톨 담배를 집어 불을 붙였다. 에리코는 담배 연기를 내뿜는 야요이에게 물었다.

"정말로 소년A가 영상을 판매했을까요?"

"그렇지 않겠어? 패널의 말도 수긍이 가고."

에리코는 숨을 크게 내쉬었다. 소년A가 자신의 욕망을 채우기 위해 피해자의 살해 영상을 인터넷에서 판매한 게 사실이라면 세상을 얕보고 있다고밖에 생각할 수 없다.

"……용서 못해."

에리코가 무심코 중얼거리자 야요이가 시선을 주었다.

"용서 못 하다니 뭘?"

"소년A요. 갱생했다고 인정받았으니까 소년원에서 나올 수 있었던 거잖아요. 그런데 이제 와서 살인 영상을 팔려고 인터넷에 내놓다니……."

스스로도 의외일 만큼 열변을 토했다. 우쓰기에게 품었던 것보다 훨씬 분노가 컸다. 소년A에 비하면 우쓰기의 악행은 귀여워 보일 정도다.

"야요이 씨. 소년A야말로 실명을 까발려서 사회적으로 제재해야 하지 않을까요? 자기가 촬영한 범행 영상을 인터넷에 올리다니, 갱생하지 않았다는 증거예요. 법으로 그를 심판할 수 없다면 저희가 나서야죠."

야요이는 짧아진 담배를 재떨이에 비벼 끄고 날카로운 눈으로 에리코를 보았다.

"맞아. 분명 너만 그렇게 생각하는 게 아닐 거야. 소년A의 실명을 공개하고 싶어하는 사람이 참 많을걸. 하지만 그게 그렇게 쉽지 않아."

"어째서요?"

"에리코. 너 몇 살이랬지?"

"스물다섯인데요……."

"그럼 그 사건이 일어났을 때는 아직 코흘리개였겠구나. 그럼 모르는 것도 무리는 아니지만, 실은 20년 전에 사건이 발생했을 당시 소년A는 실명도, 얼굴 사진도 까발려졌어."

"그래요?"

금시초문이었다.

"응. 소년A의 본명은 오치아이 세이지. 지금도 인터넷상에서는 그의 얼굴 사진과 함께 개인정보가 지워지지 않고 계속 확산되고 있어."

그럼 이제 와서 자신들이 공개할 필요도 없는 셈이다.

하지만, 하고 야요이가 말을 이었다.

"오치아이 세이지는 소년원에서 출소할 때 양자결연을 맺어

서 이름이고 호적이고 싹 바꿔버렸대. 그의 새 이름을 아는 사
람은 일부 관계자뿐이라더라. 아무리 난다 긴다 하는 네티즌들
도 오치아이 세이지의 새로운 이름은 여태 밝혀내지 못했어."

"그럼 까발리기가 불가능한 건가요?"

"그렇지. 우리 같은 일반인들은 알아낼 방도가 없지 않을까."

에리코는 멍하니 텔레비전 화면으로 눈을 돌렸다. 료마라는
이름이 머릿속을 스쳤다.

2

다음 날 출근하자 늘 그렇듯 시라이시보다 먼저 출근한 마유코가 선 채 스마트폰으로 누군가와 통화하고 있었다. 그 표정은 전에 없이 진지했다.

마유코가 스마트폰을 귀에서 떼고 시라이시에게 말했다.

"계장님, 미마를 감시하던 계원에게 연락이 왔습니다."

"뭔가 특이사항이라도 있었어?"

"미마가 오늘 아침 일찍 보스턴백을 들고 가와구치시의 자택을 나섰다고 합니다. 지금 JR 오미야역에 있다는데요."

"오미야?"

오미야역에는 홋카이도, 도호쿠, 호쿠리쿠 지방으로 향하는 신칸센 플랫폼이 있다.

"보스턴백을 가지고 나갔다니 신칸센을 탈 생각일지도 모르겠군."

자신들이 방문한 다음 날에 미마가 평소와는 다른 행동을 취했다는 것이 마음에 걸렸다.

"계장님, 어떻게 할까요?"

"계속 따라붙어서 감시하라고 해. 나도 간다고 전하고."

마유코가 눈을 크게 떴다.

"계장님께서요?"

"응. 당장 우에노역으로 가겠어. 만약 미마가 신칸센에 탄다면 나도 뒤를 밟을게."

마유코는 고개를 끄덕인 후 스마트폰에 대고 미마의 지시를 전달했다. 그사이에 시라이시는 노트북을 서류가방에 넣었다. 전화를 끊은 마유코에게 물었다.

"같이 갈 텐가?"

"물론이죠."

×××

차를 타고 우에노역으로 향하는 도중에 미마를 감시하던 계원에게 연락이 왔다. 미마는 오미야역 창구에서 야마가타까지 가는 신칸센 표를 샀다고 한다.

"야마가타라……."

마유코에게 보고를 전해들은 시라이시는 뒷좌석에서 팔짱을 꼈다. 미마는 사이타마현 출신이니 야마가타와 특별한 연고는 없을 것이다.

시라이시는 스마트폰을 꺼내 히토요시에게 전화를 걸었다.

통화연결음이 두 번 울린 후 히토요시의 목소리가 들렸다.

"계장님, 무슨 일이세요?"

뒤쪽에서 계원들이 이야기하는 소리가 들려왔다. 히토요시도 이미 출근한 모양이다.

"바쁠 텐데 미안해. 수사대상 중 한 명인 미마 무네키가 '야마가타'라는 키워드와 뭔가 연관이 없는지 좀 찾아봐 줘."

"도호쿠 지방의 야마가타현 말씀이시죠?"

"응."

"미마 무네키와 야마가타……."

즉시 데이터베이스에서 검색하는 듯했다.

"야마가타와 고쿠분지 여아 살해사건의 관련성도 찾아보고."

"알겠습니다. 결과 나오는 대로 연락드릴게요."

"고마워."

전화를 끊자 앞쪽에 우에노 터미널이 보였다.

× × ×

우에노역에 도착하자 출발 직전인 신조행 야마가타 신칸센에 올라탔다. 자유석은 붐볐지만, 간신히 좌석 두 개를 확보하는 데 성공했다. 일단 이대로 야마가타까지 향할 작정이었다.

아직 점심을 먹기에는 일렀지만 탑승하기 전에 매점에서 산 도시락을 먹기로 했다. 미행에 임할 때는 먹을 수 있을 때 먹어두어야 한다. 도시락을 먹어치우고 시원한 우롱차로 목을 축인 후 마유코에게 신호하고 자리에서 일어나 연결 칸으로 나갔다.
마유코가 바로 따라왔다.

"미마는 왜 야마가타에 가는 걸까?"

질문을 던졌다.

"그건 아직 모르겠지만, 어제 저희가 방문한 거랑 관계가 있다고 봐도 무방하겠죠."

마유코의 팀원이 오늘 아침에 국회도서관에서 20년 전 도토 스포츠신문의 지면을 확인한 결과, 오치아이 세이지가 검찰에 송치된 후에 공범설 기사가 났다고 한다.

즉, 미마가 공범설을 확인하기 위해 보관소에서 비디오테이프를 대출했다는 주장은 거짓말인 셈이다.

"거짓말을 했으니 미마가 범행 영상을 복사해 빼돌렸다고 보는 게 타당하겠군."

"네. 하지만 범행 영상이 판매된 건 몰랐던 모양이던데요."

시라이시는 눈을 감고 벽에 몸을 기댔다.

"즉, 20년 전에 범행 영상을 복사해 빼돌린 건 미마지만, 이번에 경매 암시장에 범행 영상이 담긴 복사 DVD를 올린 건 다른 사람이라는 건가."

"그런데 동기는 뭘까요? 돈벌이? 욕망을 채우기 위해?"

"아니." 시라이시는 눈을 떴다. "이번 수사를 시작하면서 우리는 20년 전에 비디오테이프를 유출한 인물의 동기를 그 두 가지로 추정했어. 하지만 다른 동기가 있었다면?"

"다른 동기라고요?"

"내 생각에 미마는 돈이나 자신의 욕망 때문에 범행 영상을 복사해서 빼돌릴 사람 같지는 않아."

그때 시라이시의 재킷 안주머니에서 스마트폰이 진동했다. 화면을 확인하자 '히토요시'라는 이름이 떠있었다.

"여보세요, 나야."

"계장님."

히토요시의 목소리가 들렸다. 어쩐지 흥분을 억누르지 못하는 말투에 기대가 부풀었다.

"야마가타와 미마의 연관성은 찾지 못했지만, 고쿠분지 여아 살해사건과의 연관성은 찾아냈습니다."

"야마가타와 관련이 있다는 거지?"

"네. 피해자 이토 미쓰키의 어머니 이토 히로미는 사건 1년 후에 남편과 이혼했습니다."

"그래서?"

"이토 히로미의 친정이 야마가타에 있어요. 이토 히로미는 이혼 후에 친정으로 돌아간 것 같습니다."

"히토요시. 그거 확실한 정보야?"

"네. 계장님이 미마와 비교적 가까이 지냈던 사람으로 아와노를 거론하셨잖아요. 그래서 그 사람한테 전화해서 물어봤어요. 사건과 관련해 야마가타 하면 떠오르는 거 없느냐고요."

"일부러 아와노한테 전화까지 한 거야?"

"회사 쪽으로 전화를 건 게 마음에 안 들었던 모양입니다만, 고쿠분지 여아 살해사건이 발생하고 1년 후에 이토 히로미에게 엽서를 받은 걸 떠올리고 알려줬습니다. 사건 때 애써줘서 고맙다는 인사와 함께 야마가타에 있는 본가로 돌아간다는 내용이 적혀 있었대요."

"이토 히로미의 본가 주소도 알아냈나?"

"네. 나중에 문자메시지 보내겠습니다."

"그런데 이토 히로미는 지금도 야마가타의 본가에 있나?"

"그것까지는 모르겠습니다. 이어서 조사해 보겠습니다."

"부탁해."

전화를 끊고 히토요시에게 들은 정보를 마유코에게 알려주었다. 마음이 들떴는지 마유코의 뺨이 상기됐다.

"미마는 이토 히로미를 만나러 야마가타에 가는 걸까요?"

시라이시는 고개를 끄덕였다.

"현재 예상할 수 있는 이유는 그것뿐이야. 그리고 이 타이밍에 미마가 이토 히로미를 만나려는 동기는 하나밖에 없겠지."

"미마는 보관소에서 대출해 복사한 영상을 피해자의 어머니, 이토 히로미에게 넘겨준 거로군요."

"그래. 미마는 20년 전에 사건을 수사하면서 이토 히로미에게 여러 번 진술을 들었어. 그 과정에서 외동딸을 잃은 이토 히로미에게 깊은 연민을 느꼈겠지. 결국 피해자에게 감정이입한 나머지 취조 때 소년A, 오치아이에게 폭력까지 휘두른 거고."

"즉, 미마가 범행 영상을 대출해서 복사한 건……."

"이토 히로미에게 부탁 받았겠지. 왜 이토 히로미가 그런 부탁을 했는지는 모르겠어. 하지만 이토 히로미는 그 스포츠신문을 통해 범행 영상이 존재한다는 걸 알고서, 알고 지내는 형사 미마에게 범행 영상을 보여달라고 부탁한 거 아닐까?"

분명 미마도 처음에는 거절했을 것이다. 증거물 무단반출은 규칙에 어긋나며, 딸이 잔인하게 살해당하는 영상을 친어머니에게 보여줘도 되겠느냐는 망설임도 있었으리라. 그러나 이토 히로미가 영상을 보여달라고 강하게 요구했다면…….

피해자 유족을 깊이 동정했던 미마는 결국 그 부탁을 받아들이지 않았을까. 그리하여 범행 영상을 대출하고 복사해 이토 히로미에게 건넸다. 미마는 악의가 아니라 선의에서 영상을 복사해 빼돌린 것이다.

"DVD가 판매됐다는 우리 이야기를 듣고 미마는 그게 자신이 이토 히로미에게 준 범행 영상의 복사본이 아닐까 의심했겠지. 그래서 이토 히로미가 뭔가 사정을 알고 있을지도 모른다 싶어 만나러 가려는 게 아닐까."

미마도 아와노처럼 이토 히로미에게 엽서를 받아 본가 주소를 알고 있었으리라. 그리고 그녀가 유출에 관련됐는지 확인하기 위해 야마가타로 향했다.

× × ×

야마가타역 개찰구에서 마유코의 팀원인 구마이와 도쿠노가 기다리고 있었다. 미마를 감시하던 형사들이다. 구마이가 미안하다는 듯 보고했다.

"죄송합니다. 개찰구를 나섰을 때 놓쳤습니다. 아무래도 미행을 눈치챈 모양이에요."

미마는 전직 형사다. 감시를 붙였다는 건 알고 있었으리라.

"마음에 둘 것 없어. 어디로 갈지는 아니까."

두 사람의 노고를 치하하고 야마가타역에 대기하라고 지시한 후, 시라이시와 마유코는 급히 택시 승차장으로 향했다. 택시를 타고 히토요시가 문자메시지로 보낸 이토 히로미의 본가 주소를 택시기사에게 보여주었다.

"여기로 가주십시오."

머리가 하얗게 센 택시기사는 스마트폰 화면을 확인하고 차를 출발시켰다. 잠시 후 그가 어깨너머로 돌아보았다.

"야마우치 씨 집에 가는 거요?"

야마우치는 이토 히로미의 옛날 성씨다.

"주소만 보고 어떻게 아셨어요?"

마유코의 물음에 택시기사가 어깨를 으쓱했다.

"우리 집 근처거든."

"그럼 그 댁 가족에 대해서도 잘 아시겠군요." 시라이시도 몸을 내밀었다. "따님이 20년 전쯤 이쪽으로 돌아왔다던데요."

"아아, 히로미 말이로군."

아무래도 잘 아는 듯한 말투였다.

"그분은 지금 여기에?"

택시기사가 룸미러로 시라이시를 보았다.

"뭐야, 모르나?"

"뭘 말씀입니까?"

"히로미는 죽었어."

시라이시와 마유코는 얼떨떨한 표정으로 서로 마주 보았다.

"돌아가셨다니, 언제요?"

"글쎄……. 벌써 10년은 된 것 같은데. 장례식을 하지 않았으니 자세하게는 모르지만."

"장례식을 하지 않았다니 이례적인데요."

운전기사가 목소리를 낮추었다.

"아무래도 자살이라 그런 것 같아. 사람들 눈이 껄끄러워서 집안사람들끼리 장사를 지내고 치운 거 아니겠어? 왜, 가족장이라고 있잖아."

"자살한 건 확실합니까?"

"나도 자세하게는 몰라. 하지만 히로미가 이쪽으로 돌아온 뒤에도 정신상태가 불안정했다는 모양이니까. 댁들도 그 사건은 알지?"

고쿠분지 여아 살해사건을 말하는 것이리라.

"네."

"딸을 그렇게 잃었으니 충격이 오죽했겠나. 가끔 히로미를 봤는데, 늘 표정이 어두웠어." 거기서 목소리를 더 낮추었다. "들어보니 정신과에도 여러 번 입원했었던 모양이야."

결국 이토 히로미는 딸을 잃은 충격에서 헤어나지 못한 건가. 그리고 결국 자살을 선택했다. 하지만 그렇다면 이번에 범행 영상을 유출한 건 이토 히로미가 아니라는 뜻이다.

그때 반대 차선에서 달려오는 택시가 보였다. 시라이시와 마유코는 반사적으로 몸을 웅크렸다. 택시가 옆을 지나칠 때 살펴보았는데, 뒷좌석에 미마가 타고 있었다. 아주 잠깐이었지만 그의 표정은 심하게 구겨져 있었다.

"봤어?"

마유코에게 물었다.

"네. 미마였어요. 이토 히로미의 본가에 들렀다가 역으로 돌아가는 길일까요?"

"아마 그렇겠지. 미마도 거기서 이토 히로미가 죽었다는 이야기를 들었을 거야."

"어떻게 할까요? 미마를 쫓을까요?"

"아니, 그건 역에 대기시킨 두 명에게 맡기도록 하지. 일단 이토 히로미의 가족에게 이야기를 들어보고 싶어."

"알겠습니다."

마유코는 바로 스마트폰을 꺼내 전화를 걸었다. 구마이와 도쿠노에게 미마를 미행하라고 지시를 내리는 것이리라. 시라이시는 뒷좌석에 몸을 묻었다.

× × ×

이토 히로미의 본가는 옛 정취가 풍기는 훌륭한 전통가옥이었다. 부지 안에는 커다란 광도 있었다. 시라이시와 마유코가 집을 바라보고 있으니 갑자기 현관문이 열렸다. 노년에 접어든 남자가 검은색 대형견을 데리고 집에서 나왔다. 머리가 희끗희끗하고 뿔테 안경을 쓴 남자는 어쩐지 화난 것처럼 보였다.

"우리 집에 무슨 볼일이야?"

남자가 경계심 섞인 말투로 물었다. 시라이시는 가볍게 머리를 숙였다.

"느닷없이 찾아와서 죄송합니다. 저는 경시청의 시라이시라고 합니다. 이쪽은 이즈미고요."

남자는 수상쩍다는 듯한 눈으로 시라이시와 마유코를 차례대로 보았다.

"별일도 다 있군. 조금 전에도 경시청에 있었다는 사람이 왔다 갔는데."

"혹시 미마라는 남자였습니까?"

"맞아, 그런 이름이었어. 동생을 만나고 싶다고 했어."

아무래도 이 남자는 이토 히로미의 오빠인 모양이다. 역시 미마는 그녀를 만나러 온 것이다.

시라이시는 이토 히로미의 오빠라는 남자를 다시금 관찰했다. 이토 히로미는 미인이라는 이야기가 있었는데, 지금 앞에 있는 남자도 얼굴이 번듯하게 생겼다. 개가 시라이시의 바지에 코를 갖다 대고 킁킁 냄새를 맡았다.

"좋은 개네요. 잘생겼어요."

"똥개야."

퉁명스러운 반응이 돌아왔다.

개 꼬리가 살며시 흔들렸다. 시라이시에게 흥미가 생긴 모양

이었다. 검지와 중지로 축축한 코 위를 가볍게 만져주자 꼬리
가 더 크게 흔들렸다.

"개 다루는 법을 아나 본데?"

값어치를 매기는 듯한 시선이 날아들었다.

"어렸을 때 비슷한 개를 키웠었거든요."

"흠. 개를 좋아하는 사람 치고 나쁜 사람은 없다지만 그건 거
짓말이야. 히틀러도 개를 좋아했거든."

그는 심술궂은 표정으로 말했다. 시라이시는 본론으로 들어
가기로 했다.

"언뜻 듣기로 동생 분은 돌아가셨다면서요?"

그의 눈빛이 날카로워졌다.

"누구한테 들었어?"

"그건 말씀드리기가 좀……."

말을 얼버무리자 그는 코웃음을 쳤다.

"됐어. 어차피 근처 사람이 떠벌렸겠지. 그래, 동생은 죽었어."

미마도 이토 히로미가 죽었다는 소식에 충격받고 돌아간
걸까. 아까 차가 지나쳐갈 때 보았던 그의 구겨진 표정이 떠올
랐다.

"미마는 뭘 물어보러 왔습니까?"

시라이시의 질문에 이토 히로미의 오빠는 눈살을 모았다.

"당신들 대체 이제 와서 뭘 파헤치고 있는 거야?"

"죄송합니다만, 그건 말씀드릴 수 없습니다."

"당신도, 미마라는 남자도 동생한테 볼일이 있어서 온 거지?"

"네. 확인하고 싶은 일이 있었는데 돌아가셨을 줄이야. 고인의 명복을 빕니다."

이토 히로미의 오빠가 깊은 한숨을 내쉬었다.

"실은 최근에 매스컴 놈들도 왕창 몰려왔었어."

"매스컴……에서요?"

"왜, 소년A가 범행 영상을 인터넷에 올려서 팔았다잖아. 그 일에 대해 동생의 의견을 듣고 싶다면서 매스컴이 차례차례 찾아왔어. 동생이 죽었다고 하니까 이번에는 그 경위를 꼬치꼬치 캐묻더라고."

무신경한 매스컴에 거듭 대응하느라 이토 히로미의 오빠도 진절머리가 난 것이리라.

"20년 전 사건을 다시 끄집어내서 죄송합니다." 시라이시는 머리를 깊이 숙였다. "하지만 저희도 그와 관련해 조사해야 할 사항이 있어서요."

이토 히로미의 오빠가 팔짱을 꼈다.

"내가 협력해 줄 수 있으려나 모르겠네."

그의 말이 맞다. 가령 이토 히로미가 미마에게 범행 영상 복사본을 받았던들 그 사실을 오빠에게 말했을 리는 없다. 시라이시가 어떻게 할까 고민하고 있자니 마유코가 물었다.

"동생 분은 역시 그 사건의 충격으로 많이 힘들어하셨나요?"

"물론 그렇지." 이토 히로미의 오빠 얼굴이 험악해졌다. "결국 동생은 그 비극에서 헤어나지 못했어. 여기로 돌아오고 1년 후에 자살을 시도했지."

"자살? 그럼 동생 분은 그래서?"

아니, 하고 이토 히로미의 오빠는 고개를 저었다.

"다행히 그때는 미수에 그쳤어. 동생도, 유키오도 무사했지."

"유키오 씨라면 분명……."

"동생 아들이야. 왜, 죽은 미쓰키의 오빠."

이토 부부에게 살해당한 미쓰키 말고도 유키오라는 아들이 있었다는 게 시라이시는 생각났다. 이토 히로미는 이혼 후, 아들 유키오를 데리고 친정으로 돌아온 것이리라.

"다행히 둘 다 목숨은 건졌지만, 동생은 정신이 불안정해서 병원에 입원시켰어. 몇 년이나 입원과 퇴원을 되풀이했지만 증상이 호전되지 않고 결국은……."

이토 히로미의 오빠는 말꼬리를 흐렸다.

"그런데 그 후에 유키오 씨는?"

마유코가 물었다.

"우리 부부가 키웠지. 머리는 좋은데 예민한 구석이 있었어. 제 엄마가 없어진 후로 많이 삐뚤어지더니만 대학을 졸업하고 도쿄에 가겠다며 집을 나간 뒤로는 깜깜무소식이야."

"그럼 유키오 씨는 그 후로 한 번도 돌아오지 않은 겁니까?"

"아참, 그러고 보니 세 달쯤 전에 훌쩍 찾아왔어. 근처까지 온 김에 와 봤다나. 참 많이 변했더군."

"변했다니, 어떤 식으로요?"

그때가 생각났는지 그는 인상을 찡그렸다.

"무슨 양아치 같은 행색이더라고. 머리는 금색에, 귀에는 귀걸이까지 달았더라니까. 낯빛도 창백하니 눈빛만 묘하게 번쩍거렸어. 마약 같은 거라도 하는 게 아닐까 걱정되더군."

"유키오 씨는 여기에 한동안 머물렀습니까?"

"아니, 광을 뒤져보고 바로 갔어."

저기, 하고 이토 히로미의 오빠는 뒤쪽에 보이는 커다란 광을 가리켰다.

"저게 그 광이야. 에도시대부터 있었던 거지."

그렇게 말하고 어쩐지 자랑스럽게 가슴을 쭉 폈다.

"대체 왜 유키오 씨는 광을……?"

"저기에 제 엄마 유품을 보관해 놨거든. 유키오 녀석이 갑자기 그걸 보고 싶다더라고. 혼자 광에 틀어박혀 부스럭부스럭하더군."

시라이시는 퍼뜩 감이 왔다.

"유키오 씨가 유품을 가지고 돌아갔습니까?"

"글쎄. 눈여겨보지는 않았거든. 뭐, 큰 거라면 눈에 띄었겠지만, 보아하니 빈손으로 돌아간 것 같았어."

비디오테이프 정도라면 몰래 가져갈 수도 있었으리라.

이토 히로미의 오빠가 안경 안쪽의 눈을 가늘게 떴다.

"미마라는 남자도 동생의 유품을 궁금해하던데. 유키오가 광을 뒤졌다고 하니까 흥미를 보이더라고."

분명 미마도 이토 유키오가 광에서 그 영상을 꺼내 간 것 아닐까 생각했으리라.

"그나저나 이해가 안 되는군."

이토 히로미의 오빠가 고개를 갸웃했다.

"이제 와서 댁들 경찰에서 뭘 조사하는 거야?"

"아까도 말씀드렸다시피 그건 알려드릴 수 없습니다."

"유키오가 무슨 나쁜 짓을 한 게 아니라면 좋으련만."

이토 히로미의 오빠는 한숨을 쉬고 탐색하는 듯한 시선을 던졌다. 시라이시는 그 시선을 슬쩍 피하고 마유코와 함께 머리를 숙였다.

"감사합니다. 크게 도움이 됐습니다."

"결국 중요한 건 하나도 안 가르쳐주는군."

이토 히로미의 오빠가 다시 깊은 한숨을 내쉬었다.

"송구합니다."

"댁들은 늘 그 모양이야. 그 사건 때도 소년A의 이름조차 알려주지 않았지."

그의 말투에는 책망이라기보다 체념에 가까운 감정이 담겨 있었다.

"죄송합니다."

시라이시는 다시 머리를 숙였다. 고개를 들었을 때 이토 히로미의 오빠는 이미 개를 데리고 집으로 들어가는 중이었다. 두 어깨가 기운 없이 축 처져 있었다.

3

신주쿠의 패션몰에서 옷을 입어보고 있을 때 스마트폰이 울렸다.

일을 쉬는 오늘, 에리코는 아침부터 옷을 사러 신주쿠에 나왔다. 돌려 입는 옷 중 한 벌이 변색됐고, 다른 한 벌은 겨드랑이 부분이 찢어지는 바람에 급히 옷을 사야했다.

하지만 여름 세일도 슬슬 끝물에 접어들었고 매장은 이미 가을옷으로 가득했다.

지금 바로 입을 수 있을 법한 여름옷은 매장 구석에 처박혀 있는 데다 구색도 변변치 못했다. 그래도 가게를 몇 곳 돌아다닌 끝에 겨우 입을 만한 감색 블라우스를 발견하고 피팅룸에 들어갔을 때 스마트폰이 울린 것이다.

화면에 야요이의 이름이 떠있었다. 응답 버튼을 눌러 전화를 받았다.

"여보세요?"

"나야, 야요이."

"어쩐 일이세요?"

야요이와는 오로지 메일로만 연락을 주고받았으므로 전화
는 예상외였다. 뭔가 급한 용건이라도 생긴 걸까.

"지금 료마가 인터넷에서 생중계를 하고 있어."

"네? 대체 뭘를요?"

"지금 소년A의 인터뷰 기사를 실은 출판사 앞에 있는 모양
이야. 지금부터 기사 담당자를 직격 인터뷰하겠대."

충격이 등줄기를 내달렸다. 료마가 마침내 소년A를 '저격'
대상으로 삼아 움직이기 시작한 걸까. 그나저나 변함없이 행동
력이 대단하다.

"에리코, 지금 어디야?"

"신주쿠인데요……."

"마침 잘 됐네. 료마가 생중계 중인 '느티나무 출판'은 요쓰
야 3초메에 있어. 신주쿠에서 금방이니까 네가 좀 가주면 안
될까?"

"……료마랑 접촉하라는 말씀이세요?"

"응. 실은 내가 가고 싶지만 급하게 일이 생겨서."

야요이의 부탁이 아니더라도 료마와는 한번 만나보고 싶었
다. 이 기회를 놓치면 언제 또 그와 접촉할 수 있을지 모른다.

"알았어요. 지금 바로 가볼게요."

"미안하지만 부탁해."

전화를 끊고 피팅룸을 나섰다. 점원에게 옷을 돌려주고 서둘

러 지하철역으로 향했다. 때마침 플랫폼으로 들어온 전철을 타고 빈자리에 앉았다.

요쓰야 3초메까지는 5분 정도면 간다.

료마가 생중계 중이라는 동영상 공유 사이트에 들어가 보았다. 방송을 시청하려면 계정이 필요하지만, 에리코는 이 사이트 회원이므로 바로 료마의 생중계를 볼 수 있었다.

화면에 선글라스와 마스크를 낀 젊은 남자의 얼굴이 비쳤다. 생김새는 알 수 없었지만 그가 료마인 듯했다. 아무래도 출판사가 입주한 건물 앞에서 캠코더로 생중계하고 있는 모양이다.

"어, 오늘은 평소와 달리 상대방과 약속을 잡아두었습니다. 이번에 생방송이라는 형태를 택한 건 상대방이 그렇게 해달라고 요청했기 때문입니다. 아마도 악의적으로 편집할까봐 겁내는 것 아닐까 싶네요."

카메라를 보며 말하는 료마의 목소리는 평소보다 톤이 높았다. 몇 번이나 '저격' 영상을 찍었을 그도 흥분되는 마음을 억누를 수 없는 걸까.

"약속한 촬영 시간은 30분입니다. 짧지만 어쩔 수 없죠. 왜 그런 살인귀의 인터뷰 기사를 실었는지 철저하게 따져 묻도록 하겠습니다."

그는 손목의 스포츠시계를 들여다보았다.

"이런, 벌써 약속 시간이 다 됐네요. 그럼 들어가 볼까요."

그때부터는 료마의 시점으로 카메라가 이동했다. 건물로 들어가 엘리베이터홀로 화면이 재빨리 바뀌었다.

그때 전철이 요쓰야 3초메역에 도착했다. 에리코는 닫히려는 문 사이로 허둥지둥 빠져나왔다. 지상으로 올라와 스마트폰으로 출판사 위치를 확인하며 5분쯤 걷자 아까 영상에서 본 건물이 나타났다. 이 건물 한 층을 느티나무 출판사가 빌려 쓰고 있을 것이다.

주변에 료마의 모습은 보이지 않았다. 이미 빌딩에 들어가 인터뷰를 시작한 모양이다. 에리코는 건물 뒤편으로 이동해 다시 스마트폰으로 동영상 공유 사이트에 들어갔다.

갑자기 화면에 흰 테 안경을 끼고 수염이 다보룩한 중년 남자가 커다랗게 비쳤다. 헤어왁스로 세운 짧은 머리, 화려한 체크무늬 재킷. 그는 응접실 같은 공간에서 소파에 앉아 이쪽에 예리한 시선을 주고 있었다.

"음……가네시로 씨였던가요?" 카메라 밖에서 료마의 목소리가 났다. "오늘 인터뷰에 응해주셔서 감사합니다."

아무래도 지금 화면에 비치는 가네시로라는 중년 남자가 편집자인 모양이다. 가네시로는 머리를 가볍게 숙였지만, 어쩐지 남을 내려다보는 듯한 눈빛이 인상적이었다.

"저야말로 잘 부탁드립니다."

"시간이 없으니 거두절미하고 단도직입적으로 묻겠습니다. 일단 왜 소년A의 인터뷰 기사를 실으려고 마음먹으신 거죠?"

"그쪽에서 지인의 연줄을 통해 접촉해 왔습니다. 최근에 인터넷 경매 암시장에서 고쿠분지 여아 살해사건의 범행 영상이 판매된 걸 가지고 자기 탓을 하는 바람에 난감하다면서요. 반론할 자리를 마련해 달라고 했습니다."

"그래서 선뜻 승낙했다는 건가요?"

"물론 사실관계는 꼼꼼히 조사했죠. 그가 평소 사용한다는 컴퓨터도 확인했지만, 범행 영상이 올라왔다는 다크웹에 접속한 흔적은 없었습니다."

"흔적이야 얼마든지 지울 수 있겠죠. 전문가가 조사하면 알아낼 수 있을지도 모르는데, 그 정도로 철저하게 조사했습니까?"

가네시로가 약간 불쾌한 듯한 표정을 지었다.

"뭐, 그렇게까지는 안 했지만요. 어쨌든 그도 이제 갱생해서 사회에 복귀해 올바르게 살아가고 있어요. 그런데 인터넷에서 일방적으로 비난만 당하는 건 불공평하지 않을까요? 그래서 그에게 반론할 공간을 마련해 주고 싶었던 겁니다."

거짓말하고 있네. 생중계를 보고 있던 에리코는 속으로 구시렁거렸다.

통속적인 주간지가 소년A의 인터뷰를 싣기로 한 건, 그게 팔릴 만한 소재라고 판단했기 때문이다. 그것 말고 무슨 이유가 있겠는가.

료마가 질문을 계속했다.

"이번에 소년A의 인터뷰 기사를 실으면서 피해자 유족에게 양해는 구했습니까?"

"아니요, 그럴 필요는 없을 것 같아서요. 이번 인터뷰는 과연 소년A가 범행 영상을 팔려고 내놓았느냐에 초점을 맞췄으니까요. 유족분들과는 관계없는 이야기라 판단했습니다."

"뭐, 일단 그 이야기는 됐습니다. 왜 이 인터뷰에서 소년A는 익명을 사용했나요? 그도 이제 어엿한 성인이잖습니까. 언제까지고 소년법 뒤편에 숨어 있지 말고, 이름을 밝히고 나서야 하지 않을까요?"

"소년법하고는 상관없습니다. 이번에 소년A는 인터넷 악플의 피해자예요. 실명이나 얼굴을 공개하면 더욱 심각한 피해를 입을 우려가 있습니다."

"그야 어쩔 수 없잖습니까? 애당초 소년A가 소녀를 살해하는 장면을 촬영한 게 화근이니까요. 소년A 본인이 영상을 판매했다고 의심받아도 할 말이 없죠."

가네시로가 깍지를 꼈다.

"그거 말인데요, 소년A 본인이 영상을 판매했을 가능성은 낮습니다. 영상을 팔아봤자 그에게는 아무 이점도 없거든요."

"단순히 돈이 목적 아니었을까요?"

가네시로는 고개를 저었다.

"인터뷰 기사에서 소년A가 말했듯이, 그는 경제적으로 곤란한 상황이 아닙니다."

"그럼 부자인가요?"

"못사는 형편은 아니라고만 답변하겠습니다."

"그럼 돈 말고 다른 동기는 어떨까요? 예를 들어 다시 세상의 각광을 받고 싶어서 범행 영상을 판매한 걸 수도?"

가네시로가 건조한 목소리로 웃었다.

"주목을 받고 싶다면 유튜브에 영상을 그대로 올리는 편이 빠르겠죠. 일부러 사람들이 잘 모르는 다크웹에 몰래 내놓을 필요가 어디 있겠습니까."

"유튜브라면 누가 영상을 올렸는지 금방 드러날 테니까요. 하지만 다크웹은 익명성이 강해 누가 올렸는지 조사할 방도가 없죠."

할 말이 없는지 가네시로가 헛기침을 했다.

"뭐, 듣고 보니 그건 그렇지만……."

지금까지 천연덕스러웠던 가네시로의 태도에서 여유가 사라진 것 같았다. 가네시로라는 이 편집자는 왜 료마의 돌격취재에 응했을까. 에리코는 문득 그런 의문이 들었다.

조금만 조사하면 료마가 인터넷에서 유명한 사형집행인으로 통한다는 걸 금방 알 수 있을 것이다. 자칫하면 네티즌들이 주목하는 가운데 공박을 당할 가능성도 높다. 그런데 왜 굳이 그런 위험을 감수하면서까지 취재에 응했을까.

"가네시로 씨. 제가 어떤 소문을 들었는데요."

료마가 의미심장하게 말을 꺼내자 가네시로의 미간에 주름이 잡혔다.

"어떤 소문?"

"이번 인터뷰를 계기로 귀사에서 소년A의 수기를 발행하려는 것 아니냐는 소문이요."

"대체 무슨 소리인지……."

"고쿠분지 여아 살해사건에 관한 소년A의 적나라한 고백이 담긴 수기 말입니다. 이제는 매스컴에서도 그 사건과 소년A에 대해 대대적으로 거론하고 있죠. 이 타이밍에 수기를 내면 폭발적으로 팔리지 않겠어요?"

그제야 왜 가네시로가 료마의 취재에 응했는지 알았다. 인터넷상에서 료마의 영향력은 굉장하다. 그런 료마가 돌격취재를 생중계로 진행하면 네티즌들의 관심도 모일 것이다. 설령 취재 도중에 편집자의 말이나 행동이 반감을 사더라도, 앞으로 출판될 소년A의 수기 판매에는 공헌할 것이다. 이른바 노이즈 마케팅이다.

영상에 눈길을 주자 가네시로의 이마에 구슬땀이 송골송골했다.

4

생중계가 끝나고 잠시 후, 선글라스와 마스크를 낀 젊은 남자가 정면 출입구로 나왔다. 등에는 커다란 백팩을 멨다. 료마가 틀림없었다.

에리코는 건물 뒤편에서 나와서 그를 불렀다.

"료마 씨."

료마가 깜짝 놀라 뒤를 돌아보았지만, 선글라스와 마스크 때문에 표정은 보이지 않았다. 선글라스 안쪽의 눈이 가늘어졌다.

"……당신, 누구야?"

"생중계 봤어요. 정말 좋았어요."

"아아, 설마 기다리고 있는 사람이 있을 줄은 몰랐네. 그럼 이만."

료마는 연예인처럼 가볍게 손을 흔들고 걸어갔다. 에리코는 그 뒤를 졸졸 쫓아갔다.

"잠깐 이야기 좀 할 수 없을까요?"

"미안하지만 바빠서."

료마는 멈추지 않고 계속 걸음을 옮겼다. 에리코도 포기하지 않고 보조를 맞추어 따라갔다.

"이제 어쩔 거예요? 소년A의 실명을 알아내서 인터넷에 공개할 생각이에요?"

료마가 갑자기 발을 멈췄다. 에리코를 돌아보고 선글라스를 벗었다. 에리코는 깜짝 놀랐다. 아직 소년이라고 해도 될 만큼 앳된 얼굴이었다.

"이봐, 그걸 알아서 어쩌려고?"

"'자경단' 사이트는 알죠? 저도 거기서 남을 저격한 적이 있어요."

"누구를?"

"우쓰기라는 기초생활수급자요. 무료로 손에 넣은 항정신병약을 불법으로 판매해서 그 돈으로 미성년 성매매를 한 남자."

"아아……그거."

분명 감탄할 줄 알았건만, 료마의 반응은 예상외로 미적지근했다. 그는 실눈을 뜨고 에리코를 보았다.

"이렇게 말하면 미안하지만, 당신은 비겁해."

"뭐라고요?"

"당신, 그 우쓰기라는 아저씨의 이름도 얼굴도 모르도록 영상을 올렸잖아. 혹시 명예훼손으로 고소당하지는 않을까 걱정됐지? 그래서 본명 대신 이니셜을 밝히고 다른 네티즌이 실명을 까발려 주기를 기대한 거지? 즉, 남에게 위험한 일을 떠넘기고 자기는 안전한 곳에서 지켜본 셈이야. 그거 어째 교활한데."

반론할 수 없었다. 료마의 말대로다.

"남을 인터넷에서 저격할 거면, 역시 나름의 각오와 책임을 품어야 하지 않을까?"

"……미안해요."

에리코는 순순히 사과했다. 신기하게도 화는 나지 않았다. 상대가 료마라서인지도 모른다. 그가 지금까지 해온 일들을 생각하자 비판도 곧이곧대로 받아들일 수 있었다.

"뭐, 하지만 당신이 찍은 영상은 제법 괜찮았어."

료마는 그렇게 말하고 아까와는 딴판으로 산뜻한 미소를 지었다. 꾸중을 들은 직후에 칭찬을 받자 에리코는 기분이 조금 들떴다.

"……고마워."

료마가 에리코의 얼굴을 들여다보았다.

"저기, 소년A가 눈에 거슬려?"

에리코는 고개를 끄덕이며 대답했다.

"그런 비열한 인간을 내버려 둘 수는 없어."

"뭐, 그렇지. 하지만 그 영상을 유출한 게 소년A, 그러니까 오치아이 세이지인지는 아직 확실치 않은데."

"하지만 아까 인터넷 생중계에서도 말했잖아. 소년A가 다시 세상의 각광을 받고 싶어서 영상을 판매한 것 아니겠느냐고."

"그건 어디까지나 소문이야. 하나의 견해일 뿐, 사실인지 아닌지는 모르지."

뜻밖에도 료마라는 소년은 냉정해 보였다. 역시 카메라 앞에 서는 일부러 도발적인 태도를 취하는 것이리라.

"하지만 소년A가 아니라면 대체 누가 그런 영상을?"

에리코의 의문에 료마는 어깨를 으쓱했다.

"그건 나도 모르지. 다만 어쩐지 꺼림칙해."

"꺼림칙하다니?"

"고쿠분지 여아 살해사건은 아직 끝나지 않았다는 찝찝한 예감이 들어."

에리코는 눈썹을 찡그렸다. 료마가 무슨 소리를 하는 건지 감이 딱 오지 않았다.

"나도 뭔가 확실히 알고 있는 건 아니야. 하지만 이런 직감은 소홀히 하면 안 돼."

"혹시 오치아이가 또 사람을 죽일지도 모른다고 생각하는 거야?"

료마의 눈빛이 날카로워졌다.

"오치아이는 분명 갱생하지 않았어. 놈이 또 그런 짓을 저지른대도 전혀 놀랄 일이 아니지."

그 말은 요전에 야요이가 했던 말과 거의 똑같았다.

"그러고 보니 오치아이는 양자결연을 해서 이름을 바꿨잖아. 근처에 살아도 그 사람인 줄은 모르겠네."

인터넷상의 소문으로는, 하고 료마가 말했다.

"오치아이는 얼굴도 고쳤다나봐. 사건 당시 인터넷에 나돌았던 놈의 얼굴 사진과는 이제 완전히 달라졌대."

"너도 소년A의 현재 신원을 알아내기는 무리야?"

료마의 눈이 가늘어졌다.

"놈의 신원은 보호관찰 업무에 관련된 몇몇 사람밖에 모른 대. 매스컴도 거기까지 알아내지는 못한 모양이고."

"하지만 아까 네가 인터뷰한 편집자는 당연히 오치아이의 현재 신원을 알겠지?"

"그렇겠지. 뭐, 물어봐도 안 가르쳐줄 테지만."

"그럼 역시 신원을 알아내기는 불가능하겠구나……."

"아니, 꼭 그렇지만은 않아."

료마의 얼굴에 대담한 웃음이 서렸다.

× × ×

"어, 생각보다 어리네."

료마를 보자마자 야요이는 눈이 동그래졌다.

"그러는 운영자님이야말로." 료마가 날카로운 눈빛으로 야요 이의 눈빛을 받아냈다. "여자였다니 의외네요. 분명 남자일 줄 알았는데."

출판사 앞에서 료마와 이야기를 나눈 후, 에리코는 반쯤 억 지로 료마를 야요이네 집에 데려왔다. 꼭 두 사람을 소개해 주 고 싶었기 때문이다. 처음에는 싫은 티를 내던 료마도 '자경단' 의 운영자가 만나고 싶어한다는 말에 결국 꺾였다.

야요이의 집에 도착하자마자 료마는 컴퓨터 앞에 자리를 잡고 앉았다.

"이야. 최신식이네. 이게 운영자님의 성채로군요."

"자꾸 운영자님이라고 하니까 서먹하네. 야요이라고 불러."

"그럼 야요이 씨. 그리고 에리코 씨."

료마가 야요이와 에리코를 차례대로 보고 말했다.

"둘 다 소년A, 오치아이 세이지의 현재 신원을 폭로하고 싶은 거죠?"

"응." 야요이가 고개를 끄덕였다. "'자경단' 사이트를 운영하는 입장에서 그를 저격하지 않는다는 선택지는 있을 수 없지. 료마, 너도 그렇지?"

"아니요. 사실 꼭 그런 건 아니에요."

"그게 무슨 소리야?"

"솔직히 말해 최근까지 소년A의 신원을 밝혀내는 데는 흥미가 없었어요. 20년 전 사건이 발생했을 당시에 놈은 이미 인터넷에서 한 번 저격을 당했으니까요."

"하지만." 에리코가 끼어들었다. "소년A는 까발려진 이름을 버리고 새로운 신분을 손에 넣었는걸."

"응, 선량한 일반시민인 척 사회에 잘 섞여들었지. 게다가 이번에 범행 영상을 인터넷에 팔려고 내놓았다는 의혹까지 생겼어. 이대로 내버려 뒀다간 더 과감하게 나올지도 몰라. 아무래도 절대 손가락을 물고 지켜볼 수만은 없겠어."

"소년A를 저격할 마음이 생긴 거구나?"

야요이가 기대에 가득 찬 눈빛을 료마에게 던졌다.

그는 고개를 끄덕였다.

"하지만 놈의 현재 개인정보를 알아내기는 쉽지 않을 거예요. 그런 면에서 무방비한 얼간이들과 달리 놈은 자신의 신원을 철저히 감추고 있으니까."

"내가 저격한 우쓰기의 실명은 어떻게 알아냈어?"

에리코의 질문에 료마는 히죽 웃었다.

"그건 손쉬웠어. 왜, 에리코 씨가 올린 영상 있잖아."

료마가 마우스를 움직여 컴퓨터 화면에 에리코가 올린 영상을 띄웠다. 우쓰기가 약국에서 행패를 부리는 그 영상이었다. 우쓰기의 으름장에 약사가 마지못해 약봉지를 내미는 장면에서 료마는 영상을 멈췄다.

"여기 봐봐."

료마가 약봉지 부분을 확대했다. '야치요약국'과 '우쓰기 도시키'라는 글씨가 똑똑히 눈에 들어왔다. 에리코는 어안이 벙벙해졌다. 료마가 재미있다는 듯 말을 이었다.

"이걸로 놈의 성과 이름은 알아냈고, 다음으로 놈이 SNS를 하는지 조사해 봤지. 아니나 다를까 우쓰기 도시키라는 이름으로 만들어진 페이스북 계정이 하나 나왔어. 문제는 이 페이스북의 우쓰기 도시키가 내가 찾는 놈이 맞느냐는 거였지."

료마가 그 화면을 띄웠다. 에리코도 아는 우쓰기 도시키의 얼굴 사진이 나타났다.

"운 좋게도 이 우쓰기 도시키는 주소와 생년월일까지 공개해 놨더라고. 네리마구에 살고, 나이는 42세. 내가 찾는 우쓰기

도시키에 딱 들어맞았지."

"그래서 뒤를 밟다가 돌격취재를 한 거로구나."

"맞아. 이렇게 SNS에 아무렇지도 않게 개인정보를 올리는 놈이 상대라면 참 편하지만, 소년A는 그렇게까지 멍청하지 않아. 애당초 놈의 현재 이름조차 모르는 상태고."

그때 야옹, 하는 울음소리와 함께 방 안쪽에서 검은 고양이가 나타났다. 처음 보는 료마를 잠시 살펴보더니, 조심조심 발치로 다가와 얼굴을 료마의 다리에 문지르기 시작했다.

"우와, 뭐야. 무슨 고양이가 붙임성이 이렇게 좋아?"

말은 그렇게 했지만 료마도 싫지는 않은 듯 고양이의 머리를 쓰다듬어 주었다. 에리코는 약간 놀랐다. 야요이의 집에 몇 번 와봤지만, 이 고양이는 절대 에리코와 친해지려고 하지 않았다. 하지만 지금 고양이는 기분 좋게 실눈을 뜬 채 턱 밑을 쓰다듬어주는 료마의 손길에 몸을 맡기고 있었다.

료마와 고양이가 노는 모습을 말없이 보고 있던 야요이가 갑자기 입을 열었다.

"료마, 그럼 소년A의 신원을 파악하기는 불가능한 거야?"

"아예 방법이 없는 건 아니에요. 예를 들면 오늘 만난 편집자 아저씨를 이용한다거나."

그렇게 말하고 료마는 어른스럽게 빙긋 웃었다.

5

이토 히로미의 오빠와 만난 후 시라이시와 마유코는 택시를 타고 야마가타역으로 돌아왔다. 개찰구를 통과하자 구마이와 도쿠노가 소리도 없이 다가왔다.

"미마는?"

마유코의 물음에 둘 다 아주 난처한 표정을 지었다.

"그게, 역에는 오지 않았습니다."

"그거 확실해?"

"네." 구마이가 고개를 끄덕였다. "신칸센 개찰구 앞에서 감시하고 있었는데, 나타나지 않았습니다."

미마가 신칸센 말고 비행기를 이용하고자 야마가타 공항으로 갔을 가능성도 있다. 미행을 떼어낼 생각이었을까? 아니면 뭔가 꾸미고 있는 걸까?

"일단 우리도 도쿄로 돌아가자."

×××

구마이와 도쿠노는 미마의 집을 감시하기 위해 오미야역에서 내렸다. 시라이시와 마유코는 본청으로 복귀했다.

"자, 이제 어떻게 할까요?"

감찰계 구역으로 향하면서 마유코가 물었다.

"글쎄……." 시라이시는 곰곰이 생각하며 말했다. "이토 히로미와 만나려 한 걸로 보건대, 미마가 20년 전에 범행 영상을 복사해 이토 히로미에게 준 건 거의 틀림없을 거야. 문제는 지금 그 복사본이 어디에 있느냐는 거지."

"역시 아들 이토 유키오가 가져가서 다크웹에 영상을 판매한 걸까요. 하지만 그렇다면 동기는 뭘까요? 동생이 살해당하는 영상을 경매 사이트에 내놓다니, 멀쩡한 인간이 할 짓이 아닌데요."

"아직 그렇다고 단정 지을 일은 아니야. 일단 이토 유키오의 신원을 털어보자. 자네는 그의 현재 주소를 알아봐. 나는 전과 기록을 알아볼게."

"알겠습니다."

각자 자기 자리에 앉아 작업을 시작했다. 시라이시는 정보관리과에 전화를 걸어 이토 유키오의 전과 기록을 조회해 달라고 부탁했다. 잠시 후 전화가 걸려왔다.

"방금 전에 조회를 부탁하신 이토 유키오의 전과 기록 말씀인데요."

"고생 많으셨습니다."

"전과가 있더군요."

"무슨 전과인가요?"

"아동음란물 소지 및 배포죄입니다."

시라이시는 흠칫 놀랐다.

"실형을 받았다는 겁니까?"

"네. 재범이라 6개월 징역을 살고, 세 달 전에 출소했네요."

세 달 전. 이토 히로미의 오빠는 유키오가 세 달쯤 전에 찾아 왔다고 했다. 출소하고 바로 본가를 찾아갔다는 말인가.

수화기를 내려놓고 팔짱을 끼고 있자니, 마유코가 다가와 시라이시의 책상에 프린트한 종이를 내려놓았다.

"면허증 정보에서 이토 유키오의 주소를 알아냈습니다. 고마 에시로 되어있네요."

× × ×

이토 유키오가 사는 연립주택은 다마가와 강둑을 내려간 곳에 있었다. 일대에 비교적 새 주택이 늘어선 가운데, 그 연립주택에만 쇼와시대(1926~1989년까지 사용된 일본의 연호)의 정취가 진하게 남아 있었다. 2층 건물의 지붕에는 파란 기와를 얹었고, 색깔이 칙칙해진 외벽은 군데군데 금이 갔다.

연립주택 입구에 있는 세대별 우편함을 확인했다. 이토 유키오의 집인 205호실 우편함에는 광고물이 가득했다.

녹슨 바깥 계단으로 2층에 올라가자 초로의 대머리 남자가 창문으로 205호실을 들여다보고 있었다. 한순간 빈집털이인가 싶었지만, 그렇다면 이런 곳은 노리지 않으리라. 시라이시는 마유코와 얼굴을 마주 본 후 노인에게 말을 걸었다.

"저어, 뭐하시는 건가요?"

노인은 놀란 듯 창문에서 펄쩍 물러났다.

"어휴, 깜짝이야. 간 떨어지는 줄 알았네."

문 옆에 '이토'라고 적힌 표찰이 걸린 걸 확인하고 나서 노인에게 물었다.

"여기 사시는 이토 씨와 친하신 분입니까?"

"내가? 설마." 노인은 찌푸린 얼굴로 손을 내저었다. "나는 여기 집주인이야."

"집주인이 여기는 어쩐 일로?"

"당연히 집세 독촉하러 왔지. 이토라는 이 사람, 입주하고 나서 한 번도 집세를 안 냈어. 직접 집까지 독촉하러 와도 늘 없고."

묵묵히 이야기를 듣고 있던 마유코가 현관문을 두드렸다.

"이토 씨, 경찰입니다. 계시면 대답하세요."

하지만 응답은 없고, 주변을 감싼 정적은 그대로였다. 노인이 희한하다는 듯 시라이시와 마유코를 번갈아 보았다.

"댁들 정말 경찰이요?"

"네. 혹시 이토 씨와 연락이 닿으면 알려주시겠습니까?"

시라이시는 그렇게 말하며 노인에게 명함을 주었다.

일단 오늘은 물러가기로 하고 시라이시와 마유코는 노인에게 인사한 후 계단을 내려갔다. 다시 한 번 세대별 우편함을 들여다보았다. 205호실 우편함 틈새로 수도요금 고지서가 비어져 나와 있었다. 그걸 뽑아서 확인해 보았다.

"봐봐."

마유코에게 고지서를 보여주었다. 그저께 검침한 이번 달 수도요금은 삼천사백오십 엔이었다.

"이토 유키오가 내내 집을 비워둔 건 아닌 것 같군."

"어떻게 할까요?"

"감시 인원을 붙이자. 지금은 없지만 조만간 돌아올 거야."

그 자리에서 마유코가 미마의 집을 감시 중일 구마이와 도쿠노에게 전화를 걸었다. 그들의 보고에 따르면 미마는 아직 집에 돌아오지 않았다고 한다. 시라이시는 손목시계를 보았다. 이미 저녁 8시가 지났다. 야마가타에서 자취를 감춘 미마는 대체 어디로 간 걸까.

일단 미마의 집을 계속 감시하면서 이토 유키오의 행방도 찾아야 한다.

인력이 모자라므로 다른 팀을 동원해야 했다. 차로 돌아간 시라이시는 팀장 중 한 명인 모리에게 전화를 걸어 이토 유키오가 거주하는 연립주택에 감시 인원을 붙이라고 지시했다.

스마트폰을 재킷 호주머니에 넣었을 때 삣, 삣, 하고 경고음 같은 소리가 울렸다. 눈썹을 찌푸리며 스마트폰을 꺼냈다. 화면에 '애플리케이션이 해제됐습니다'라는 글씨가 떠있었다.

"이게 무슨 뜻이지?"

스마트폰 화면을 보여주자 마유코는 "아아……" 하고 탄식했다.

"레나의 스마트폰에 설치한 추적 앱이 제거된 걸 알리는 경고문이네요."

"제거? 그러니까 레나가 추적 앱이 깔렸다는 걸 알아차리고……?"

레나는 바보가 아니다. 시라이시가 앱을 설치했다는 걸 바로 눈치채고도 남는다.

무거운 한숨을 쉬는 시라이시를 보고 마유코가 안됐다는 듯 말했다.

"집에 가실 때까지 레나에게 뭐라고 사과할지 잘 생각해 보세요."

× × ×

열쇠로 문을 열고 집에 들어가자 현관에는 불이 켜져 있었지만, 거실은 어두웠다. 안으로 들어가 불을 켰다. 테이블 위에 맥도널드의 빈 포장지가 놓여 있었다. 레나가 저녁으로 먹은 것이리라. 평소 레나에게는 가능하면 밥을 알아서 차려 먹도록 시키고 있다.

계단을 올라 레나의 방을 살폈다. 문 아래쪽 틈새로 불빛이 새어나왔다.

심호흡을 하고 문을 두드렸다. 예상대로 대답은 없었다.

"레나? 있지? 문 열어도 돼?"

여전히 아무 반응도 없었다. 시라이시는 문을 살짝 열었다. 레나는 침대에 무릎을 끌어안고 앉아있었다. 어릴 적부터 소중히 아끼던 곰 인형에 얼굴을 묻고 있어서 표정은 보이지 않았다. 저 곰 인형에 레나가 흘린 눈물 자국이 수없이 많다는 걸 시라이시는 알고 있었다. 부모님이 사고로 돌아가시고 시라이시가 데려왔을 당시, 레나는 매일 밤마다 울었다.

"레나, 사과할게."

그제야 레나가 곰 인형에서 고개를 들었다. 눈은 빨갰지만, 눈물은 없었다. 다만 딱딱하게 굳은 표정이었다. 레나는 시라이시에게 반항적인 눈빛을 던졌다.

"……그 앱, 삼촌 짓이지?"

"응……. 오해는 하지 마. 난 네가 걱정돼서."

"날 감시한 거야?"

"일하느라 늦게 들어오거나 할 때, 네가 어디 있는지 확인하고 싶어서 사용했을 뿐이야."

"그러니까 삼촌은 내가 못 미더웠다는 거네."

반론할 수 없었다.

"몰래 그런 걸 남의 스마트폰에 깔다니 최악이야. 변태 스토커가 따로 없어."

"레나, 난 널 생각해서……."

"나가."

"레나……."

"당분간 삼촌 얼굴 보고 싶지 않아."

레나는 다시 곰 인형에 얼굴을 묻었다. 조카가 고집스러운 성격이라는 건 잘 알고 있었다. 지금은 어떻게 변명해도 귀에 들어오지 않을 것이다. 가령 자기가 어린아이라고 치고 부모님에게 똑같은 짓을 당하면 역시 배신당한 기분이 들 것이다. 레나가 이렇게 반응하는 것도 무리는 아니다.

"알았어. ……잘 자."

시라이시는 문을 닫았다. 계단을 내려가 거실로 향했다. 술 생각이 간절했지만 겨우 참았다. 내일도 일찍 일어나야 한다. 레나와 무릎을 맞대고 한번 진지하게 이야기를 나눌 필요가 있겠지만, 이토 유키오의 행방을 알아낼 때까지는 그럴 시간이 없을 듯했다.

6

에리코는 차가운 캔 커피와 샌드위치를 세 개씩 바구니에 넣고 편의점 유리창 너머로 밖을 보았다.

맞은편에는 느티나무 출판사가 입주한 건물이 서있었다.

에리코는 계산대에서 계산을 마치고 밖으로 나왔다. 빌딩을 곁눈질하며 갓길에 정차한 밴으로 걸어갔다. 아무도 없는지 주변을 확인하고 나서 뒷좌석 문을 두드렸다. 문이 열리자 에리코는 재빨리 올라탔다.

뒷좌석에서 료마가 태블릿PC 화면을 노려보고 있었다.

"움직임은?"

에리코의 질문에 료마는 고개를 저었다.

운전석에서는 오늘도 화장기 없는 야요이가 하품을 하고 있었다. 에리코는 캔 커피와 샌드위치를 봉지에서 꺼내 야요이와 료마에게 주었다.

"난 무설탕이 좋은데."

캔 커피를 보고 야요이가 미간을 찌푸렸다.

"죄송해요. 바꿔올까요?"

"아니야. 귀찮게 바꾸기는."

야요이는 캔 커피를 따서 입에 가져갔다. 나른한 분위기다. 에리코도 료마 옆에 앉아 샌드위치 포장지를 뜯었다.

이 밴은 야요이가 빌린 것이다. 오늘 오전부터 벌써 다섯 시간 가까이 갓길에 정차해 놓고 느티나무 출판사가 입주한 건물을 감시하는 중이었다. 셋 다 슬슬 집중력과 인내력이 떨어지기 시작했다.

료마 옆에서 태블릿PC를 들여다보자 화면에 표시된 지도 한복판에 밝은 점이 하나 있었다. 움직일 낌새는 없었다.

아침 일찍 야요이가 전화를 걸어 대뜸 오늘 시간 있느냐고 물었다. 다행히 회사는 휴일이었다. 그렇게 말하자 30분도 지나지 않아 야요이는 료마와 함께 밴을 타고 나타났다.

달리는 차 안에서 료마는 의기양양하게 DVD 두 장이 든 케이스를 보여주었다.

"이게 뭔데?"

"소년A, 오치아이 세이지에게 줄 선물."

"선물?"

대체 무슨 소리인가 싶어 에리코는 눈살을 모았다.

"내용은 내가 오치아이 세이지에게 보내는 영상편지. 내 인터뷰 요청을 받아들여달라는 열렬한 러브콜이 담겨 있어. 추가로 지금까지 쌓아올린 내 눈부신 경력을 설명하고, 인터뷰에 응하지 않으면 이쪽에도 생각이 있다는 협박도 덧붙였지."

"그런 인터뷰에 오치아이가 응할 것 같지는 않은데……."

"영상편지는 속임수야."

"뭐?"

"DVD에 GPS 발신장치를 심어놨어."

"정말? 어디에?"

얼핏 보기에는 그런 거창한 장치가 장착된 것 같지 않았다.

"케이스 사이에 숨겼지. 요즘 이런 장치는 아주 작게 나오거든. 요전에 인터뷰했던 편집자에게 부탁해서 오치아이한테 전달할 생각이야. 물론 편집자에게는 GPS 이야기를 안 하고."

"즉, 이 선물에 숨겨둔 GPS를 추적해서 오치아이 세이지의 현재 위치를 밝혀내겠다는 거야?"

"응." 료마가 태블릿PC를 보여주었다. "이걸로 실시간으로 추적할 수 있어. 편집자가 이 DVD를 오치아이에게 직접 건네든지 택배로 보내면 놈의 위치가 대번에 딱 밝혀지는 거지."

그게 료마가 세운 계획이었다.

느티나무 출판사가 보이는 길에 밴을 대자 료마는 선물이 든 비닐쇼핑백을 들고 뛰어나갔다. 료마는 건물로 들어간 지 10분쯤 지나서 돌아왔다. 얼굴에는 웃음을 띠고 있었다.

"잘 됐어. 전달해 주겠대."

밴에 올라타자마자 료마는 들뜬 목소리로 말했다.

"그 편집자 아저씨, 처음에는 안 된다더니만 오치아이와의 대담이 성립되면 아저씨 잡지에 르포를 실어도 된다고 하니까 갑자기 반색을 하고 나서더라."

이게 오전 10시경의 일이었다. 하지만 다섯 시간 가까이 지난 지금도 DVD에 움직임은 없었다. 태블릿PC 화면에는 선물의 현재 위치를 나타내는 점이 덧없이 빛나고 있었다.

"그 편집자, 선물을 쓰레기통에 휙 버린 거 아닐까."

운전석에 앉은 야요이가 담배를 피우며 조바심 어린 목소리로 말했다.

"책임지고 전해주겠다고 했는데요."

말은 그렇게 했지만 료마는 평소와 달리 자신 없어 보였다.

"어쩌면 편집자가 오치아이에게 연락했는데, 놈이 받기를 거부한 것 아닐까?" 야요이가 담배연기를 뿜어냈다. "아마도 실패인가 보다."

그때 건물 앞에 고양이 마크로 유명한 택배회사 트럭이 멈췄다. 유니폼을 입은 택배기사가 내려서 카트를 밀며 건물로 들어갔다.

잠시 후 태블릿PC에 표시된 점이 움직였다. 에리코와 료마는 얼굴을 마주 보았다. 건물 입구를 감시하고 있자니 조금 전 택배기사가 택배물품을 실은 카트를 밀며 나왔다. 물건이 실린 트럭이 배기가스를 내뿜으며 출발했다. 그 움직임에 호응하듯 태블릿PC에 표시된 점도 움직이기 시작했다.

"그 아저씨, 선물을 택배로 보낸 모양이네."

료마가 중얼거리자 야요이가 운전석에서 돌아보았다.

"어떻게 할래? 쫓아갈까?"

"그럴 필요 없어요. 태블릿PC로 추적할 수 있으니까. 어쩌면 내일이라도 오치아이가 어디 사는지 알아낼 수 있을 거예요."

× × ×

그날은 결국 거기서 헤어졌다. 적어도 내일은 되어야 DVD가 소년A에게 배달될 테니 그때까지는 느긋하게 기다리는 수밖에 없었다. 일단 료마가 태블릿PC로 가끔 GPS신호를 추적해 보기로 했다. 배터리를 아끼기 위해서도 위치 정보를 자주 검색하지 않는 편이 좋다는 모양이다.

다음 날 오전 업무가 끝나고 점심을 먹으러 나갈 때 료마에게 연락이 왔다.

"에리코 씨. 움직임이 있었는데, 지금 올 수 있어?"

스마트폰에서 들린 료마의 말에 에리코는 한순간 망설였다. 오후에도 일이 있었다. 하지만 소년A를 한번 보고 싶다는 마음이 업무를 봐야 한다는 의무감을 웃돌았다.

상사 기도에게 조퇴하겠다는 뜻을 알리고 회사를 나섰다. 료마와 야요이는 어제 그 밴을 타고 신주쿠 5초메에 있다고 한다. GPS 신호를 추적한 결과 선물은 그 부근에 배달된 모양이다. 여기에서 신주쿠역을 사이에 두고 딱 반대편이다. 택시를 잡기에는 미묘한 거리였기에 걸어서 가기로 했다.

지하도를 통과해 신주쿠역 동쪽 출입구로 나왔다. 이세탄백화점 앞을 지나쳐 더 나아가자 잡거빌딩이 복잡하게 늘어선 곳에 들어섰다. 주택가와는 동떨어진 분위기에 에리코는 고개를 갸웃했다. 오치아이는 이런 곳에 살고 있는 걸까.

정확한 장소를 확인하려고 스마트폰을 꺼내 료마에게 전화를 걸려고 했을 때, 길 저편에 서있던 밴의 전조등이 한 번 번쩍했다. 어제 그 밴이었다.

그쪽으로 걸어가자 밴 뒷좌석 문이 열리고 료마가 나왔다. 오늘도 오버사이즈 티셔츠에 무릎이 찢어진 청바지를 입었다.

"늦었잖아."

"미안해. 걸어오느라." 에리코는 주변을 둘러보았다. "이 부근에 오치아이의 집이 있어?"

"선물은 저 건물에 배달됐어."

료마가 비스듬히 맞은편에 있는 5층짜리 잡거빌딩을 가리켰다. 외벽이 지저분하니 상당히 오래된 건물처럼 보였다. 1층에는 라면집 간판이 걸려 있지만, 점심때인데도 안이 어두운 걸 보면 이미 망한 듯했다.

"하지만 몇 층에 배달됐는지까지는 GPS 신호를 봐도 몰라."

에리코는 그 건물을 올려다보았다.

"사람이 사는 것처럼은 안 보이는데."

"응, 대부분 회사 사무실이나 창고야."

"그럼 오치아이의 회사 사무실이 이 건물에 있다는 뜻?"

"나도 처음에는 그렇게 생각했어. 하지만 안내판을 보니 마음에 걸리는 입주자가 하나 있더라고. 자, 직접 확인해 봐."

료마는 그렇게 말하고 길을 가로질러 잡거빌딩으로 들어갔다. 저러다 소년A와 맞닥뜨리기라도 하면 어쩌느냐고 걱정하면서도 에리코는 부랴부랴 료마를 따라갔다.

건물에 들어서자마자 나온 좁은 엘리베이터 홀의 벽에 입주자명이 적힌 아크릴판이 걸려 있었다.

"3층을 봐."

료마가 3층에 적힌 입주자명을 가리켰다.

'도쿄 세컨드 포스트'

이름만 봐서는 뭐하는 곳인지 상상이 가지 않았다. 에리코가 눈살을 모으는 걸 보고 료마가 설명해 주었다.

"위에 올라가서 뭐하는 곳인지 확인해 봤는데, 아무래도 사설 사서함 서비스인 모양이야."

"사설……사서함 서비스?"

익숙하지 않은 말이라 당혹스러웠다.

"왜, 우체국에 사서함이라고 있잖아. 자주 집을 비우는 사람이나 가족에게 비밀로 우편물을 받고 싶은 사람이 이용하는 거. 그거랑 똑같은 사업을 최근에 민간업자가 하고 있거든. 이 것도 그중 하나야."

"그러니까…… 뭐가 어떻게 된 건데?"

"오치아이도 이 사서함을 이용하고 있는 거겠지. 집 주소가 유출될 위험성을 줄이기 위해서 말이야. 그 편집자한테도 이 사서함 주소밖에 알려주지 않았을 거야."

그래서 편집자에게 맡긴 선물이 여기에 배달됐고, 지금은 사서함에 보관 중인 듯했다.

"그럼 조만간 오치아이가 가지러 오겠네?"

응, 하고 료마가 고개를 끄덕였다.

"밴에서 감시하자."

× × ×

길가에 세워둔 밴으로 돌아가 대기하고 있던 야요이와 함께 감시에 들어갔다. 료마와 야요이는 아이스박스에 주스와 도시락 등을 담아서 가져왔다.

"이렇게 되면 지구전이지. 반드시 소년A의 신원을 밝혀내고야 말겠어."

야요이는 상기된 얼굴로 기세등등하게 선언했다. 야요이뿐만이 아니다. 에리코도 난생처음 느껴보는 흥분에 휩싸였다. 사냥감을 몰아넣은 사냥개가 이런 심정일까.

하지만 해 질 녘이 되어도 료마의 태블릿PC에 표시된 점은 옴짝달싹도 하지 않았다.

갑자기 소변이 마려웠다. 안절부절못하는 에리코를 보고 야요이가 말했다.

"휴대용 변기 준비해 왔는데 빌려줄까?"

아무리 그래도 남자인 료마 앞에서 그런 걸 사용하기는 망설여졌다.

"야요이 씨도 거기에 볼일을 봤어요?"

"난 성인용 기저귀를 차고 왔어. 아까 전부터 그냥 싸고 있지."

야요이가 입꼬리를 살짝 끌어올리며 태연하게 대답했다. 와, 대단하네요, 하고 료마가 감탄한 듯 웃었다.

"그러는 넌 어때?"

"나야 남자니까 적당히 아무 데서나 노상방뇨하면 그만이지. 에리코 씨, 여기는 우리한테 맡기고 화장실 찾아서 다녀와. 오치아이가 나타나면 문자메시지 보낼게."

그 말을 받아들이기로 했다. 뒷문을 열려고 했을 때 길 저편에서 한 여자가 걸어오는 모습이 창문으로 보였다. 회색 바지 정장을 입은 커리어우먼풍의 미인이었다. 이 일대와는 어쩐지 어울리지 않는 분위기였다.

여자가 사서함 서비스가 입주한 건물로 들어가는 걸 보고 료마가 중얼거렸다.

"설마, 저 여자가 오치아이는 아니겠지."

"여장했다고?"

"아니면 성전환."

"설마. 아무리 봐도 천생 여자 같은 느낌이었는데."

에리코는 어쩐지 신경이 쓰여서 화장실에 가려던 것도 잊고 밴에 머물렀다. 5분도 지나지 않아 조금 전 여자가 시원스러운 걸음걸이로 건물에서 나왔다. 에리코는 흠칫 놀랐다. 여자가 오른손에 낯익은 쇼핑백을 들고 있었다. 틀림없다. 어제 료마가 선물을 넣은 것과 같은 쇼핑백이었다.

"야요이 씨, 료마, 저 쇼핑백……."

에리코가 지적할 필요도 없이 둘 다 여자가 든 쇼핑백을 알

아차린 듯했다. 태블릿PC에 시선을 준 료마가 억누른 목소리
로 말했다.

"봐. 점이 이동하기 시작했어. 틀림없어." 여자의 뒷모습이
거리 저편으로 멀어졌다. "야요이 씨, 우리도 슬슬 움직여보죠."

고개를 끄덕인 야요이가 시동을 켜고 밴을 출발시켰다. 에리
코와 료마는 태블릿PC 화면을 주시했다. 점은 천천히, 하지만
착실하게 이동했다.

"이동 속도를 보니 계속 걸어가고 있는 모양이네. 오치아이
가 여기서 그리 멀지 않은 곳에 있나 보군."

료마가 혼잣말하듯 중얼거렸다. 야요이가 운전대를 쥔 채 힐
끗 돌아보았다.

"저기, 그 여자한테 가까이 붙어볼까?"

"미행은 위험해요."

료마가 인상을 찌푸렸다.

"미행이 아니라 추월하려고."

야요이는 어쩐지 즐거워 보였다. 사냥을 만끽하고 있는 것
같기도 했다.

"멋대로 하시든가."

"태블릿PC 좀 줘봐."

야요이는 료마에게 받은 태블릿PC를 조수석에 내려놓았다.

에리코는 창밖을 내다보았다. 밴은 야스쿠니 길을 달리고 있
었다. 야요이는 마루이백화점 앞쪽 모퉁이에서 좌회전해 남쪽
으로 차를 몰았다. 바로 신주쿠공원의 녹음이 앞쪽에 보였다.

"저기, 아까 그 여자 맞지?"

야요이가 턱짓으로 앞유리창 너머를 가리켰다. 야요이 말대로 바지정장을 입은 여자의 뒷모습이 보였다. 여자는 등을 쭉 편 채 신주쿠공원에 면한 길을 걸어갔다. 야요이가 밴의 속력을 낮추었다.

"야요이 씨. 조심해요. 까딱 잘못하면 눈치챌 테니까."

"알아. 천천히 앞질러 갈게."

추월할 때 에리코는 여자의 얼굴을 훔쳐보았다. 예쁜 여자였다. 나이는 서른 살 전후. 지적이고 심지가 단단해 보였다. 여자가 길 옆 잡거빌딩으로 들어가는 모습이 뒷유리창으로 보였다.

"건물로 들어갔네. 야요이 씨. 차 세워요."

잠시 더 나아가다 야요이는 길가에 차를 댔다. 셋이서 태블릿PC 화면을 들여다보았다. 점은 멈춰 있었다. 위치로 보건대 여자가 들어간 잡거빌딩이 틀림없었다.

"저 건물에 오치아이가 있어."

료마가 중얼거렸다.

조금 전까지 느껴지던 고양감이 거짓말처럼 사라지고, 대신 긴장감이 빈자리를 채웠다. 그 엽기적인 살인사건의 범인이 엎어지면 코 닿을 곳에 있다. 어느덧 에리코의 손은 땀으로 축축했다.

×××

　여자가 들어간 잡거빌딩 대각선 맞은편 길가에 밴을 대고 차 안에서 동태를 살피기로 했다. 이른바 펜슬빌딩이라 불리는 가느다란 4층 건물에는 각 층마다 업소가 하나씩 입주해 있었다. 1층은 체형교정원, 2층과 3층은 '신주쿠 가든 법률사무소' 가 쓰고 있었고, 4층 창문에는 '입주자 모집 중'이라는 간판이 걸려 있었다.

　1층 체형교정원은 도로에 면한 입구로 드나들도록 되어있다. 여자는 가게 옆에 있는 건물 입구로 들어갔다. 안쪽은 엘리베이터 홀인 듯했다. 즉, 여자는 법률사무소에서 일한다고 봐도 되리라. 그렇다면 소년A도 거기 직원일까.

　"이런 젠장." 료마가 어처구니없다는 듯 말했다. "혹시 소년A가 변호사가 된 건 아니겠지?"

　"설마. 과거에 사람을 죽인 살인범인걸."

　야요이의 말에 료마는 고개를 저었다.

　"분명 금고형 이상의 전과가 있으면 변호사는 못 돼요. 하지만 놈은 소년원에 다녀왔을 뿐이잖아요. 그건 범죄전력에는 해당하지만 전과는 아니라고요. 그러니까 변호사가 되는 것도 불가능하지는 않아요."

　그런 건 처음 알았다. 료마의 말에 에리코도 야요이도 입을 꾹 다물었다. 어린 소녀를 끔찍하게 죽인 범죄자가 이제는 법을 다루는 쪽에 있을지도 모른다니 충격이었다. 소년A는 분명

제대로 된 직업도 없이 사회 한구석에서 숨죽인 채 살아가고
있을 줄 알았다. 어쩌면 그건 이쪽의 염원이었을지도 모른다.
자신이 저지를 죄를 짊어지고 살고 있을 거라 믿고 싶었다.

"나왔다."

료마가 목소리를 낮추어 말하며 창밖을 가리켰다. 건물 입구
에서 방금 전 여자가 나오는 모습이 보였다. 짙은 감색 양복을
입은 남자가 뒤따라 나왔다. 옷깃에는 해바라기를 본뜬 변호사
배지가 달려 있었다. 이 남자가 소년A일까.

두 사람은 입구 옆에서 담배를 피웠다. 자세히 보니 여자가
피우는 건 전자담배인 듯했다. 웃으며 정답게 이야기를 나누는
두 사람은 일을 넘어선 관계로 보였다.

에리코는 담배연기를 뿜어내는 남자를 유심히 바라보았다.
중간 키에 중간 몸집의 특징 없는 남자였다. 쌍꺼풀에 얇은 입
술. 인터넷에 공개된 소년A의 얼굴 사진과 닮은 것 같기도, 그
렇지 않은 것 같기도 하다.

여자가 남자의 귀에 뭐라고 속삭였다. 남자가 부자연스러울
만큼 하얀 이를 드러내며 웃었다. 도저히 살인범이라는 과거를
짊어진 것처럼은 느껴지지 않았다. 떳떳하게 성공한 사람으로
보일 뿐이었다.

"놈이 정말로 소년A라면." 묵묵히 두 사람을 지켜보던 료마
가 냉랭한 어조로 말했다. "저격할 보람이 있겠군."

7

어젯밤은 잠을 별로 못 잤다.

어쩔 수 없이 일찌감치 침대를 빠져나와 평소보다 진하게
우린 커피를 두 잔 마셨지만 효과는 시원치 않았다. 시라이시
가 집을 나설 때까지도 레나는 방에서 나오지 않았다.

차를 운전하는데 계속 하품이 났다. 젊었을 적에는 꼬박 사
흘 밤을 새고도 멀쩡했지만 요즘은 몸이 영 안 따라준다.

재킷 안주머니에서 스마트폰이 진동했다. 화면을 보자 이토
유키오의 집을 감시시킨 니노미야라는 젊은 형사였다.

"여보세요?"

"계장님, 안녕하세요."

니노미야의 야무진 목소리가 들렸다.

"움직임이 있었나?"

"네. 방금 이토 유키오가 연립주택에 돌아왔습니다."

"그럼 지금 자기 집에 있다는 거지?"

"네. 하지만 커튼을 쳐놔서 안쪽 상황은 알 수 없고요. 어떻게 할까요, 확보할까요?"

"아니. 내가 지금 갈 테니까 눈 떼지 말고 지켜보고 있어."

"알겠습니다."

차를 이토 유키오의 집이 있는 고마에 방향으로 돌렸다. 잠시 달리자 또 니노미야에게 전화가 왔다.

"계장님, 이토 유키오가 백팩을 메고 다시 나갔습니다."

"뭐라고? 이제 막 돌아왔잖아."

"짐을 가지러 왔을 뿐인지도 모르겠네요. 오다큐선을 탈 수 있는 고마에역 쪽으로 향하는 중입니다."

역에서 전철을 타고 어디로 갈 작정일까. 전혀 짐작이 가지 않았다. 니노미야에게 지시해 이토 유키오를 확보하는 편이 나을지도 모르지만, 아무 죄도 짓지 않은 상황에서 연행할 수는 없으리라. 무엇보다 그가 경계심을 품기 전에 직접 접촉하고 싶었다.

"좋아. 미행해. 절대로 놓치지 마."

"알겠습니다."

차를 타고 적당히 돌아다니며 수시로 니노미야의 연락을 받았다. 이토 유키오는 전철을 타고 도심으로 향하고 있다고 했다. 시라이시도 그쪽으로 차를 몰았다.

"계장님, 이토가 시부야역에서 내렸습니다. 현재 도겐자카 방향으로 향하는 중입니다."

속력을 높여 요요기공원 옆을 가로질러 도큐백화점 뒤쪽으로 나왔다. 주차장에 차를 대고 급히 도겐자카로 향했다. 니노미야에게 다시 연락이 왔다.

"이토가 빌딩으로 들어갔습니다. 도겐자카 2초메입니다."

니노미야가 보낸 건물 이름을 구글 지도에 검색해 화면에 띄웠다. 스마트폰을 보며 모텔과 맨션이 혼재된 길을 나아가자 자판기 뒤편에서 휴대전화를 만지작거리고 있는 니노미야가 보였다. 니노미야는 시라이시가 온 걸 알고 조용히 다가와 맞은편의 꾀죄죄한 잡거빌딩을 가리켰다.

"여기에 들어갔습니다. 엘리베이터 표시판으로 확인했는데 3층에 내린 모양입니다. 3층에는 '여고딩 헤븐'이라는 리플렉솔로지숍뿐입니다."

리플렉솔로지숍이란 젊은 여성이 간단한 마사지 등을 해주는 가게로, 표면상으로는 성적 서비스를 제공하지 않는다. 하지만 비밀옵션이라는 명목으로 다양한 성적 서비스를 제공하는 가게가 대부분인 실정이다.

"좋아, 내가 확인하고 올 테니 여기서 대기해."

시라이시는 니노미야에게 지시하고 잡거빌딩으로 들어갔다. 쉰 냄새가 풍기는 엘리베이터를 타고 3층에 내리자 바로 가게 입구였다. 입구 옆쪽 벽에 '여고딩 헤븐'이라고 인쇄된 종이가 붙어있었다.

안을 들여다보자 시끄러운 댄스음악과 함께 젊은 여자의 웃음소리가 들려왔다. 접수 카운터에는 아무도 없었다.

손목시계를 보자 아침 9시도 되지 않았다. 아직 영업시간 전이리라. 그렇다면 이토 유키오는 여기에 즐기러 온 게 아니라 가게 종업원으로 온 것이다.

시라이시가 커튼 안쪽에 말을 걸자 웃음소리가 뚝 멈추더니, 머리를 갈색으로 염색한 제복 차림의 젊은 여자가 커튼을 젖히고 고개를 내밀었다. 앳되어 보이지만 화장은 진하다. 여자는 시라이시를 보고 고개를 갸우뚱했다.

"손님이세요?"

"아니, 사람을 만나러 왔는데. 여기 일하는 사람 중에 이토라는 남자 있지?"

갈색머리 여자가 또 고개를 갸웃했다.

"이토? 그게 누구지?"

"이토 유키오라는 사람인데."

"아아. 유키 말이구나."

그렇게 불리는 모양이다.

"여기서 일하는 거 맞지?"

"뭐, 일단은 점장이죠. 방금 편의점에 뭐 사러 갔어요."

"방금? 도중에 아무도 못 봤는데."

니노미야 말에 따르면 이토 유키오는 건물에 들어간 후 나오지 않았다고 했다.

"거기 비상계단으로 나갔어요." 여자는 엘리베이터 옆의 철문을 가리켰다. "계단을 내려가서 건물 뒤쪽으로 나가면 편의점이 가깝거든요."

"금방 돌아올까?"

"글쎄요. 유키는 개념을 말아먹었으니까요. 잡지라도 읽고 있지 않으려나."

시라이시는 스마트폰을 꺼내 니노미야에게 전화했다.

"이토는 건물 뒤편의 편의점에 갔어. 확보해."

전화를 끊은 후 고개를 갸웃거리고 있는 여자와 눈이 마주쳤다. 아무래도 열여덟 살 미만으로 보였다. 속눈썹을 붙이고 진하게 화장했지만, 투명하리만치 매끄러운 피부가 젊음을 증명했다. 이 가게는 열여덟 살 미만의 소녀를 고용해 일을 시키고 있는지도 모른다.

"너도 여기서 일하니?"

"뭐, 그렇죠. 용돈벌이 삼아. 아저씨도 놀다 갈래요?"

눈앞의 소녀에게 레나가 겹쳐져 심란했다.

시라이시는 여자에게 손을 내젓고 문을 열어 외벽에 설치된 비상계단을 내려갔다. 도로 건너에 편의점이 보였다. 다음 순간, 편의점에서 금발머리 남자가 뛰쳐나왔다. 양복 차림의 니노미야가 그 뒤를 쫓아갔다.

시라이시는 혀를 차며 비상계단을 뛰어 내려갔다. 땅에 내려섰을 때 이토 유키오인 듯한 금발머리 남자와 니노미야의 뒷모습은 도겐자카 방향으로 멀어지고 있었다. 시라이시도 뒤따라 달렸다. 니노미야가 발을 헛디뎌 넘어졌다. 시라이시는 니노미야를 뛰어넘어 이토 유키오를 뒤쫓았다.

큰길로 나섰을 때 그가 이쪽을 돌아보았다. 시라이시를 확인하더니 오가는 차량 사이를 누비듯이 도로를 가로질렀다. 놓치지 않기 위해 시라이시도 도로에 뛰어들었다. 오른쪽에서 달려오다가 부딪칠 뻔한 경차가 경적을 울렸다. 욕설도 날아들었다. 그래도 뒤쫓으려고 했지만 또 다른 차에 막혀 오도 가도 못하게 됐다. 앞을 쳐다보자 이토 유키오는 이미 온데 간데도 없이 사라진 뒤였다.

"망할."

욕을 내뱉은 시라이시는 거친 호흡을 정리하며 왔던 길을 되돌아갔다. 바지 무릎 부분에 구멍이 난 니노미야가 딱한 표정으로 걸어왔다.

"죄송합니다. 편의점에서 말을 걸자마자 도망치는 바람에."

"어쩔 수 없지. 나도 빨리 내려왔어야 했는데."

시라이시는 니노미야를 그 자리에 대기시키고 다시 리플렉솔로지숍으로 돌아갔다. 접수카운터 뒤에서 조금 전 여자가 손톱에 매니큐어를 바르고 있었다.

"유키랑 만났어요?"

여자가 고개를 들고 물었다.

"만나긴 했는데 달아났어."

"아저씨 추심꾼이에요?"

"아니, 경찰이야."

"진짜?"

여자의 눈이 동그래졌다.

"응. 이토의 물건은 어디 있지?"

"어쩌려고요?"

"확인 좀 하려고."

"안 돼요. 그랬다가는 우리가 혼난단 말이에요."

"너 아직 열여덟 살 안 됐지? 즉, 이 가게는 불법영업 중이야. 단속당하기는 싫지?"

여자는 모자라 보이는 머리를 열심히 쥐어짜며 잠시 생각에 잠기더니 안쪽으로 들어가서 검은 백팩을 들고 돌아왔다.

"자, 이게 유키의 백팩이에요."

시라이시는 여자에게 백팩을 받아 뭐가 들었는지 확인했다. 갈아입을 옷과 속옷. 세면도구. 하얀 가루가 든 비닐봉지.

휴대전화와 지갑은 이토가 가지고 다니는 것이리라. 백팩을 더 뒤져보자 잔뜩 구겨진 쿠폰이 나왔다. 시부야에 있는 인터넷 카페의 쿠폰이었다. 갈아입을 옷가지와 세면도구를 넣어 다니는 걸로 보건대, 이토 유키오는 집주인의 집세 독촉을 피하기 위해 이따금 인터넷 카페에서 밤을 보내는지도 모른다.

시라이시는 꺼낸 물건들을 백팩에 도로 넣고 여자에게 고개를 돌렸다.

"원래 있었던 곳에 돌려놓도록 해. 그리고 내가 백팩을 뒤졌다는 건 이토한테 비밀이야."

"맨입으로요?"

여자가 야리야리한 손바닥을 내밀었다.

"돈이 필요하면 집에 가서 부모님께 용돈을 달라고 해."

그렇게 말하고 가게를 나섰다.

8

"일치율 77.8퍼센트."

료마가 컴퓨터에서 고개를 돌려 에리코에게 말했다. 두 개로 분할된 화면의 오른쪽에는 20년 전 인터넷에 유출된 소년A, 오치아이 세이지의 얼굴 사진이, 왼쪽에는 요전에 료마가 몰래 촬영한 오치아이로 추정되는 변호사의 얼굴 사진이 떠있었다.

료마가 인터넷에서 부정한 방법으로 입수한 수상쩍은 얼굴 인식 시스템으로 두 사진을 비교한 결과 나온 수치다.

두 사람은 지금 야요이의 집에서 컴퓨터 앞에 앉아 있었다. 야요이는 일을 하러 나가고 없었다.

컴퓨터 화면을 빤히 들여다보던 에리코는 고개를 기웃했다.

"77.8퍼센트라, 확률로 따지면 그렇게 안 높은 거 아닌가?"

"비교 대상이 어릴 적 사진이고, 오치아이는 성형도 했을 테니 어쩔 수 없지."

"애당초 그 얼굴 인식 시스템부터가 못 미덥지 않아?"

료마는 어깨를 으쓱했다.

"뭐, 이 시스템의 결과는 제쳐놓고, 히토쓰바시 세이지가 소년A인 건 틀림없어."

히토쓰바시 세이지.

그게 에리코 일행이 찾아낸 법률사무소의 소장 이름이었다.

그날 에리코 일행은 야요이의 집으로 돌아와 인터넷에서 신주쿠 가든 법률사무소에 대해 검색해 보았다. 사무소 홈페이지가 바로 나왔다. 민사소송이 전문인 모양이었다. 소속 변호사는 히토쓰바시 세이지라는 남자 혼자였다.

료마의 태블릿PC로 GPS발신정보를 추적해 보니 선물은 지금도 신주쿠 가든 법률사무소에 있는 것으로 표시됐다.

사무소 홈페이지에 적힌 히토쓰바시 변호사의 프로필에 따르면 그는 1984년 도쿄 출생이었다. 소년A와 똑같다. 프로필에 얼굴 사진이 없는 건 혹시나 싶어 경계한 탓인지도 모른다.

"히토쓰바시 변호사가 소년A일 가능성은 높아 보여. 하지만 인터넷에서 저격하기 전에 100퍼센트 본인인지 아닌지 확인하는 게 우선이야."

에리코의 말에 료마는 고개를 끄덕였다.

"알아. 만에 하나 다른 사람이라면 큰일이니까."

"그뿐만이 아니야. 히토쓰바시가 소년A라면 정말로 갱생했는지도 알아봐야 해."

소년A가 지금은 변호사가 되었음을 알아낸 순간은 에리코도 달성감이 가득했다. 누구도 밝혀내지 못한 소년A의 신원을 자신들이 밝혀내다니 우월감까지 맛보았다.

하지만 달성감과 우월감이 차차 식어가자 과연 소년A의 정체를 다시 폭로하는 게 정말 옳은 일인지 의문이 솟았다.

만약 그가 사건을 저질렀음을 진심으로 후회하고, 피해자에게 사죄하는 마음을 품고 있다면, 우리에게 그의 두 번째 인생을 방해할 권리는 없지 않을까.

"그것참." 료마가 어이없다는 듯 눈을 빙글 돌렸다. "놈은 의료소년원에 고작 3, 4년 들어갔다 나왔어. 그런데 갱생? 어림도 없지."

"그러니까 실제로 만나서 확인해 보고 싶어."

"그래봤자 헛수고래도 그러네."

료마의 발치에 몸을 둥글게 말고 있던 검은 고양이가 얼굴을 들더니 현관 쪽으로 걸어갔다. 문이 열리고, 장을 봤는지 양손에 비닐봉지를 든 야요이가 들어왔다.

"다녀왔어. 둘 다 와있었구나?"

"실례 좀 했습니다."

료마가 가볍게 머리를 숙였다.

에리코는 야요이에게 비닐봉지를 받아 안에 든 것들을 냉장고에 넣었다. 야요이가 검은 고양이를 안아 올려 사랑스럽다는 듯 뺨을 비볐다. 야요이는 이 고양이를 마치 딸처럼 귀여워한다. 하지만 여태 이름도 붙이지 않은 것이 야요이다웠다.

그때 에리코는 야요이의 몸에서 평소보다 향수 냄새가 더 진하게 풍긴다는 걸 알아차렸다. 야요이는 청소 일이 아니라,

윤락업소 같은 곳에서 일하는 게 아닐까, 그런 생각이 들었다.

다만 야요이가 그런 일을 한들 자신에게 이러쿵저러쿵 따질 권리는 없다. 요즘 자주 만나기는 하지만, 야요이는 어디까지나 남이다.

그날 밤은 야요이가 슈퍼에서 떨이로 사왔다는 고기로 전골을 해먹었다. 셋이서 가족처럼 냄비를 둘러싸고 앉았다. 평소 감정을 그다지 드러내지 않는 야요이도 즐겁게 전골에 젓가락을 가져갔다. 어쩌면 야요이는 료마와 에리코와 교류하며 잃어버린 가족의 모습을 두 사람에게 투영하고 있는지도 모른다.

료마도 재잘재잘 떠들며 고기를 맛있게 먹었다. 제 나이보다 말과 행동이 어른스러운 그도 이럴 때는 평범한 소년이었다.

화제는 자연스럽게 소년A 쪽으로 옮겨갔다. 에리코가 이제 와서 소년A를 저격하는 걸 망설이고 있다고 료마가 핀잔을 주었다. 에리코는 울컥해서 반론했다.

"망설이기는 누가. 그저 저격하려면 신중을 기해야 한다 그거지. 어쩌면 진심으로 반성하고 있을지도 모르잖아."

"에이, 갱생 안 했다는데도 참."

"나도 에리코의 의견에 찬성……한다고 해야겠지."

잠자코 듣고 있던 야요이가 불쑥 말을 꺼냈다.

"야요이 씨까지……."

료마가 눈살을 찌푸렸다.

"소년A가 한 짓은 최악이야. 하지만 놈이 정말로 반성하고 있는지, 과연 갱생했는지 궁금해."

"갱생했으면 어쩌게요?"

야요이가 고개를 저었다.

"모르겠어. 다만 제대로 뉘우쳤는지 확인은 해야 한다고 봐."

료마가 복잡한 표정으로 팔짱을 꼈다. 그 자세로 아무 말도 없이 잠깐 허공을 노려보다 한숨을 내쉬었다.

"알았어요. 놈이 정말로 새사람이 됐는지 확인하면 되지 뭐."

9

에리코는 운전석 머리 받침대에 머리를 댄 채 창밖을 바라보았다. 어두운 밤이었다. 가랑비가 앞유리창을 두드리고 있었다. 그 너머로 신주쿠 가든 법률사무소가 입주한 잡거빌딩이 희미하게 보였다. 사무소 창문에는 아직 불이 켜져 있었다.

손목시계를 보자 저녁 8시가 지난 시각이었다.

조수석에서는 야요이가 담배를 피우고 있었다. 그녀의 시선은 앞쪽에 단단히 고정되어 있었다. 아까부터 몇 번 말을 걸어도 건성으로 대답할 뿐이다. 아무래도 깊은 생각에 잠겨 있는 것 같았다.

뒷문을 두드리는 소리에 흠칫 놀라 잠금장치를 풀어주었다. 머리카락이 비에 젖은 료마와 소녀가 뒷좌석에 올라탔다.

"기다리게 해서 죄송. 얘는 레나."

료마가 소녀를 소개했다.

에리코는 몸을 돌려 레나라고 불린 소녀를 보았다. 눈이 큼지막하니 귀엽게 생겼다.

"안녕, 레나."

레나가 약간 긴장한 표정으로 고개를 살짝 숙였다. 료마가 기분을 풀어주려는 듯 가볍게 레나의 어깨를 두드렸다.

"봐, 예쁘게 생겼지? 우리 계획을 완성시켜 줄 인재라니까."

야요이가 룸미러로 레나를 보았다.

"레나. 올해 몇 살이지?"

"열여섯 살이요."

"거짓말."

야요이가 즉시 말했다.

"……실은 열네 살이에요."

레나가 눈을 내리깔고 대답했다.

야요이가 미간에 주름을 잡고 료마를 돌아보았다.

"여고생을 데려오겠다고 하지 않았던가?"

료마가 어깨를 으쓱했다.

"이게 최선이라고요. 초등학생으로 보이는 여고생이 어디 있 겠어요? 그리고 레나는 중학생이지만 어지간한 어른보다 훨씬 빠릿빠릿한걸요. 머리도 좋고요. 나는 레나가 이 역할에 딱 맞 다고 생각해요."

료마가 똑 부러지는 말투로 편을 들어주어 기뻤는지 레나의 뺨이 발그레해졌다. 료마와 어떤 관계인지는 모르겠지만, 이렇 게까지 단언하는 걸로 보아 신뢰할 만한 아이이리라. 그리고 레나는 중학생인데도 얼굴에 어린 티가 많이 남아있어 초등학교 고학년으로 보일 법도 했다.

"이렇게 밤늦게 외출했는데 부모님이 걱정 안 하시니?"

에리코가 묻자 레나는 무표정하게 대답했다.

"부모님은 죽었어요. 2년 전에."

"미안해. 몰랐어."

"사과하실 것까지야."

야요이가 끼어들었다.

"부모님은 없어도 보호자는 있을 텐데?"

"그 사람이라면 괜찮아요." 레나의 말투에 가시가 돋쳤다. "애 좀 먹여도 돼요."

"사연이 있나 보구나."

야요이가 속내를 꿰뚫어 본 듯 레나의 얼굴을 바라보았다. 레나는 그 시선을 정면으로 받아내며 말했다.

"사정은 전부 료마한테 들었어요. 소년A가 저지른 짓…….저도 용서 못 해요. 그놈을 응징하는 데 제가 도움이 될 수 있다면 기쁘겠어요."

"미리 말해두는데 위험한 상황에 처할지도 몰라."

"괜찮아요. 저는 료마를 믿어요."

그 말을 듣고 료마가 레나의 손을 꼭 잡았다. 레나의 뺨이 다시 발그레해졌다.

"역시 이 계획은 그만두는 편이."

에리코가 야요이에게 말하자 료마는 부루퉁한 얼굴로 받아쳤다.

"잠깐만. 소년A가 갱생했는지 확인하고 싶다고 한 건 에리코 씨잖아."

"하지만 너무 위험해."

소년A, 현재의 히토쓰바시 변호사가 갱생했는지 확인하기 위한 방법을 고안한 건 료마였다.

매력적인 소녀를 혼자 히토쓰바시 변호사에게 보내고, 그의 반응을 본다는 계획이었다. 만약 소년A, 히토쓰바시가 갱생했다면 소녀에게 엉큼한 짓이나 해코지를 하지 않을 것이다. 하지만 갱생하지 않았다면…….

"……진행하자. 위험할 것 같으면 우리가 즉시 달려가면 되니까."

야요이의 그 한마디로 계획에 착수했다. 레나가 가져온 작은 분홍색 숄더백에 료마가 초소형 카메라를 숨겼다. 인터넷 통신판매로 구입한 물건이라고 한다. 이제 밴에서 레나와 히토쓰바시의 모습과 대화를 보고 들을 수 있다.

준비가 끝났으니 때가 오기를 기다리면 된다. 30분쯤 지나자 법률사무보조원으로 일하는 여자가 건물에서 나와 택시를 잡아타는 모습이 보였다.

여자가 늘 이맘때쯤 퇴근하는 건 이미 조사해 두었다. 그 후로 히토쓰바시 변호사 혼자 한 시간쯤 사무실에 머무는 게 일상적인 패턴이다.

"레나, 마음의 준비는 됐어?"

역시 긴장되는지 레나의 얼굴은 창백했다. 하지만 힘차게 고개를 끄덕이고 차에서 내려 잡거빌딩으로 걸어갔다. 레나가 건물 안으로 들어갔다.

료마가 노트북을 켰다. 레나의 숄더백에 숨긴 카메라에 촬영되는 영상이 화면에 비쳤다. 레나가 변호사 사무소의 문을 두드리는 소리. 잠시 후 감색 양복 차림의 남자가 문을 열었다. 카메라 위치가 낮아서 남자의 얼굴 부분이 잘려나가 표정은 보이지 않는다.

"어, 이런 밤중에 웬 일이니?"

"상담 드리고 싶은 일이 있어서 왔어요."

에리코 일행은 마른 침을 삼키며 노트북 화면에 비치는 영상을 들여다보았다. 히토쓰바시 변호사는 뭐라고 대답할까.

"미안하지만 상담 시간은 이미 끝났는데."

"대단히 중요한 일이에요."

히토쓰바시가 대답에 약간 뜸을 들였다. 그때 카메라 렌즈가 살짝 위를 향했는지 히토쓰바시의 얼굴이 화면에 비쳤다. 그의 얼굴은 거의 무표정했지만 입술 끄트머리가 약간 젖혀져 있었다. 타고난 건지 성형의 흔적인지는 모르지만, 그 때문에 희미하게 웃는 것처럼 보이기도 했다.

"……알았어. 특별히 30분만 시간을 내서 이야기를 들어보마."

히토쓰바시는 그렇게 말하고 레나를 사무소로 맞아들였다. 에리코는 야요이와 얼굴을 마주 보았다. 히토쓰바시가 상담시간이 지났는데도 레나를 맞아들인 건 단순히 친절한 배려일까, 아니면 흑심이 있는 걸까.

272

화면으로 눈을 돌리자 히토쓰바시가 소파에 앉는 참이었다. 레나와 소파에 마주 앉아 있는 모양이다. 히토쓰바시가 무의식적인지 의식적인지 넥타이를 늦추었다.

"자, 무슨 일로 온 거니?"

"같이 사는 삼촌 일로요."

"흠."

"삼촌이 가끔 제 몸을 만져요."

한순간 화면 속 이 히토쓰바시의 눈빛이 날카로워진 것 같았다.

"만지다니 어디를?"

"그러니까 가슴이나 엉덩이를……."

별안간 히토쓰바시가 일어섰다. 나지막한 테이블을 돌아 카메라, 레나 쪽으로 다가갔다.

"꺅, 하지 마!"

화면이 흔들리다가 갑자기 깜깜해졌다. 레나의 비명이 들리기도 전에 료마는 이미 차를 뛰쳐나갔다. 야요이도 바로 조수석 문을 열고 나갔다. 에리코도 허둥지둥 차 키를 뽑고 잡거빌딩으로 달려가는 두 사람을 뒤쫓았다. 엘리베이터를 기다릴 여유는 없었다. 계단을 두 개씩 뛰어 올라갔다.

야요이와 에리코가 사무소로 뛰어들자 료마가 히토쓰바시와 몸싸움을 벌이고 있었다. 그 옆에 레나가 눈물을 흘리며 망연자실하게 서있었다. 야요이가 레나를 끌어안았다.

"괜찮니? 다친 데는 없고?"

"이 사람이 갑자기 덮쳤어요."

레나가 울먹이는 목소리로 말했다. 료마에게 제압당해 바닥에 엎어진 히토쓰바시가 고개를 들고 외쳤다.

"거짓말하지 마!"

"거짓말하는 건 당신이지."

료마가 히토쓰바시의 목덜미를 단단히 잡고 대꾸했다.

"거짓말은 무슨! 개의 가방에서 카메라렌즈가 보이길래 이상하다 싶어 확인하려 했을 뿐이야!"

에리코 일행은 무심코 얼굴을 마주 보았다. 히토쓰바시가 료마를 떨쳐내고 일어섰다. 양복에 묻은 먼지를 털고 에리코 일행을 노려보았다.

"너희들 대체 누구야? 너희가 얘한테 도촬을 시켰나? 대체 무슨 꿍꿍이야?"

세 사람은 침묵을 지켰다. 레나가 훌쩍훌쩍 우는 소리만 퍼져나갔다.

"대답 안 하겠다 그거지? 불법침입으로 싹 다 고소해 버릴 수도 있어."

"과연 그래도 될까?"

료마가 대담한 웃음을 지으며 말하자 히토쓰바시가 그쪽으로 고개를 돌렸다.

"그게 무슨 말이야?"

"이번 일로 난리를 쳐봤자 당신 손해가 크지 않겠느냐는 뜻이야."

"……대체 넌 뭐야?"

"내 얼굴 기억 안 나? 설마 그 영상 편지를 아직도 안 본 건 아니겠지?"

히토쓰바시가 흠칫 놀란 표정을 지었다. 그는 머리카락을 쓸어올리고 넥타이를 졸라맸다. 마음을 가라앉히는 것처럼 보였다.

"……영상 편지는 봤지만 왜 그런 걸 나한테 보냈는지 통 모르겠군."

"시치미는 그만 떼시지. 당신이 소년A였다는 거 다 알아."

"아무래도 오해가 있는 모양인데." 변호사는 차분함이 돌아온 어조로 말했다. "그 우편물은 우리 직원이 잘못 받아온 모양이야. 난 소년A가 아니라고."

"에이, 왜 이러실까. 당신 변호사 맞아? 그렇게 설득력 없는 말발로 용케 변호사질을 하고 있네. 나 같으면 죄를 지어도 당신한테는 변호를 맡기지 않겠어."

"너희들과 더는 할 말 없어. 썩 돌아가."

히토쓰바시가 출입구로 걸어가 얼른 나가라는 듯 문을 활짝 열었다.

"인터넷에 폭로해도 괜찮겠어?"

그때까지 잠자코 있던 야요이의 한마디에 히토쓰바시의 표정이 굳어졌다. 야요이가 레나를 끌어안은 채 히토쓰바시를 노려보았다.

"변호사 히토쓰바시 세이지가 고쿠분지 여아 살해사건을 저

275

지른 소년A임이 만천하에 공개되면 일에 지장이 있을 텐데."

"……그딴 짓을 하면 명예훼손으로 고소하겠어."

야요이가 홍, 하고 콧방귀를 뀌었다.

"그 여직원이랑 아주 친밀한 관계 같더라? 그 사람은 당신의 과거를 알아?"

히토쓰바시가 입술을 깨물었다. 야요이는 얼음같이 싸늘한 어조로 말을 이었다.

"사실을 알면 그 사람도 깜짝 놀라겠지. 당신이 천진난만한 소녀를 죽이는 것도 모자라 그 과정을 영상에 담은 짐승이라는 걸 알면."

히토쓰바시는 잠시 어깻숨을 거칠게 몰아쉬었다. 이윽고 이마에 맺힌 땀을 닦고 말했다.

"……대체 너희들 뭐하는 것들이야?"

"영상 편지를 봤으면 알 텐데?" 료마가 대답했다. "우리는 인터넷 자경단이야. 법으로는 처벌할 수 없는 작자들을 인터넷에서 폭로해 사회적으로 제재하지."

책상에 몸을 기댄 히토쓰바시가 던힐 라이터를 꺼내 담배에 불을 붙였다. 사무소는 금연일 테지만 지금은 그런 걸 따질 여유가 없는 모양이었다. 한숨과 담배 연기를 동시에 뿜어냈다.

"……난 이미 죗값을 치렀어. 이제 와서 사회적 제재를 받을 당위성은 어디에도 없다고."

에리코는 료마, 야요이와 얼굴을 마주 보았다. 마침내 히토쓰바시가 본인이 소년A임을 인정했다. 료마가 팔짱을 꼈다.

"이봐, 의료소년원에서 고작 3, 4년 편하게 지내다 나온 주제에 정말로 죗값을 치렀다고 생각하는 거야? 본인한테 너무 관대한 거 아닌가?"

"나는 법에 정해진 대로 죗값을 치러서 속죄를 다했어. 그런데 왜 책망받아야 해?"

그에게 사죄하려는 마음은 없는 듯했다. 하기야 피해자 유족도 아닌 사람들이 사과를 받아본들 무슨 소용이겠느냐마는, 그래도 그의 입에서 반성의 말 한마디조차 나오지 않자 가벼운 분노를 느꼈다. 료마가 고개를 저었다.

"당신을 심판한 법률 자체가 불완전했던 거야. 당신이 받은 벌은 저지른 죄에 걸맞지 않다. 국민 대다수는 그렇게 생각할걸. 다들 당신이 합당한 처벌을 받기를 바랄 거라고."

"……정말로 나에 대해 인터넷에 까발릴 생각이야? 그건 소년법의 취지에 어긋나."

"당신은 이제 소년이 아닌걸. 어엿한 어른이잖아."

"현재 나이는 상관없어. 그 사건을 저질렀을 때 난 아직 미숙한 어린애였다고. 소년법으로 보호받는 게 당연해."

"소년법에 범인의 성명과 얼굴을 공개하면 처벌한다는 조항은 없어. 내가 당신의 개인정보를 인터넷에 공개해도 아무도 벌줄 수 없지. 벌을 받는 건 당신이야. 당신의 현재 이름과 얼굴 사진이 대번에 인터넷에 쫙 퍼져서 고개도 못 들고 다니게 될걸. 그럼 변호사질도 끝이겠네."

분노로 굳어진 히토쓰바시의 얼굴이 어째선지 갑자기 풀어졌다.

"……알았어. 거래하자."

"거래?"

히토쓰바시가 안쪽 문을 열고 들어갔다. 에리코 일행은 얼굴을 마주 보았다. 거래를 하자니, 무슨 뜻일까.

잠시 후 히토쓰바시가 돈다발을 들고 돌아와 책상 위에 아무렇게나 내려놓았다. 돈다발은 세 개. 한 다발에 백만 엔일까.

"……뭐야, 이 돈은?"

야요이의 물음에 히토쓰바시가 차갑게 웃었다.

"너희들 인터넷에서 자경단 같은 활동을 한다며? 활동비용에 보태 써."

야요이가 눈초리를 치켜세웠다.

"우리를 매수하겠다는 거야?"

"매수라니, 남이 들으면 오해하겠군. 난 그저 너희들을 원조하겠다는 거야. 이 돈으로 다른 무법자들을 인터넷에서 실컷 폭로하도록 해. 만약 삼백만 엔으로 모자란다면 좀 더 얹어줄 수도 있어. 다만 나에 대해서는 절대 인터넷에 폭로하지 마."

"……잘 알았어."

"거래가 성립됐다고 받아들여도 될까?"

야요이는 히토쓰바시에게 다가서서 얼굴을 노려보았다.

"넌 20년 전에 저지른 짓을 눈곱만큼도 반성하지 않았어. 겉모습은 변호사지만, 속은 여전히 괴물이야. 갱생하지 못했다고."

"법에 정해놓은 대로 속죄를 다했다니까."

한순간 야요이의 얼굴이 일그러지는가 싶더니 히토쓰바시의 얼굴에 침을 뱉었다.

"뭐 하는 짓이야?"

히토쓰바시가 손수건을 꺼내 얼굴을 닦았다.

히토쓰바시에게 등을 돌린 야요이는 레나의 어깨를 감싸 안고 "자, 가자" 하고 방에서 나가려고 했다.

"이봐, 잠깐." 히토쓰바시의 안색이 변했다. "정말로 인터넷에다 나에 대해 까발릴 거야? 내 새 인생을 망가뜨릴 작정이냐고."

야요이가 돌아보았다.

"자기는 이미 한 사람의 인생을 망가뜨린 주제에. 이토 미쓰키의 인생을." 야요이의 푹 찌르는 듯한 말에 히토쓰바시가 주춤하는 것처럼 보였다. 야요이는 말을 이었다. "살해당한 사람의 인생은 거기서 끝나는데 살해한 사람은 새로운 인생을 시작할 수 있다니, 그런 불공평은 용납할 수 없어."

야요이는 레나를 데리고 사무소를 나섰다. 에리코와 료마도 얼굴을 마주 보고 뒤따라갔다. 사무소를 나설 때 료마가 히토쓰바시에게 말을 던졌다.

"여친한테 뭐라고 변명할지나 잘 생각해 봐."

× × ×

에리코 일행은 갓길에 세워둔 차에 올라탔다. 오늘 밤 에리코는 자기 차를 타고 왔다. 운전석에 앉아 한숨을 푹 쉬었다. 아직도 가슴이 쿵쿵 뛰었다.

조수석에 앉은 야요이를 보았다. 얼굴이 약간 창백하기는 했지만 비교적 차분해 보였다. 룸미러로 뒷좌석을 보자 료마가 레나의 어깨를 감싸 안고 있었다. 레나는 고개를 숙인 채 흐느끼고 있는 것 같았다.

"에리코 씨. 일단 레나를 집까지 바래다줄래?"

료마의 말에 에리코는 고개를 끄덕이고 시동을 걸었다. 그때였다. 앞유리창 너머에 검은 형체가 나타났다. 히토쓰바시였다. 유리창 너머로 보이는 그는 아까와 완전히 다른 사람이었다. 핏발 선 눈을 부릅떴고 관자놀이에는 핏대가 섰다. 에리코는 얼떨결에 비명을 질렀다.

이토쓰바시는 손에 골프채를 쥐고 있었다.

"이 년놈들이 감히 날 방해해!"

그렇게 고함을 지르며 골프채를 번쩍 쳐들었다. 다음 순간 골프채로 내리친 유리창이 큰소리와 함께 금이 갔다. 다행히 깨지지는 않았다.

"에리코 씨. 위험해, 빨리 출발해!"

료마가 소리쳤지만 몸이 굳어 움직이지 않았다. 레나가 찢어질 듯한 비명을 질렀다.

히토쓰바시가 운전석 문 쪽으로 돌아왔다. 눈에 쌍심지를 켜고 다시 골프채를 쳐들었다. 그때 야요이가 조수석에서 몸을 내밀어 기어를 넣고 핸드브레이크를 내렸다. 히토쓰바시를 뿌리치듯 차가 급발진했다.

"에리코! 정신 차리고 운전대 잡아!"

겨우 몸이 말을 들었다. 에리코는 운전대를 잡고 사이드미러로 뒤를 보았다. 몸을 일으킨 히토쓰바시가 골프채를 쥐고 쫓아오려고 했다. 다치지 않은 모양이다. 속력을 높이자 히토쓰바시도 쫓아오기를 포기한 것 같았다.

사이드미러에서 그의 모습이 사라진 후에도 에리코의 가슴은 두근거림을 멈출 줄 몰랐다.

제 3 장

사냥당하는 자

1

에리코는 차가운 생수를 이마에 대고 소파에 축 늘어졌다. 오늘도 아침부터 무더웠다. 에어컨 온도를 더 낮게 설정했다.

평일이지만 아침에 일어나자 현기증과 두통이 나서 회사에 전화해 결근을 허가받았다. 물론 출근도 못할 만큼 몸 상태가 나쁜 건 아니다. 하지만 아직 어제의 정신적 충격이 남아 있어서 도무지 일하러 갈 마음이 들지 않았다.

어젯밤, 레나를 집에 바래다주고 나서 경찰에 갔다. 앞유리창에 금이 간 차를 보여주고 피해신고서를 접수했다. 경찰이 가해자와 이야기해 보겠다고 했는데, 히토쓰바시와 연락은 닿았을까.

어젯밤에 본 히토쓰바시의 모습이 머릿속에 들러붙어 떨어지지 않았다. 그 무서운 표정.

어젯밤, 경찰서를 나선 에리코 일행 세 명은 일단 야요이네 집에 모여 앞으로 어떻게 할 것인지 의논했다. 료마와 야요이는 당장 히토쓰바시를 인터넷에서 저격하자며 씩씩거렸지만, 에리코는 아무래도 마음이 내키지 않았다.

역시 그 남자는 정상이 아니다. 만약 그를 인터넷에서 저격하면 여러모로 골치 아파지지 않을까 불안했다. 물론 히토쓰바시는 우리의 정체를 모른다. 인터넷으로 조사하면 료마에 대해서는 알아낼 수 있을지도 모르지만, 본명과 집 주소까지는 알아내지 못할 것이다.

그래도 일말의 불안은 지워지지 않았다.

결국 다수결로 히토쓰바시를 인터넷에서 저격하기로 결정되자 에리코도 더는 반대할 수 없었다.

지금쯤 료마와 야요이는 준비를 하고 있을까.

갑자기 현관에서 덜커덕 소리가 났다. 어젯밤부터 신경과민 상태였던 에리코는 깜짝 놀라 소파에서 몸을 일으켰다.

머뭇머뭇 현관을 내다보자 현관문 안쪽에 설치된 우편함에 뭔가 들어 있었다. 뭐야, 우편물이구나. 안심한 에리코는 가슴을 쓸어내렸다. 이 맨션에는 세대별 우편함이 없으므로 우편물은 각 집에 직접 배달된다.

우편함 밑 부분을 열어보았다. 갈색 물체가 현관 바닥으로 툭 떨어졌다. 에리코는 저도 모르게 비명을 지를 뻔했다.

죽은 참새였다. 고양이에게라도 물렸는지 목 부분에 핏자국이 있었다. 누가 이런 짓을…….

으스스함과 동시에 노여움이 솟구쳤다. 에리코는 현관문을 열고 복도를 둘러보았다. 사람은 보이지 않았다.

찜찜함을 안은 채 죽은 참새를 정리하려고 비닐봉지를 부엌에서 가져왔다. 참새를 봉지에 넣으려 했을 때 부리에 종이가 접혀 끼워져 있는 걸 알아차렸다.

떨리는 손으로 부리에서 종이를 빼내 펼쳤다. 종이에는 이런 글이 적혀 있었다.

'참새 다음은 더 큰 사냥감을 잡겠다.'

한순간 등줄기가 얼어붙었다. 틀림없다. 죽은 참새를 우편함에 넣은 건 히토쓰바시다.

에리코는 무의식중에 벽에 손을 짚었다. 어떻게 내 주소를 안 걸까. 잠시 생각하다 번쩍 떠올랐다. 어젯밤에 히토쓰바시가 자동차 번호판을 본 것 아닐까. 자동차 번호로 이름과 주소를 알아낸 게 분명하다. 물론 일반인에게는 불가능한 짓이다. 하지만 변호사인 히토쓰바시라면 뭔가 특권을 사용해 관공서에서 자동차 소유자 정보를 빼낼 수 있을지도 모른다.

에리코는 거실로 돌아와 경찰서에 전화를 걸었다. 어젯밤에 피해신고서를 받아준 경찰관에게 연결을 부탁했다.

"아아, 어젯밤 그분이시로군요."

경찰관은 에리코가 바로 생각난 듯했다.

"저어……히토쓰바시 변호사와 연락은 해보셨나요?"

"그게 말이죠." 상대가 목소리 톤을 낮추었다. "오늘 아침에 사무소로 연락해 봤더니 무단결근한 모양이더라고요."

"무단결근……?"

"네. 직원이랑 통화했는데, 본인의 휴대전화로 걸어봐도 안 받는다며 몹시 걱정하더군요. 이제 집에 가보려고 합니다."

"그렇군요……."

에리코는 어리벙벙한 기분으로 전화를 끊었다. 히토쓰바시와 그 여자는 친밀한 관계로 보였다. 그 여자와도 연락을 끊고서 뭘 어쩔 작정일까.

그제야 경찰관에게 죽은 참새 이야기를 하지 않았다는 게 생각났다. 그걸 우편함에 넣은 건 히토쓰바시가 틀림없다. 에리코는 새삼 몸이 떨렸다.

다시 스마트폰을 집어 이번에는 료마에게 전화했다.

"왜?"

료마가 피곤한 목소리로 전화를 받았다.

"료마, 너 벌써 히토쓰바시를 저격했어?"

"응, 어제 한밤중에 야요이 씨 컴퓨터로 올렸지. 바로 반응이 오더라. 지금쯤 히토쓰바시가 소년A라는 사실을 수만, 아니 수십만 명이 알고 있지 않을까."

늦었다. 에리코는 입술을 깨물었다. 이것 때문에 소년A, 히토쓰바시가 완전히 열 받은 것이다. 이제 돌이킬 수 없는 걸까.

"저기, 저격한 내용을 지울 수는 없어?"

"뭐라고?"

미심쩍은 듯 되묻는 료마에게 죽은 참새와 협박장 이야기를 했다. 히토쓰바시가 어젯밤부터 연락이 두절됐다는 이야기도.

"놈은 분명 우리에게 앙갚음할 작정이야. 역시 그런 맛 간 놈을 상대하는 게 아니었어. 지금이라도 올린 내용을 지울 수는 없어?"

"지울 수야 있지. 하지만 이미 다른 사이트에 많이 퍼졌을걸. 지금 이 순간에도 점점 퍼지고 있을 거고. 원글만 지워봤자 소용없어."

료마 말이 옳다. 한 번 인터넷에 올라온 정보를 세상에서 완전히 지워 없애는 건 불가능에 가깝다.

"에리코 씨, 걱정이 너무 과해." 료마가 달래듯이 말했다. "히토쓰바시가 협박장을 넣었다는 확실한 증거도 없잖아. 근처에 사는 변태의 소행일지도 몰라."

"이웃들과는 별문제 없이 지내고 있는데."

"그럼 회사의 고객이 그런 거 아닐까? 에리코 씨, 콜센터에서 일하잖아? 뭔가 앙심을 품은 고객의 소행일지도 모르지."

기초생활 보장제도를 악용한 우쓰기의 얼굴이 한순간 머릿속에 떠올랐다. 물론 앙심을 품은 고객의 짓일 수도 있다. 하지만 아무리 그래도 이런 짓까지 할 것 같지는 않았다.

"그렇게 불안하면 내가 치한퇴치용 스프레이 가지고 갈게. 에리코 씨만 괜찮으면 보디가드 삼아 한동안 같이 지내도 되고."

료마의 말에 마음이 조금 진정됐다.

"저기, 지금 야요이 씨의 집에 있는 거지? 좀 바꿔줄래?"

"잠깐 밖에 나갔는데?"

"어쩐 일로?"

에리코는 눈살을 모았다.

"어젯밤부터 검은 고양이 녀석이 안 보여서 걱정되는지 찾으러 나갔어. 길고양이니까 걱정 말라고 했는데, 아무래도 마음이 안 놓이나봐."

야요이에게는 미안하지만 지금은 고양이를 걱정할 때가 아니었다.

"야요이 씨 들어오면 연락 좀 달라고 전해줘."

그렇게 말하고 전화를 끊으려고 했다. 하지만 손가락이 떨려서 좀처럼 통화 종료 아이콘을 누를 수가 없었다.

2

자동문이 열리는 소리에 시라이시는 읽고 있던 경제신문에서 눈을 들었다. 이토 유키오와 닮은 구석이라고는 하나도 없는 후줄근한 중년 남자가 가게로 들어왔다. 시라이시는 한숨을 쉬고 손목시계를 들여다보았다. 이미 밤 9시가 지났다.

시부야에서 이토 유키오를 놓친 후 시라이시는 매일같이 짬을 내어 이 인터넷 카페에 들른다. 백팩에 이 가게의 쿠폰이 들어 있었으니 단골이 아닐까 싶었던 것이다. 하지만 그는 코빼기도 볼 수 없었다. 시라이시는 신문을 접고 뭉친 어깨를 주물렀다. 마치 철근이라도 들어 있는 것처럼 온몸이 뻣뻣했다.

미마도 야마가타에서 종적을 감춘 뒤로 행방이 묘연하다. 집은 감시하고 있지만 현재까지 미마가 돌아왔다는 보고는 올라오지 않았다. 대체 그는 지금 어디서 뭘 하고 있는 걸까.

시라이시는 소파에서 일어섰다. 이미 친숙해진 점원에게 가볍게 손을 흔들고 가게를 나섰다.

×××

집으로 돌아가는 길에 시라이시는 편의점에 들러 유명한 파티셰가 감수했다는 치즈케이크를 두 개 샀다. 물론 레나에게 줄 선물이다. 추적 앱이 들통난 후로 대화가 완전히 뜸해졌다. 계속 이렇게 지낼 수는 없다. 오늘 밤이야말로 레나와 마주 앉아 진솔한 대화를 나눌 생각이었다.

"다녀왔어."

현관문을 열자 거실은 불빛 없이 컴컴했다. 요즘은 늘 이렇다. 손목시계를 보자 10시 가까운 시각이었다. 레나는 아직 깨어 있을까.

접시에 치즈케이크를 담아 쟁반에 받쳐 들고 2층으로 올라갔다. 레나의 방 문틈으로 새어나오는 불빛을 보고 시라이시는 안도했다. 문을 가볍게 두드렸다. 역시 대답은 없었다.

시라이시는 문에 입을 가까이 대고 말했다.

"레나, 케이크 사왔어. 같이 먹자."

대답은 없었다.

"들어간다."

문을 살짝 열고 안을 들여다보았다. 레나는 창가에 놓인 책상 앞에 앉아 있었다. 공부라도 하는 걸까 싶었지만 자세히 보니 책상에 엎드려 있었다.

"레나? 잠들었니?"

쟁반을 침대에 내려놓고 레나에게 다가가 들여다보았다. 레나는 고개를 푹 숙인 채 가녀린 어깨를 떨고 있었다.

"……왜 그래?"

시라이시가 어깨에 손을 짚자 레나는 비슬비슬 고개를 들었다. 눈이 새빨갰고 뺨에는 눈물 자국이 있었다.

"레나……. 무슨 일 있었어?"

레나가 봇물 터진 것처럼 눈물을 펑펑 쏟으며 시라이시의 품에 매달렸다.

"삼촌, 나 엄청난 일에 휘말린 거 같아."

3

"어이, 내 이야기 듣고 있어? 이럴 바에야 기계랑 이야기하
는 게 낫겠다."

헤드폰에서 고객의 성난 목소리가 날아들었다. 에리코는 한
숨을 눌러 삼키고 고객에게 사과했다. 고객은 일방적으로 호통
친 후 전화를 끊었다. 결국 체납된 돈을 언제 입금하겠다는 약
속은 받아내지 못했다.

에리코는 의자에 기대어 깊은 한숨을 내쉬었다.

고객이 화를 낼 만도 하다. 요즘 일에 집중이 안 돼 고객과
통화할 때도 어쩐지 건성으로 대응한다. 이유는 안다. 바로 히
토쓰바시다. 어젯밤에는 그가 집에 침입하는 꿈까지 꿨다.

시선을 들자 팔짱을 낀 기도가 이쪽을 보고 있었다. 에리코
는 바로 눈을 돌렸다. 우쓰기를 저격한 직후에 느꼈던 전능감
은 사라진 지 오래다. 요즘은 영업실적도 하향곡선을 그리고
있다. 사내에서도 어쩐지 차가운 시선이 느껴지는 건 기분 탓

일까.

히토쓰바시와 연락이 닿았다는 경찰의 소식은 아직 없다. 그의 행방은 여전히 오리무중이다. 언젠가 자신과 야요이, 료마에게 해코지를 하지는 않을까 이만저만 걱정이 아니었다.

근처 정식집에서 허겁지겁 점심을 먹고 사무실로 돌아오자 에리코의 책상에 골판지박스가 놓여 있었다. 점심시간에 배달된 모양이다. 자기 자리에서 스마트폰을 보고 있던 기도가 고개를 들고 말했다.

"그거, 아까 미타 씨 앞으로 왔더라. 냉장 택배니까 빨리 냉장고에 넣든가."

고객이 가끔 택배를 보내기도 한다. 입금이 늦어진 사람들이 사과 편지와 함께 돈 대신 농작물이나 차 같은 물건을 보내는 것이다. 그걸로 탕치자는 의도겠지만 회사 측에서는 받아들일 수 없으므로 결국 고객에게 반송된다.

에리코는 골판지박스에 붙은 송장을 확인했다. 보낸 사람의 이름은 '사사키 다로'. 처음 보는 이름이었다.

"뭘까. 한번 열어보지 그래."

어느 틈엔가 기도가 뒤로 다가와 어깨너머로 골판지박스를 들여다보고 있었다. 에리코는 서랍에서 커터칼을 꺼내 골판지박스에 붙은 접착테이프를 잘랐다. 뚜껑을 연 순간 냉기와 함께 악취가 풍겼다.

처음 맡아보는 냄새에 에리코는 등골에 소름이 쭉 끼쳤다. 생선이 썩는 냄새와는 전혀 달랐다. 더욱 무시무시한 냄새다.

"왜 이래, 이거. 썩었나."

기도도 인상을 찌푸리며 코를 막았다. 골판지박스 속에는 발포스티로폼 박스가 들어 있었다. 악취가 점점 심해졌다. 심장이 미친 듯이 뛰었다. 하지만 내용물을 확인해야 한다.

머뭇머뭇 발포스티로폼 박스를 열자 드라이아이스에 파묻힌 고양이의 머리가 보였다. 금색 눈을 부릅뜨고 하얀 이빨을 드러냈다. 에리코는 소리 없는 비명을 질렀다. 박스를 들여다본 기도가 몸을 뒤로 젖혔다.

"우왓, 이거 머야?"

무슨 일인가 싶어 골판지박스를 들여다본 주변 사람들이 비명을 지르며 뒷걸음쳤다. 에리코는 제자리에 우뚝 못 박힌 채, 커져가는 웅성거림을 멍하니 들었다.

틀림없다. 골판지박스에 들어있던 것은 야요이가 귀여워하는 검은 고양이의 머리였다.

4

내리쬐는 뙤약볕 아래 시라이시는 이노가시라공원 안쪽으로 나아갔다. 햇살이 강한 탓인지 공원을 돌아다니는 사람은 거의 없었다. 이마에서 땀이 흘러 떨어졌지만 지금은 손수건으로 닦을 기분도 안 들었다.

백조 모양 보트가 떠있는 연못을 따라 나아가자 벤치에 앉은 료마가 연못에 돌멩이를 던지고 있었다. 미끄러지듯 날아간 돌멩이는 수면에 두세 번 튕기고 나서 가라앉았다.

시라이시가 온 걸 알아차렸는지 료마가 고개를 돌렸다.

"아저씨, 늦었잖아요."

시라이시는 말없이 벤치에 다가갔다. 료마가 올려다보았다.

"무슨 용건으로 이런 곳에 불러낸 거예요? 이왕이면 좀 더 시원한 곳으로 부르든가."

"사람 없는 곳에서 이야기하고 싶어서."

료마는 시라이시의 표정을 보고 무슨 이야기인지 눈치챈 것 같았다.

"아아. 레나를 밤중에 데려나갔다는 걸 들었나 보네요?"

"그것 때문에 화난 게 아니야. 레나 혼자 소년A한테 보냈다면서. 놈을 함정에 빠뜨리기 위해 레나를 미끼로 사용한 거잖아."

료마는 시선을 피하지 않고 천천히 일어섰다.

"……그건 미안해요. 하지만 별로 위험하지 않을 거라고 생각했어요. 레나에게 무슨 일이 생기면 당장 달려갈 준비도 돼 있었고."

"걔는 아직 열네 살밖에 안 됐어. 몸만 안 상하면 다야? 정신적으로 얼마나 충격을 받을지 생각도 안 해봤어?"

료마가 눈을 내리깔았다.

"……솔직히 거기까지는 생각 못했어요."

"거짓말하지 마." 시라이시는 료마의 가슴을 쿡 찔렀다. "넌 그렇게 멍청하지 않잖아. 소년A가 갱생하지 않았을 경우, 놈이 레나에게 몹쓸 짓을 하리라는 건 예상하고도 남았겠지. 아니, 오히려 그러기를 기대한 거 아니야?"

고개를 숙인 채 잠자코 듣고 있는 료마에게 계속 말을 퍼부었다.

"결국 네게 레나는 그 정도였던 거야. 써먹기 좋은 호구로만 본 거라고."

료마가 고개를 들었다.

"아니야!"

"아니긴 뭐가 아니야!"

"……레나는 대단한 애예요. 머리도 좋고 배짱도 있죠. 그렇게 위험한 역할을 맡길 사람은 걔밖에 없을 것 같았어요. 레나가 아니었다면 그런 부탁은 입 밖에 꺼내지도 않았을 거라고요."

시라이시는 료마의 얼굴을 다시 들여다보았다. 눈을 내리깐 채 피가 날 만큼 입술을 꽉 깨물고 있었다. 자기 나름대로 후회하는 눈치였다. 료마가 말을 이었다.

"……제가 너무 안이하게 생각했어요. 레나도 평범한 여자애인데. 그런 일을 시키는 게 아니었어요."

"반성하는 거야?"

료마는 고개를 끄덕였다.

"그 후로 레나한테 메신저로 연락해도 답장이 없어요. 그날 밤 헤어질 때 정신적으로 많이 힘든 것 같아서 걱정이었거든요. ……레나, 지금 어때요?"

"좋다고는 할 수 없어."

"한번 만나볼 수 없을까요?"

"안 돼. 레나도 지금은 네 얼굴 보고 싶지 않을 거야. 만나면 그날 밤 일이 생각날 테니까."

"……그렇겠죠."

료마가 고개를 축 늘어뜨렸다. 이렇게 기죽은 건 처음 봤다. 료마는 힘이 빠진 듯 벤치에 털썩 주저앉았다.

"……머릿속에 소년A를 저격할 생각뿐이었어요. 레나까지 신경 써줄 여유가 없었죠."

"전에 말했을 텐데. 계속 그러다간 언젠가 큰코다칠 테니 조심하라고."

"알아요. 하지만 놈만은 용서할 수 없었어요. 어린 소녀를 장난치듯 죽였으면서 감옥에서 푹 썩지도 않고 이제는 변호사까지 됐죠. ……그런 건 용납할 수 없어요."

시라이시는 료마의 옆얼굴을 보았다.

"소년A만은 용서할 수 없는 뭔가 특별한 이유라도 있어?"

료마는 대답하지 않았다. 벤치 아래의 작은 돌을 주워 또 연못에 던졌다. 돌은 튕기지 않고 그대로 가라앉았다. 료마는 입을 꾹 다물고 연못을 가만히 바라보았다. 시라이시의 질문에 대답할 마음이 없는 게 분명했다.

료마가 백팩에서 하얀 봉투를 꺼내 시라이시에게 내밀었다.

"이거 레나 상태가 좋아지면 전해줄래요?"

"이건……?"

"메신저에는 응답하지 않으니까 내 마음을 편지로 썼어요."

봉투 앞면에 삐뚤삐뚤한 글씨체로 '레나에게'라고 적혀 있었다. 고생해서 쓴 느낌이 묻어났다. 어쩌면 료마는 초등학교조차 제대로 다니지 않았는지도 모른다.

"……알았어. 기회를 봐서 전해줄게."

그렇게 말하고 재킷 안주머니에 봉투를 넣었다. 료마에게 잔뜩 화났던 마음은 어느덧 시들었다.

"네가 소년A, 히토쓰바시 변호사를 인터넷에서 저격했다면서 지금 이만저만 난리가 아니야."

료마가 고개를 들었다.

"아아, 놈이 두 번 다시 낯짝을 못 들고 다니게 하는 게 목적이었거든요."

"그 행동이 어떤 위험을 초래할지 알기는 해?"

"……동료네 집 우편함에 죽은 참새와 협박장이 들어있었대요."

시라이시는 눈이 휘둥그레졌다.

"경찰에 신고는 했어?"

료마가 어깨를 움츠렸다.

"아저씨도 경찰이니까 알잖아요? 경찰은 그 정도로 대응해주지 않는다는 거."

료마의 말이 옳다.

"……그거 말고 다른 피해는?"

"현재까지는 딱히."

"조심해. 참새를 넣은 게 소년A라면 이대로는 안 끝날 거야."

흥, 하고 료마는 코웃음을 쳤다.

"내 몸은 내가 알아서 지킬 수 있어요."

평소의 위세 넘치는 료마로 되돌아왔다. 하지만 어쩐지 표정에 그늘이 진 건 일말의 불안감 때문일까.

"아무튼 레나를 끌어들인 건 사과할게요. 정말 죄송해요."

료마는 그렇게 말하며 고개를 숙였다. 잠시 후 료마는 근심어린 표정으로 고개를 들었다.

"어쩌면……히토쓰바시는 레나도 해치려 할지 몰라요."

"레나는 걱정 마." 시라이시는 단호하게 말했다. "레나는 내가 지킬 거야. 그러니 넌 네 몸이나 걱정해."

"……알겠어요."

그때 뭔가 진동하는 소리가 들렸다. 료마가 청바지 뒷주머니에서 스마트폰을 꺼냈다.

"에리코 씨네." 료마가 전화를 받았다. "여보세요? ……어, 왜 그래?"

잠시 통화하던 료마가 약간 창백해진 얼굴로 전화를 끊었다.

"무슨 일이야?"

"에리코 씨, 자경단 동료 중 한 명이 일하는 곳으로 잘린 고양이 머리가 배달됐다고……."

5

아침부터 습한 공기가 몸에 찐득하게 달라붙었다.

에리코는 러그 위에 앉아 멍하니 텔레비전을 보고 있었다.

시사 정보 프로그램에서는 소년A가 변호사라는 소식을 전하고 있었다. 히토쓰바시의 이름과 얼굴은 덮어두었지만, 그의 법률사무소 앞에서 리포터가 중계하고 있었다.

에리코는 어제도 경찰에 전화를 해보았지만, 여전히 히토쓰바시와는 연락이 안 된다고 한다. 하기야 이렇게 난리가 났으니 변호사 업무를 계속하기는 무리이리라.

소년A, 히토쓰바시를 인터넷에서 저격한 게 과연 정말로 올바른 일이었는지 다시 생각해 보았다. 분명 저지른 죄에 걸맞지 않게 경미한 처벌을 받기는 했다. 그래도 법에 의거해 심판받은 건 사실이다. 그런 그를 이제 와서 자신들이 심판할 권리가 있을까.

에리코는 텔레비전을 끄고 우롱차를 마셨다.

이번 주말, 에리코는 야요이의 집에 와있었다. 요전에 고양이의 머리가 회사로 배달됐을 때 에리코는 즉시 야요이와 료마에게 그 사실을 알렸다.

배짱이 두둑한 료마도 얼굴이 새파랗게 질렸다. 그리고 야요이도 그 후로 완전히 기운을 잃은 것처럼 보였다. 무리도 아니다. 야요이는 그 고양이를 죽은 딸을 대하듯 귀여워했다. 야요이의 상심이 너무 컸으므로 그날 이후 에리코는 퇴근길에 자주 집에 들러 야요이의 상태를 확인했다.

야요이는 말수가 부쩍 줄었고 공허한 눈으로 허공을 노려볼 때가 많아졌다. 밥도 잘 안 먹어 뺨이 홀쭉하니 얼굴이 수척해진 만큼, 희번덕거리는 눈이 더 커보였다.

에리코 본인도 정신적으로 많이 힘들었다. 처음에는 죽은 참새, 다음은 잘린 고양이 머리. 이제는 그것들을 보낸 사람이 소년A, 히토쓰바시라고 확신한다. 혹시 그의 다음 표적은…….

테이블 위에 있던 스마트폰이 갑자기 진동했다. 야요이의 것이다. 공교롭게도 야요이는 배탈이 났다며 화장실에 틀어박혀 있다.

스마트폰 화면을 보자 '사장'이라는 글자가 떠있었다. 야요이가 일하는 곳의 사장일까.

스마트폰이 계속 진동했다. 야요이가 화장실에서 나올 낌새가 보이지 않아 어쩔 수 없이 대신 전화를 받기로 했다.

"여보세요?"

한순간의 공백 후 걸걸한 남자 목소리가 들렸다.

"……어, 야요이의 휴대전화 아닌가……."

"아, 저는 야요이 씨 친구예요. 야요이 씨가 지금 전화를 받을 수가 없어서."

"하필 일이 들어왔을 때 이런담."

"실례지만 지금은 일을 못 하실 것 같아요."

"응, 그게 무슨 소리요?"

"야요이 씨가 지금 몸이 안 좋아서……."

귀에 대고 있던 스마트폰이 갑자기 손에서 쑥 빠져나갔다. 깜짝 놀라 돌아보자 어느 틈엔가 야요이가 옆에 서있었다. 야요이는 무표정한 얼굴로 전화를 받았다.

"여보세요, 전화 바꿨습니다. ……네. ……네, 알겠습니다, 괜찮아요. 지금 갈게요."

전화를 끊은 야요이가 숨을 후 내쉬었다.

"안 돼요, 야요이 씨. 그런 몸으로 무슨 일을 나간다고 그래요."

야요이가 시선을 내렸다. 공허하지만 핏발 선 그 눈이 에리코는 진심으로 으스스하게 느껴졌다. 다음 순간 야요이가 표정을 누그러뜨렸다.

"걱정하지 마. 일하는 편이 잡생각도 안 들어서 좋아."

"그건 그럴지도 모르지만……."

에리코는 여전히 마음속 한구석으로 야요이가 청소 일이 아니라 윤락업소 일을 하는 게 아닌가 의심하고 있었다. 과연 지금 몸 상태로 그런 일을 할 수 있을까.

에리코는 옷을 갈아입고 가방을 들고 나가는 야요이를 현관

앞까지 배웅했다. 요 며칠 새 많이 야윈 야요이의 뒷모습을 바라보다 집 안으로 들어가려고 했다. 그때 문득 시선을 느끼고 주변을 둘러보았다. 하지만 사람은 보이지 않았다.

신경이 예민해져서 그런 거야.

에리코는 스스로를 다독이고 집으로 들어갔다.

× × ×

월요일.

일을 마친 에리코는 밥 먹으러 가자는 마이의 제안을 거절하고 혼자 역으로 향했다. 저격 행위에 빠진 후로 직장 내 인간관계에 소홀해졌다. 하지만 어쩔 수 없다. 오늘 밤도 야요이의 집에 곧바로 갈 예정이었다.

히토쓰바시의 행방은 여전히 묘연하다고 한다. 이제 인터넷 공간뿐만 아니라 실사회에서도 히토쓰바시 세이지가 소년A라는 사실이 널리 퍼져나가고 있었다. 일부 주간지에서도 실명은 공개하지 않았지만 소년A가 현재 변호사로 활동하고 있다는 기사를 대대적으로 보도했다. 이제 히토쓰바시가 변호사로 먹고살기는 불가능하리라. 그렇다면 그에게 주어진 선택지는 많지 않다.

료마는 히토쓰바시가 이미 자살했을지도 모른다고 말했다.

"이제 사회에서 평범하게 살아가기는 글렀으니 죽는 거 말고 달리 방법이 있나. 뭐, 자업자득이지만."

하지만 에리코는 료마의 의견이 너무 물렁하게 느껴졌다.

처음에는 참새, 그 다음은 고양이, 그리고 마지막 사냥감은 인간.

그런 상상이 머리 한구석에 들러붙어 떨어질 줄 몰랐다.

생각에 잠겨 걷다 보니 어느새 신주쿠역에 도착했다. 문득 어떤 아이디어가 떠올랐다.

에리코는 돌아갈 때 늘 타는 오다큐선이 아니라 지하철 개찰구로 향했다.

× × ×

밤이 되자 신주쿠 가든 법률사무소 일대는 을씨년스러울 만큼 인적이 없었다. 최근까지는 매스컴이 사무소 앞에 대거 몰려왔던 모양이지만, 히토쓰바시가 코빼기도 내비치지 않는 탓도 있어서인지 오늘 밤은 그림자 하나 보이지 않았다.

빌딩 2층에는 불이 켜져 있었다. 누가 있는 모양이었다.

에리코는 엘리베이터로 2층에 올라갔다. 요전과 달리 법률사무소 문은 잠겨 있었다. 문을 두드리자 잠시 후 법률 사무보조원이 얼굴을 내밀었다. 요전에 봤을 때보다 얼굴이 많이 상했다.

"……누구세요?"

여자가 경계하는 말투로 물었다. 에리코를 매스컴 관계자라고 의심하는 건지도 모른다.

"갑작스레 찾아와서 죄송해요. 저는……히토쓰바시 변호사의 신원을 인터넷에 공개한 사람 중 한 명이에요."

깜짝 놀랐는지 여자의 눈이 휘둥그레졌다.

"여기에는 왜?"

"히토쓰바시 변호사와 만나서 이야기를 하고 싶어서요."

"어째서요?"

에리코는 히토쓰바시가 죽은 참새와 잘린 고양이 머리를 보낸 것으로 추정된다는 이야기를 해주었다. 여자의 얼굴이 순식간에 흐려졌다.

"히토쓰바시 변호사의 행동은 도를 넘었어요. 하지만 그렇게 되도록 몰아붙인 건 저희들인지도 몰라요. 그걸 사과하고 싶어요."

거짓 한 점 없이 순수한 진심이었다. 소년A, 히토쓰바시가 20년 전 사건을 반성하고 갱생한 것처럼은 보이지 않았다. 그렇지만 법에 따라 조치를 받고 절차를 밟아 사회에 복귀한 것도 사실이다.

그 같은 인간이 변호사가 된 건 더할 나위 없이 훌륭한 갱생 롤모델이라고 할 수도 있다. 히토쓰바시는 제 나름대로 새로운 인생을 살아왔고, 아는 바로는 다시 법을 어긴 적도 없었다. 자신들은 그런 히토쓰바시의 미래를 짓밟은 것이다.

자신들에게 닥친 재난을 되돌아보고서야 에리코는 사적 제재가 얼마나 무서운 짓인지 깨달았다. 증오를 품고 상대를 대하면 결국 그 증오가 본인에게 되돌아온다. 당연한 걸 겨우 깨달았다.

"참 뻔뻔하네요." 에리코의 이야기를 들은 여자가 싸늘하게 웃었다. "인터넷에 퍼뜨린 정보는 두 번 다시 지울 수 없어요. 사과한다고 끝날 문제가 아니라고요."

"물론 그래요. 하지만 서로 얼굴 맞대고 이야기를 해보면 히토쓰바시 변호사가 섣부른 행동으로 치닫는 걸 막을 수 있을지도 모르잖아요. 혹시 연락처 모르세요?"

여자는 문에 기대어 팔짱을 꼈다. 눈초리에 잔주름이 약간 있었다. 생각했던 것만큼 젊지는 않은 모양이었다. 갑자기 여자의 눈에 눈물이 맺혔다.

"그 뒤로 그 사람 연락이 뚝 끊겼어요. 휴대전화에 메시지를 남겨도 답장도 없고."

"당신은 히토쓰바시 변호사랑 어떤……?"

"결혼을 약속한 사이요. 당장 내년에라도 결혼할 생각이었어요. 당신들이 쓸데없는 짓만 하지 않았다면."

여자가 눈물지은 얼굴에 웃음을 띠며 손가락에 낀 약혼반지를 보여주었다. 잘 모르는 사람이 보기에도 비싼 티가 나는 다이아몬드반지였다.

하지만, 하고 여자가 말을 이었다. "솔직히 당신들이 고맙기도 해요."

"네?"

에리코는 여자의 얼굴을 보았다.

"그게……그렇게 끔찍한 사건을 저지른 사람인 줄도 모르고 결혼할 뻔했으니까요. 아무것도 모르고서 지금까지 살인범과 사귀어왔다니 생각만 해도 오싹해요."

여자는 그렇게 말하고 두 팔로 자기 몸을 끌어안았다.

역시 과거의 잘못에 대해서는 히토쓰바시에게 한마디도 듣지 못했던 것이다.

"그런 한편으로 아무 것도 모른 채 결혼하는 게 나았을 것 같기도 하고요."

예상치 못한 말에 에리코는 여자의 얼굴을 다시 들여다보았다.

"그 사람은 전혀 위험해 보이지 않았거든요. 오히려 재미있고 다정했어요. 성격이 좀 급하고 독선적인 면도 있었지만, 변호사는 대개 그렇거든요."

그 말에서 복잡한 심경이 엿보였다. 아무것도 모르고 결혼했다면 그녀는 죽을 때까지 행복하게 살 수 있었을까. 갱생한 소년A는 반려자를 얻어 행복한 가정을 꾸릴 수 있었을까.

"아직 이름도 안 물어봤네요."

여자가 눈을 가늘게 뜨고 갑자기 물었다.

"미타 에리코예요. 저어, 그쪽은?"

"신조 히나코."

"신조 씨. 히토쓰바시 변호사가 갈 만한 곳은 모르세요?"

에리코의 질문에 신조의 얼굴이 일그러졌다.

"짚이는 곳이 있으면 좋겠지만…… 전혀 짐작이 안 가요. 그런 의미에서는 그 사람에 대해 아무것도 몰랐다고 할 수도 있겠네요."

히토쓰바시는 결혼하려던 사람에게도 마음을 허락하지 않은 걸까. 그가 실종된 후 신조도 그걸 깨달았음이 틀림없다.

"신조 씨. 앞으로 어떻게 하실 거예요?"

"글쎄요. 일단 사무소에 남은 업무부터 처리해야겠죠."

"히토쓰바시 변호사가 돌아오길 기다리실 건가요?"

"그럴 리가 있겠어요?" 신조가 가시 돋친 목소리로 대꾸했다. 억눌러 놓았던 감정이 폭발한 것 같았다. "그 사람이 여기로 돌아올 리 없어요. 두 번 다시 내 곁으로는 안 돌아올 거라고요."

히토쓰바시는 신조 히나코 앞에 다시는 나타나지 않을 것이다. 그리고 신조도 그걸 각오했다. 그러면서도 그녀는 아직도 약혼반지를 끼고 다닌다.

"죄송해요."

에리코는 무거운 기분으로 사무소를 뒤로했다.

6

저녁 8시가 넘어 야요이의 집에 도착했다.

"다녀왔습니다."

이제는 여기가 자기 집처럼 느껴진다. 에리코는 별생각 없이 현관문을 열며 안에다 인사하고 나서야 실내에 불이 켜져 있지 않다는 사실을 깨달았다. 야요이는 뭘 하는 걸까.

집으로 들어가 불을 켰다. 하지만 부엌에도 거실에도 야요이는 없었다. 테이블에 저녁도 차려져 있지 않았다. 일이 없을 때 야요이는 저녁을 준비해 놓고 에리코가 돌아오길 기다린다.

일하러 나간 걸까. 하지만 야요이는 외출할 때 메모를 남겨 놓는다. 오늘 밤은 메모가 어디에도 보이지 않았다.

그러고 보니, 집에 들어올 때 현관문이 잠겨 있지 않았다. 요즘은 혹시나 모를 일에 대비해 누가 집에 있어도 문단속을 철저히 하기로 했다. 그런데 문도 잠그지 않고 나갔단 말인가.

스마트폰을 꺼내 야요이에게 전화를 걸어보았다. 전원이 꺼져 있는지 연결되지 않았다.

에리코는 러그에 앉아 10분 간격으로 야요이에게 전화를 걸어보았다. 문자메시지도 보냈다. 하지만 여전히 전화는 연결되지 않았고, 답장도 없었다. 어쩌면 괜한 걱정인지도 모른다. 그냥 바람이라도 쐬러 훌쩍 나갔을 수도 있다. 그래도 전화가 연결되지 않는 건 역시 이상했다.

하지만 일하러 나가서 손님을 상대하는 중이라고 생각하면 수긍이 간다. 요전의 '사장'에게 전화를 걸어 야요이가 출근했는지 물어보기로 했다. 하지만 정작 전화번호를 모른다.

미안하지만 텔레비전 옆 선반장을 뒤져 명함집을 찾아내 명함을 한 장 한 장 확인했다. '프레시 클리닝'이라는 업체명이 적힌 명함이 있었다. 업체명 밑에는 '대표이사 오타케 나오키'라는 이름이 적혀 있었다. 야요이가 일하는 곳의 사장 명함일지도 모른다. 윤락업소 일을 한다는 건 그냥 착각이었을까.

그 명함에 적힌 전화번호로 전화를 걸어보기로 했다. 통화연결음이 다섯 번 울린 후에 걸걸한 남자 목소리가 들렸다.

"네, 프레시 클리닝입니다"

틀림없다. 요전의 그 남자 목소리다.

"실례합니다. 야요이 씨 친구예요. 얼마 전에 잠깐 통화했었는데요."

"……아아, 무슨 용건이야?"

고객이 아니라서인지 목소리 톤이 낮아졌다.

"오늘 밤에 야요이 씨는 출근했나요?"

"아니, 오늘은 일이 안 들어왔는데."

역시 야요이는 일하러 나간 게 아닌가. 에리코는 사과하고 전화를 끊었다.

마음이 뒤숭숭했다. 야요이는 대체 어디로 간 걸까?

가슴속에서 불안감이 부풀어 올랐다.

혹시 히토쓰바시에게 납치당한 건 아닐까.

집 안을 다시 둘러보았다. 하지만 싸운 듯한 흔적은 없었다. 적어도 히토쓰바시가 야요이를 해치거나, 억지로 끌고 간 것 같지는 않았다. 그럼 야요이는 자기 뜻으로 외출한 걸까.

손목시계를 보았다. 벌써 저녁 8시 반이 넘었다. 설마 이 시간에 저녁 찬거리를 사러 나가지는 않았을 것이다.

에리코는 료마에게 전화를 걸었다. 료마와도 연락이 안 되면 어쩌나 싶었지만, 료마는 금방 전화를 받았다. 야요이가 아직 집에 안 왔다고 알리자 사태의 심각성을 바로 이해한 듯했다. 어디 있었는지는 모르겠지만 30분도 안 되어 달려왔다.

"야요이 씨는?"

료마는 집에 들어오자마자 물었다.

"아직 아무 연락도 없어."

"야요이 씨를 마지막으로 본 건?"

"어젯밤에 같이 밥을 먹고 헤어진 게 마지막이야."

"그때 무슨 말 못 들었어?"

"응." 에리코는 고개를 끄덕였다. "평소랑 다름없어 보였는데……."

"왠지 걱정되네. 히토쓰바시와 관련이 있는지도 몰라."

"히토쓰바시에게 끌려간 걸까."

료마는 고개를 저었다.

"그건 아닐 거야. 척 보기에도 집에는 몸싸움을 벌인 흔적이 없으니까."

"그럼 야요이 씨가 제 발로 히토쓰바시를 따라갔다는 거야?"

"······어쩌면 유인해 냈을지도 몰라."

"대체 어떻게?"

"모르겠어. 어쩌면 목소리를 바꿔서 전화를 걸었을지도 모르지. 에리코 씨가 차에 치였으니 병원으로 와달라는 식으로."

가능성 있는 이야기였다. 하지만 실제로 그랬다면 야요이는 이미 히토쓰바시에게 붙잡혀 해코지를 당하지 않았을까. 최악의 경우, 살해당했을지도 모른다.

진땀이 옷 아래를 흘렀다.

참새 다음은 고양이. 그 다음은 인간.

히토쓰바시는 자포자기한 걸까. 이제 인생을 재출발하기는 글렀음을 깨닫고 야요이를 저승길 동무로 삼으려 한 걸까.

"대체 어쩌면······."

에리코는 어찌할 바를 몰랐다.

버젓한 성인이 하루 안 보인다는 이유로 경찰이 실종신고를 받아줄 것 같지는 않았다. 히토쓰바시의 표적이 될 만한 특수한 사정이 있다고 하소연해 본들 상대해 줄지 말지 미묘하다. 지금 단계에서 경찰은 아무 도움이 안 된다고 봐야 하리라.

료마가 팔짱을 끼고 말했다.

"일단 내일까지 기다려보자. 내일까지 야요이 씨가 돌아오지 않으면 경찰에 가는 수밖에."

×××

결국 에리코와 료마는 야요이의 집에서 밤을 샜다. 둘 다 뜬 눈으로 야요이가 돌아오길 기다렸다. 늦은 밤인데도 아랑곳없이 야요이에게 문자메시지를 몇 번 보냈지만 답장은 없었다.

둘 다 눈 밑에 다크서클이 생긴 상태로 아침을 맞았다. 역시 야요이는 돌아오지 않았다.

오늘은 출근하기 전에 경찰에 들러야 하리라. 일단 아침을 먹기로 했지만, 냉장고에 먹을 만한 건 하나도 없었다.

에리코가 근처 편의점에 가서 빵이라도 사오기로 했다. 현관 문을 열고 밖으로 나가자 잿빛 구름이 낮게 끼어 있었다. 문짝 옆 우편함에 들어 있는 갈색 물체가 문득 눈에 들어왔다. 심장이 쿵쿵 뛰었다.

집 우편함에 들어있었던 죽은 참새가 번쩍 떠올라 도저히 우편함을 확인할 용기가 나지 않았다. 집에 들어가서 료마에게 사정을 설명했다.

"일단 확인해 보자."

료마도 굳은 얼굴로 현관을 나섰다.

료마는 잠깐 망설였지만 우편함에서 갈색 물체를 꺼냈다. 청과물 가게에서 사용하는 것과 비슷한 종이봉투였다. 입구 부분이 몇 번 접힌 봉투는 살짝 부풀어 올라 있었다.

크기로 보아 적어도 고양이 머리는 아닐 것 같았다. 하물며 사람 머리는 절대 아니다.

"열어볼게."

료마가 선언하듯 말하고 봉투 아가리를 벌렸다. 안에 들어 있던 것은 검은색 안경집이었다. 에리코는 맥이 탁 풀렸다.

"……뭐야, 이거."

료마가 고개를 기웃하며 안경집을 딸칵 열었다.

안경집에 깔린 젖은 명주솜 위에 탁구공 크기의 살짝 노리끼리한 흰색 구체 두 개가 놓여 있었다.

그게 뭔지 몰라 에리코는 이맛살을 찌푸렸다.

"이게 뭐지……?"

료마는 입을 다문 채 구체를 응시했다. 이윽고 그의 입에서 잠긴 목소리가 새어나왔다.

"……눈알이야."

"뭐?"

료마의 얼굴을 보았다.

"사람 눈알이라고. 고쿠분지 여아 살해사건 때와 똑같아. 소년A, 히토쓰바시가 보낸 거야."

그렇게 말하고 구체 하나를 뒤집었다. 검은 눈동자와 갈색기가 도는 홍채가 보였다. 에리코의 입에서 뭐라고 형용할 수 없는 비명이 새어나왔다.

처음에는 참새, 다음은 고양이, 마지막은 인간.

그런 말이 에리코의 머릿속에서 빙글빙글 돌았다.

× × ×

"그렇군요. 히토쓰바시라는 변호사와 문제가 있었다……."

에리코의 이야기가 끝나자 고릴라를 연상시키는 형사는 수
첩을 보며 고개를 끄덕였다.

눈알을 발견한 후 료마는 알고 지낸다는 남자에게 전화했다.
얼마 지나지 않아 시라이시라는 단정한 양복 차림 남자가 왔
다. 그는 레나의 삼촌이자 경시청 형사라고 했다. 안경집에 든
눈알을 보여주자 시라이시는 할 말을 잃었다.

그는 바로 어딘가에 전화를 걸었다. 경찰 관계자들이 속속
모여들었다. 에리코와 료마는 경시청 수사1과 형사라는 험상
궂은 남자들에게 따로 진술했다.

현재 이 집의 주인인 야요이의 행방을 모르며 소년A인 히토
쓰바시 변호사와 문제가 있었다고 말하자 형사들은 강한 관심
을 보였다. 감식과원들은 야요이가 사용하는 칫솔과 빠진 머리
카락을 채취했다. 그것들과 눈알의 DNA가 일치하는지 검사한
다는 모양이다.

"저어……그게 야요이 씨의 눈알이라고 치고, 야요이 씨는
살아있을까요?"

에리코의 질문에 형사는 고개를 저었다.

"지금은 확답을 드릴 수 없겠군요."

말은 그렇게 했지만 에리코와 마찬가지로 그도 속으로는 이미 알고 있을 것이다. 눈알의 주인이 살아있을 가능성은 낮다는 것을.

× × ×

다음 날 료마에게 연락이 왔다. 어제 만났던 시라이시라는 남자가 자기들과 이야기를 하고 싶어한다고 했다. 시간을 내어 신주쿠의 카페에서 료마와 함께 만나기로 했다.

카페에 온 시라이시는 자리에 앉자마자 "안타까운 소식이 있어" 하고 말을 꺼냈다.

"DNA 검사 결과, 그 눈알은 야마모토 야요이 씨의 것으로 밝혀졌대."

역시.

그럴 가능성이 높으리라 짐작은 했었다. 그래도 실제로 듣자 역시 충격이었다. 에리코는 넋 나간 사람처럼 허공을 멍하니 바라보았다. 할 말이 없었다. 눈물도 나지 않았다.

옆에 앉은 료마가 "빌어먹을" 하고 주먹으로 테이블을 내리쳤다. 가까운 자리에 앉은 회사원이 타박하듯 쳐다보았지만 아무 말도 꺼내지는 않았다.

"유감스럽게도" 시라이시가 말을 이었다. "눈알은 야요이 씨가 사망한 후에 적출됐을 거래."

즉, 야요이는 이미 죽었다는 뜻이다.

야요이가 이 세상에 없다니 도무지 실감이 나지 않았다.

"그런데…… 히토쓰바시와 연락은 됐어요?"

료마가 목소리를 억누르며 물었다.

시라이시가 철테 안경 코걸이를 검지로 밀어 올렸다.

"두 사람의 증언으로 판단컨대 그가 사건에 관련됐을 가능성은 높겠지. 지금 수사 1과원들이 필사적으로 행방을 쫓고 있어."

즉, 아직 붙잡히지 않았다는 뜻이다.

20년 전 고쿠분지 여아 살해사건이 생각났다. 범인은 피해자 이토 미쓰키의 두 눈알을 적출해 부모님에게 보냈다. 수법상 이번에 야요이의 눈알을 보낸 것도 소년A, 히토쓰바시라고 봐야 할 것이다.

그는 역시 자살하지 않았다.

지금도 다음 사냥감을 노리고 어딘가에 숨어 있으리라. 에리코와 료마라는 사냥감을 사냥하기 위해.

자신들은 소년A를 사냥하는 입장이었다. 그런데 입장이 바뀌어 사냥감이 되고 말았다. 어쩌다 이렇게 돼버린 걸까.

에리코는 아이스티 잔을 집었다. 하지만 입술이 떨려 제대로 마실 수 없었다.

7

시라이시는 감찰계 안쪽 자리에서 서류를 읽고 있었다. 히토요시팀이 올린 보고서다. 그들은 20년 전 특별수사본부에 있었던 수사원 80여 명에 관한 조사를 마쳤다. 그리고 영상을 복사해 빼돌린 사람은 없는 듯하다는 결론을 내렸다.

방금 히토요시에게도 직접 보고를 받았다. 수사 대상자를 감시하고 탐문조사도 했지만, 범행 영상을 빼돌릴 동기와 가능성을 겸비한 사람은 없었다고 한다.

시라이시는 보고서를 덮었다.

이로써 미마가 영상을 복사해 빼돌렸을 가능성은 더욱 높아졌다. 하지만 미마의 소재도, 영상을 경매 암시장에 올렸으리라 추정되는 이토 유키오의 소재도 파악하지 못했다.

이토 유키오의 집과 인터넷 카페에는 팀원들을 붙여놓았지만 그의 행방은 여전히 오리무중이다.

그때 의자에 걸쳐둔 재킷 안주머니에서 스마트폰이 울렸다.

꺼내 보자 레나가 보낸 메시지였다.

지금 집에 무사히 도착했어.

    시라이시는 저도 모르게 표정이 풀어졌다. 그날 밤 이후로 레나와의 관계가 점점 원래대로 돌아오고 있다. 하지만 아직 레나의 마음에는 히토쓰바시와 있었던 일이 트라우마로 남아 있는 듯했다. 당분간은 주의 깊게 지켜볼 필요가 있으리라.

    문득 료마가 머리를 스쳤다. 야요이의 죽음을 알리기 위해 신주쿠에서 만났을 때 료마도, 에리코라는 여자도 몹시 충격을 받은 것처럼 보였다. 평소 냉정한 료마의 안색이 바뀐 게 생각났다.

    "그 사이코 새끼…… 야요이 씨까지 해치다니…… 절대로 용서하지 않겠어."

    어쩐지 심상치 않은 느낌에 시라이시는 캐물었다.

    "설마 복수하려는 건 아니겠지?"

    "그런 짓은 안 해요." 료마는 즉시 부정했다. "놈을 죽이면 나도 놈이랑 같은 수준으로 떨어지는 거잖아요. 그런 건 싫어요."

    료마가 이성을 잃지 않았음을 확인하고 시라이시는 조금 안심했다.

    레나에게는 아직 야요이의 죽음을 알리지 않았다. 레나는 약간이지만 야마모토 야요이와 안면이 있었다. 야요이가 변을 당한 걸 알면 정신상태가 더 나빠질 것이다.

다행히 수사1과는 눈알이 보내졌다는 정보를 매스컴에는 덮어두었다. 아직 야마모토 야요이의 시신이 발견되지 않았기 때문이리라. 그래서 레나도 당분간은 야요이의 소식을 접하지 않아도 된다.

그나저나 왜 범인은 야마모토 야요이의 눈알만 보냈을까. 그녀의 시신은 어쨌을까.

시라이시는 17층의 카페에서 잠시 머리를 식히기로 했다. 엘리베이터가 도착해 문이 열리자 마유코가 나왔다. 평소 침착한 마유코가 약간 흥분한 것처럼 보였다.

"계장님. 그 소식 들으셨어요?"

"무슨 소식?"

"왜, 고쿠분지 여아 살해사건의 범행 현장 있잖아요, 폐허가 된 병원."

"거기가 어쨌는데?"

"오늘 새벽에 그 건물에 불이 났대요. 몇 시간 만에 진화됐는데, 현장에서 시신이 발견됐다네요."

"시신?"

찜찜한 예감이 들었다.

"네." 마유코가 고개를 끄덕였다. "손상이 심해서 신원은 확인 못 했지만, 아무래도 두 눈이 없는 모양이랍니다."

8

집에 돌아온 에리코는 현관문을 단단히 잠갔다.

야요이의 눈알을 발견한 후 업자에게 의뢰해 새로 단 보조 자물쇠도 잊지 않고 잠갔다.

핸드백에서 최루 스프레이를 꺼내 언제든지 손이 닿도록 테이블에 내려놓았다. 텔레비전을 켜고 옷을 갈아입었다. 마침 9시 뉴스가 나오고 있었다. 야요이의 시신이 폐허가 된 병원에서 두 눈알이 적출된 상태로 발견된 사건의 속보였다.

위장이 찌르르하니 꽉 조이는 듯 아팠다. 뉴스를 보고 싶지 않다는 생각과 알고 싶다는 생각이 줄다리기를 벌였다. 결국 차가운 맥주를 들고 음량을 높인 텔레비전 앞에 앉았다.

뉴스에 따르면 야요이의 시신은 원형을 알아볼 수 없을 만큼 심하게 탔지만, 생활반응이 없었으므로 사후에 불을 붙인 것으로 보인다고 한다. 그리고 시신과 그 주변에는 휘발유가 잔뜩 뿌려져 있었다는 모양이다.

하지만 정작 범인은 여태 체포되지 않았다.

에리코는 캔 맥주를 따서 꿀꺽꿀꺽 마셨다.

인터넷에서는 야요이가 유명한 '자경단' 사이트의 운영자이며 소년A를 저격하는 바람에 앙갚음을 당했다는 소문이 퍼졌다. '복수전'이라는 명목으로 히토쓰바시를 찾아내 처벌해야 한다고 호소하는 네티즌도 있었다.

매스컴도 분명 그러한 정보는 파악하고 있겠지만, 아직 수사 본부의 공식 발표가 없기에 방송을 자제하는 것이리라.

에리코는 맥주를 들이켰다. 대체 경찰은 뭘 하는 걸까. 왜 히토쓰바시를 아직도 못 잡아낸단 말인가.

초조함과 불안감이 심해졌다. 요즘 주량이 늘었다. 마시지 않고서는 잠을 잘 수가 없었다. 다만 잠에 빠져도 종종 히토쓰바시가 나오는 악몽에 시달리다 깨곤 했다. 조만간 정신과에 가서 약을 처방받아야 할지도 모르겠다. 우쓰기를 쫓아 정신과에 갔었을 때가 생각났다. 그때 그를 저격하지만 않았으면 지금 이런 꼴을 당하지도 않았을 텐데.

요전에 시라이시에게 걸려온 전화를 멍하니 떠올렸다. 고쿠분지의 폐허가 된 병원에서 발견된 시신의 DNA와 야마모토 야요이의 DNA가 일치한다는 내용이었다. 눈알이 야요이의 것임을 알았던 시점에 이미 각오는 했으므로 충격은 그리 크지 않았지만, 위장이 찌릿찌릿 아팠다.

"역시 범인은 히토쓰바시일까요?"

에리코의 질문에 시라이시가 목소리를 낮추었다.

"응……. 외부에 새어나가면 안 되는 정보인데, 현장 근처 CCTV 카메라에 히토쓰바시가 찍혔대. 그것도 불이 나기 직전에. 그리고 현장 부근에서 발견된 담배꽁초에서 히토쓰바시의 DNA가 검출됐다는 모양이야."

시라이시는 그 정보를 수사1과의 지인에게 들었다고 한다.

그만한 증거가 모였는데 히토쓰바시를 붙잡지 못하는 게 안타깝기 그지없었다.

시라이시에게 전화가 온 날, 수사1과 형사에게도 전화가 왔다. 수사 진척 상황을 물었지만 미꾸라지처럼 요리조리 대답을 피했다. 대신에 그는 뜻밖의 질문을 던졌다.

"그런데 야마모토 야요이 씨의 시신을 인수해 주실 수 없겠습니까?"

이미 부검도 끝나 시신을 반환할 준비가 다 됐다고 한다. 하지만 친인척도 아닌 에리코가 시신을 거둘 수는 없다. 그렇게 말하자 형사는 난감한 어조로 말했다.

"실은 야마모토 씨의 부모님은 이미 돌아가신 모양이고, 친척과도 연락이 안 됩니다. 달리 고인과 친했던 사람은 모르세요?"

"음, 저도 야요이 씨와 최근에야 친분을 맺어서요. 맞다, 헤어진 남편에게 연락해 보시면 어떨까요?"

"헤어진 남편이요?"

형사가 미심쩍은 목소리로 되물었다.

"네, 야요이 씨, 이혼하셨잖아요. 하지만 전 남편이라면 혹시 시신을 거두어주지……."

"야마모토 야요이 씨는 결혼한 적 없는데요."

"네?"

"호적을 조사했습니다만, 혼인 이력은 없었습니다."

야요이는 외동딸을 교통사고로 잃은 것을 계기로 남편과 헤어졌다고 했다. 그 이야기가 거짓말이었다는 말인가.

그때 야요이가 일하는 곳의 사장이라는 오타케가 생각났다. 목소리가 걸걸한 그 남자. 그러면 자신이나 료마보다 야요이를 더 잘 알 것이다.

오타케에게 아무 양해도 구하지 않으려니 약간 켕겼지만, 스마트폰에 남아 있는 그의 전화번호를 형사에게 알려주었다.

그 후로 경찰에서는 아무 연락도 없다. 야요이의 장례식은 무사히 치렀을까. 에리코는 이제야 자신이 야요이에 대해 아무것도 모른다는 사실을 깨달았다.

일어서서 아직 캔에 남은 맥주를 싱크대에 버렸다. 두려워만 한다고 달라지는 건 없다. 스스로 뭔가 행동해야 한다고 느꼈다.

× × ×

휴일인 다음 날 아침에 야요이의 집으로 향했다.

왜 야요이는 '자경단' 사이트를 운영하게 됐을까.

야요이에 대해 속속들이 알고 싶었다.

오랜만에 찾은 야요이의 집은 쥐 죽은 듯 조용했다. 최근까지 매스컴 관계자가 중계방송을 하러 찾아온 모양이지만 오늘은 아무도 보이지 않았다.

핸드백에서 여벌 열쇠를 꺼내 현관문을 열려다 어라, 싶었다. 문이 열려 있었다. 경찰이 수사 후에 잠그지 않고 간 걸까.

현관 바닥에 구두를 벗고 안으로 들어갔다. 거실을 들여다보고 깜짝 놀랐다. 머리가 희끗희끗하게 센 나이 든 남자가 이쪽에 등을 돌린 채 창밖을 망연히 바라보고 있었다. 인기척을 느꼈는지 천천히 돌아섰다. 짙은 눈썹에 통방울 같은 눈이 다부진 인상을 주는 남자였다.

"······당신은?"

에리코는 그 걸걸한 목소리를 듣고 퍼뜩 알아차렸다.

"저기, 혹시 오타케 사장님 아니세요? 야요이 씨가 일하는 곳의."

"맞소만."

오타케가 의아한 듯한 시선을 던졌다.

"저는 미타라고 해요. 몇 번 통화했었는데."

아아, 하고 오타케가 고개를 끄덕였다.

"당신이었나, 경찰에 내 이야기를 한 게?"

"죄송해요. 야요이 씨에 대해 아실 만한 분이 달리 생각나지 않아서 그만······."

"사과는 무슨. 장례식은 얼마 전에 끝냈어. 아는 업자한테 부탁해서 싸게 치렀지. 나랑 경찰 관계자들하고만 조촐하게."

"다 떠맡긴 셈이 되고 말았네요. 죄송합니다."

"뭘, 그리 힘든 일도 아니었는데. 원래 부부 같은 사이였기도

했고."

"네?"

오타케의 말에 에리코는 눈이 동그래졌다.

"혼인신고는 하지 않았지만 야요이랑 한동안 같이 살았어. 사실혼이라고 있잖아." 거기서 오타케는 웃음을 지었다. "다른 여자랑 놀아나다 들켜서 결국 버려졌지만."

오타케는 예순 살이 넘지 않았을까. 40대 중반으로 보이던 야요이와는 제법 나이 차가 있다. 하지만 이상하게 느껴질 정도는 아니다.

그때 문득 생각이 났다. 사고로 죽었다는 외동딸은 오타케와의 사이에서 얻은 아이 아니었을까. 물어보자 오타케는 고개를 저었다.

"아쉽게도 아이는 없었어. 내가 아이를 못 얻는 체질이라."

"죄송해요, 괜한 걸 물어봐서⋯⋯."

"그쪽이 사과할 일은 아니지."

"그럼 최근에는 야요이 씨와 별거하셨던 거로군요. 그런데 헤어진 뒤로도 일은 함께?"

에리코의 질문에 오타케가 건조한 웃음소리를 흘렸다.

"야요이는 현실적인 여자였거든. 우리 일은 단가가 높아. 다른 직장을 찾기보다 내 업체에서 일하는 편이 상책이라고 생각했겠지."

단가가 높다는 말이 마음에 걸렸다. 편견일지도 모르지만 청소 일이 그렇게 급료가 좋을 것 같지는 않았다.

"야요이 씨는 청소 일을 하셨잖아요. 오피스빌딩 같은 데를 청소하신 건가요?"

오타케가 당혹스러운 듯한 표정을 지었다.

"아니……. 그런 거랑은 좀 다른데. 같은 청소라도 우리는 특수하거든."

"특수하다고요?"

"왜, 사고물건이라는 말 못 들어봤어? 노인이 고독사하거나 입주자가 자살한 건물 말이야."

그런 이야기를 들어보기는 했다.

"야요이 씨가 그런 사고물건을 청소했다는 말씀이세요?"

"응. 피와 체액으로 더러워지고 벌레가 끓는 방을 깨끗하게 청소해 원래대로 되돌려 놓지. 머리카락과 옷에 썩은 내가 스미고, 정신적으로도 고달픈 작업이야."

상상치도 못했던 업무 내용에 야요이는 어안이 벙벙해졌다.

야요이가 일하고 돌아왔을 때 향수 냄새가 진동한 적이 있었다. 그건 썩은 내를 감추기 위해서였구나.

"처음에는 나 혼자 했었는데, 2년쯤 지났을 때 야요이가 구인광고를 보고 찾아왔지. 업무 내용을 설명하자 처음에는 주눅이 든 모양이었지만 금방 적응했어. 근성과 배짱이 있는 여자였지."

에리코는 실내를 둘러보았다. 경찰이 조사할 때 압수했다 반납한 물건이 상자에 담겨 방구석에 놓여있었지만, 그 이외에는 야요이가 살아있을 때와 똑같았다.

"이 집은 어떻게 하실 거예요?"

"집주인이 한 달 안에 나가라더군. 적당히 때를 봐서 짐을 정리하러 와야지. 댁도 원하는 게 있으면 사양하지 말고 가져가."

야요이가 세상을 떠나다니 참 마음이 아파, 오타케는 중얼거리듯이 그렇게 말하고 집을 나섰다.

9

시라이시는 시부야역 근처 주차장에 차를 대고 서둘러 센터 거리로 향했다. 20분 전에 인터넷 카페에 잠복시켜 둔 부하에게 연락이 왔다. 지금 이토 유키오와 닮은 금발머리 남자가 가게로 들어왔다는 보고였다.

목적지인 인터넷 카페는 균일가 매장이 입점한 건물의 2층이다. 입구 앞에서 부하가 기다리고 있었다.

"이토 유키오는?"

"안에서 DVD를 고르는 중입니다."

"좋아, 여기서 기다리고 있어."

그렇게 말하고 혼자 안으로 들어갔다. "어서 오세요" 하고 카운터 안에서 인사하는 점원을 무시하고 가게 안쪽으로 향했다. DVD가 진열된 구역에 남자가 세 명 있었다. 그중에 금발머리 남자 뒤로 다가가 어깨에 손을 얹고 말을 걸었다.

"이토 유키오 맞지?"

남자가 경악한 표정으로 뒤돌아보았다. 수염이 삐죽삐죽 자랐지만 틀림없이 이토 유키오였다.

"드디어 찾았군."

도망칠 줄 알았지만 이토 유키오는 체념한 듯 그저 제자리에 우두커니 서있었다.

"……내가 뭘 어쨌다고 이러는 거야."

이토 유키오가 기운 없는 목소리로 항의했다.

"열여덟 살 미만의 미성년자를 윤락업소에 고용했잖아."

"나는 그냥 월급 받고 일하는 점장일 뿐이라고."

"그래서 아무 책임도 없다? 그렇게는 안 된다는 걸 잘 알 텐데."

이토 유키오는 될 대로 되라는 듯 골난 표정으로 고개를 숙였다.

"뭐, 됐어. 널 교도소에 보내려고 그러는 게 아니니까."

"뭐?"

"일단 장소를 옮겨서 이야기를 듣지."

× × ×

요 며칠 밥다운 밥을 먹지 못했다는 이토 유키오를 패밀리 레스토랑에 데려갔다. 저가 스테이크가 주메뉴인 가게였다. 부하는 떨어진 자리에 대기시켜 놓았다.

스테이크를 걸신들린 듯 먹어치우는 이토 유키오의 얼굴을

한동안 말없이 바라보았다. 굳이 따지자면 동안이지만 눈매가
사납고 온몸에서 불량한 분위기가 풍겼다.

적당히 틈을 보아 시라이시는 말을 꺼냈다.

"여동생의 사건 후에 어머니와 함께 야마가타로 돌아갔다고
들었는데."

"뭐, 그렇지." 이토 유키오의 표정이 흐려졌다. "그다지 좋은
추억은 없지만."

"대학을 졸업하고 도쿄로 나왔다면서? 어머니가 자살한 게
원인인가?"

"자살?" 이토 유키오가 고개를 갸우뚱했다. "누가 그런 소리
를?"

"아니야?"

아아……, 하고 이토 유키오가 감 잡았다는 듯 고개를 끄덕
였다.

"근처에 사는 작자들이 씨불인 모양이군. 아무것도 모르는
주제에."

시라이시는 눈살을 모았다.

"그게 무슨 소리야? 어머니가 10년 전에 자살했다는 이야기
가 거짓말이라는 건가?"

"……어머니가 당시 정신병원에 입원했다 퇴원했다 한 건
사실이야. 동생이 죽은 충격에서 헤어나지 못했거든. 그러다
10년 전에 갑자기 병원에서 자취를 감췄어."

"자취를…… 감췄다고?"

이토 유키오가 고개를 끄덕였다.

"경찰 말로는 후지산 쪽 숲 어귀에 어머니가 빌린 렌터카가 버려져 있었다는군. 숲 안쪽도 수색했지만 결국 어머니의 시신은 발견되지 않았대."

"하지만 네 외숙부도 네 어머니가 죽었다고 했는데……."

"왜, 실종된 지 7년이 지나면 실종선고를 통해 법적으로 사망을 인정받을 수 있잖아. 상속 문제도 있고 해서 외숙부가 3년 전에 그 절차를 밟았어. 그래서 아직 시신은 발견되지 않았지만 죽은 걸로 처리된 거지."

"그럼 네가 도쿄로 온 직접적인 이유는 뭐야?"

"그냥. 그땐 시골에 있어봤자 아무 보람도 없고 해서."

"도쿄에 와서도 별로 보람 있는 일은 안 하는 것 같다만."

"나름대로 재미있어."

"그렇군. 아동음란물에 관련된 일을 하려면 역시 대도시에 있어야겠지."

"난 손 씻었어."

"그걸 곧이들으라고? 잠깐 콩밥 좀 먹었다고 그런 못된 습성이 교정될 리가 있나."

"난 갱생했어."

이토 유키오의 목소리에 힘이 들어갔다.

갱생, 소년A, 히토쓰바시 세이지가 머리를 스쳤다.

"석 달 전에 느닷없이 야마가타의 본가에 다녀왔던데. 감방에서 나오자마자 말이야. 단순한 고향 방문은 아니었지? 그렇지?"

이토 유키오가 나이프와 포크를 든 채 눈을 내리깔았다. 건드리지 말았으면 하는 화제였던 듯했다.

"왜 그간 소원했던 본가에 갑자기 돌아갈 마음이 생긴 거야?"

"그냥. 향수에 젖었다고 할까."

그렇게 말하는 이토 유키오의 시선이 허공을 헤맸다.

"어디서 허튼수작이야. 방금 야마가타에 좋은 추억은 없다고 해놓고. 똑바로 말 안 하면 경찰서로 끌고 갈 거야."

이토 유키오는 부루퉁한 표정으로 고개를 홱 돌렸다.

"알았어. 말하기 싫다면 내가 말해주지. 어머니의 유품을 찾아보러 본가에 간 거잖아."

다시 이토 유키오의 눈을 들여다보자 눈동자가 이리저리 흔들렸다.

"목적은 여동생이 살해당하는 영상. 어머니가 그걸 가지고 있었다는 건 너도 알고 있었지?"

"……대체 무슨 소리야."

계속해서 시치미를 뗄 모양이었다.

"20년이 지난 지금도 넌 그걸 기억하고 있었어. 아동음란물 마니아인만큼 그런 영상이 고가에 팔린다는 것도 알고 있었고. 그래서 출소한 후 돈이 뚝 떨어지자 그걸 찾으러 야마가타까지 간 거야."

"……증거라도 있어?"

"취조도 아닌데 증거 타령은. 딱히 널 처벌할 마음은 없어.

그러니 솔직히 말해. 그 영상을 본가의 광에서 찾아서 다크웹에 올렸지?"

이토 유키오가 시선을 획 들었다.

"내가 그런 거 아니야!"

"그럼 동료에게 팔아달라고 했나?"

"아니래도. 난 그 영상과는 관계 없어."

의외로 이토 유키오는 끈질기게 버텼다. 저도 모르게 몸을 내밀고 있었음을 알고 시라이시는 좌석에 기댔다. 안경 코걸이를 밀어올리고 이토 유키오의 눈을 똑바로 들여다보았다.

"계속 그렇게 잡아뗀다면 본청에서 이야기를 듣는 수밖에. 여기서 진실을 털어놓느냐, 아니면 거짓말로 버티다 감방으로 돌아가느냐, 선택은 네 손에 달렸어."

이토 유키오는 고개를 푹 숙이고 테이블을 내려다보았다. 스테이크는 이미 다 식었고, 접시에는 빨간 육즙이 퍼졌다. 잠시 후 그가 고개를 들었다.

"없었어."

이토 유키오의 나지막한 중얼거림에 시라이시는 그의 얼굴을 보았다.

"뭐라고?"

"영상은…… 없었다고."

"……그게 무슨 소리야?"

"당신 말이 맞아. 그 영상을 팔려고 본가에 갔었어. 하지만 광에 있던 어머니 유품을 아무리 뒤져도 그 비디오테이프는 보

337

이지 않더군. 없어진 거야."

"없어졌다고?"

"그래. 동생이 죽고 야마가타로 이사 갔을 무렵, 어머니 방의 벽장에서 그 비디오테이프를 우연히 발견했지. 야한 비디오인가 싶어 몰래 봤더니…… 동생이 살해당하는 영상이었어. 얼마나 충격이었는지 몰라. 하지만…… 비디오를 끄지 못하고 계속 봤어."

그는 건조한 입술을 핥고 말을 이었다.

"동생이 목 졸려 죽는 모습을 두근대는 마음으로 지켜본 거야."

이토 유키오의 이마에 땀이 잔뜩 솟았고, 눈은 으스스하게 번쩍거리며 빛났다.

뜻밖의 고백에 시라이시는 할 말을 잃었다. 어린 동생이 살해당하는 장면을 뚫어지게 바라보는 소년의 모습이 머릿속에 떠올랐다.

"그 후로 어린 여자애를 괴롭히거나 외설적으로 다루는 걸 보면 흥분돼. 나도 이상하다는 건 알아. 하지만 그 영상을 보고 난 뒤로는 그런 충동을 억누를 수가 없더라고……."

아마도 이토 유키오는 동생이 끔찍하게 살해당하는 영상을 현실로 받아들이지 못했던 것 아닐까. 오히려 공포영화를 보는 듯한 기분으로 봤는지도 모르겠다. 그리하여 그 영상은 그의 마음속에 트라우마가 아니라 강박, 망상으로 자리 잡았다.

괴로운지 눈가에 눈물이 맺힌 이토 유키오의 얼굴이 일그러졌다.

"동생이 살해당했다는 소식을 들었을 때 무슨 일이 일어난 건지 잘 이해가 안 됐어. 그저 사건 후에 어머니가 점차 이상해지는 게 무서웠지. 그 사람, 온종일 방에 틀어박혀 CD로 똑같은 노래만 들었어."

"어떤 노래?"

이토 유키오가 고개를 저었다.

"제목은 모르지만……."

그가 더듬더듬 멜로디를 흥얼거렸다. 들어본 적 있는 곡이었다. 분명 〈아마빛 머리카락의 아가씨〉라는 제목의 오래된 곡이다. 원곡은 시라이시가 태어나기 전에 유행했지만, 고등학생때 인기 여자가수가 커버곡을 불렀기 때문에 시라이시도 알고있었다.

"어머니가 좋아하는 노래였는데, 동생이랑 자주 같이 불렀지. 동생도 그 노래를 아주 좋아했어."

이토 히로미는 추억의 노래를 들으며 딸을 추모했던 걸까.

"그 사람은 사건이 발생한 뒤로 나를 까맣게 잊어버렸어. 날돌아봐 주지 않았다고. 난 점차 나 때문에 동생이 죽은 것 아닐까 자책하게 됐지. 그럴 때 그 영상을 본 거야."

이토 유키오가 거친 숨을 몰아쉬며 힘없는 목소리로 이야기를 이어나갔다.

"영상을 봤을 때, 마치 내가 동생의 목을 조르고 있는 것 같은 기분이 들더군. 양심의 가책을 느끼는 한편으로 흥분도 됐어. 그 영상을 보면서…… 내 손으로 동생의 목을 조른 거야!"

시라이시는 할 말을 잃었다. 가장 감수성이 예민할 시기에 동생을 잃고 어머니의 보살핌마저 없었던 탓에 이토 유키오는 마음이 점차 삐뚤어진 게 틀림없었다. 여동생에 대한 죄책감이 점점 원망으로 바뀌다가 영상을 본 순간, 그의 마음속에서 뭔가가 폭발했는지도 모른다.

시라이시는 깊은 한숨을 내쉬고 좌석에 몸을 묻었다. 심리학에 관해서는 잘 모른다. 하지만 그 사건이 피해자의 오빠인 이토 유키오에게도 깊은 상처를 주었음은 분명하다. 그 또한 20년 전 사건의 희생자였다. 소년A가 촬영한 영상이 피해자의 오빠 인생까지 망가뜨린 것이다.

시라이시는 컵을 들어 미지근한 물을 천천히 마셨다.

"……알았어. 비디오테이프로 이야기를 되돌리지. 어머니는 그런 걸 어떻게 구하셨을까?"

"몰라. 물어볼 엄두도 못 냈어. 아마 경찰 관계자한테 부탁해서 손에 넣었겠지. 동생의 마지막이 어땠을지 궁금했던 거 아닐까. 그 사건 이후로 어머니는 동생의 죽음에 사로잡혀 지냈으니까……."

"하지만 유품 중에 비디오테이프는 없었고."

"응. 잘 모르겠지만 숙부나 누가 버린 것 아닌가 했어. 그런 걸 계속 놔둬봤자 기분만 나쁠 테니까."

일리는 있었다. 하지만 범행 영상은 인터넷에서 매매됐다.

"누가 비디오테이프를 가져갔을지 짐작 가는 구석은 없어?"

이토 유키오는 고개를 살짝 갸웃한 후 대답했다.

"어쩌면 어머니가……."

그 말에 시라이시는 움찔했다.

"실종됐을 때 가지고 갔다는 거야?"

"맞아. 분명 그럴 거야. 잘 생각해 보면 어머니가 동생이 살해당하는 영상을 놔두고 갈 리가 없지."

"하지만 후지산 어귀에서 발견된 렌터카에는 비디오테이프가 없었잖아?"

이토 유키오가 고개를 끄덕였다.

"아마 어머니는 죽을 때까지 그 비디오테이프를 몸에서 떼어놓고 싶지 않았던 것 아닐까."

시라이시는 이마에 손을 짚었다.

이토 히로미는 비디오테이프를 소지한 채 후지산의 삼림에서 죽은 걸까. 그렇다면 우연히 그녀의 시신을 발견한 누군가가 비디오테이프를 가져갔을 가능성도 있다. 그리고 그 인물이 경매 암시장에서 영상을 팔았다.

아니, 또 하나의 가능성이 머릿속에 번쩍였다. 겨드랑이가 식은땀으로 축축해졌다.

만약 이 가능성이 사실이라면…….

이토 유키오가 남긴 스테이크에서 흘러나온 육즙이 마치 피처럼 보였다.

10

에리코는 옷을 단정하게 개어 바닥에 쌓아올렸다.

오늘은 야요이 집에 유품을 정리하러 왔다. 하지만 야요이의 물건이 아주 적어서 정리에 시간이 많이 걸릴 것 같지는 않았다. 옷이나 텔레비전 등의 가전제품은 전부 중고매장에 넘길 생각이다. 나머지 사적인 물건을 어떻게 하느냐가 문제다.

책과 오래된 레코드, 해안에서 주워온 듯한 예쁜 조개껍데기. 빛바랜 테디 베어는 죽은 딸의 물건일까. 일단 골판지박스에 담았다. 이것들은 오타케 사장에게 처리를 맡기는 편이 나으리라.

현관에서 소리가 났다. 에리코는 깜짝 놀라 돌아보았다.

히토쓰바시는 아직도 행방불명 상태다. 그는 지금도 도쿄 어딘가에 숨어서 자신과 료마를 노리고 있을 가능성이 높다. 핸드백에 손을 넣어 치한 퇴치용 스프레이를 잡았다.

거실로 들어온 사람을 보고 에리코는 어깨에서 힘을 뺐다.

료마였다.

"어, 에리코 씨. 와있었구나?"

"유품 정리하러 왔어."

그때 료마 뒤에서 키가 큰 양복 차림 남자가 모습을 드러냈다. 시라이시였다. 에리코에게 눈인사를 했다. 에리코는 허둥지둥 일어섰다.

"요전에 여러모로 도와주셔서 정말 감사합니다."

"아니, 야마모토 야요이 씨 일은 참 안 됐어."

그렇게 말하면서도 시라이시는 왠지 집 안을 세심하게 관찰했다. 철테 안경 안쪽의 눈이 날카롭게 빛났다.

그는 오늘 뭘 하러 여기에 온 걸까.

시라이시가 에리코의 마음을 꿰뚫어 본 것처럼 말했다.

"어수선한 와중에 찾아와서 미안해. 하지만 료마한테 조금 마음에 걸리는 이야기를 들어서 이 집을 한 번 더 자세히 살펴보고 싶었어. 당신도 만났으니 마침 잘 됐군."

"······그게 무슨 말씀이세요?"

"에리코 씨. 료마가 당신한테 들었다는데, 야마모토 야요이 씨는 특수한 청소 일을 했다면서?"

"네. 사실혼 관계였던 전 남편 밑에서 그런 일을 했던 것 같아요."

"야요이 씨한테는 친인척이 없다고 하던데."

에리코는 고개를 끄덕였다.

"장례식에는 전 남편과 경찰 관계자만 참석했대요."

"고독한 중년 여성이라……."

시라이시의 중얼거림에 에리코는 왠지 화가 났다.

"야요이 씨는 남에게 기대지 않고 열심히 일하며 살았어요. 딸을 교통사고로 잃은 후에도 홀로 굳세게 살아왔다고요. 그런 식으로 꼬리표를 붙이다니 불쾌하네요."

시라이시가 눈을 깜박거렸다.

"실례했군. 오해의 소지가 있는 말이었어. 그나저나 딸을 교통사고로 잃었다는 이야기 말인데……."

"그게 왜요?"

스스로 생각하기에도 완전히 시비조였다. 여태 히토쓰바시가 체포되지 않은 것이 에리코의 신경을 날카롭게 만들었다. 하지만 시라이시는 전혀 개의치 않고 차분한 어조로 말했다.

"야요이 씨의 호적에 혼인 이력은 없었다면서?"

"담당 형사님은 그렇게 말씀하셨어요."

"그렇군."

시라이시가 턱에 손을 댔다. 그의 시선이 에리코의 무릎 밑에 깔린 러그로 향했다.

"러그라……. 여름인데 덥지도 않았나."

그건 에리코도 같은 생각이었다. 야요이는 바지런한 성격이었다. 그런데 왜 여름이 되었는데도 털이 긴 러그를 그대로 깔아두었을까.

"그리고." 시라이시가 코를 실룩거렸다. "집에서 별난 냄새가 나는군."

"⋯⋯야요이 씨가 늘 향을 피워놨었거든요."

시라이시는 잠시 생각에 잠겼다가 입을 열었다.

"미안하지만 거기서 좀 비켜주면 안 될까."

시라이시가 러그를 가리켰다. 당황스러웠지만 에리코는 러그 위에서 내려왔다. 시라이시가 러그를 잡고 홱 젖혔다.

러그에 덮여있던 마룻바닥을 보고 에리코는 깜짝 놀랐다. 바닥 한복판이 시커멓게 얼룩져 있었다. 마치 그림자가 비친 것 같았다.

"아저씨, 이건 대체⋯⋯?"

료마의 말이 들리지 않는지, 시라이시는 방구석에 쌓인 골판지박스를 응시했다. 아까 에리코가 야요이의 사적인 물건을 담아둔 박스다. 시라이시는 골판지상자로 다가가 말없이 들여다보더니 조용히 입을 열었다.

"료마, 잠깐 같이 좀 가자. 확인할 게 있어."

11

그로부터 30분 후, 시라이시는 료마를 데리고 경시청으로 돌아왔다. 수사1과로 직행해 서무 담당 계장에게 인사했다. 미리 연락해 두었으므로 계장은 두 사람을 바로 안쪽 방으로 들여보내 주었다. 벽에 컴퓨터 여러 대가 줄지어 있었다.

"부탁하신 건 준비해 놨습니다. 뭔가 또 필요한 게 있으시면 부르십시오."

계장이 방에서 나가자 시라이시는 컴퓨터 앞에 앉았다. 이미 컴퓨터는 켜놓았고, 화면에 부탁한 동영상 파일이 있었다.

"대체 뭘 보여주려고요?"

료마가 고개를 갸웃했다.

그에게는 아직 아무 설명도 하지 않았다. 시라이시는 동영상을 재생하며 말했다.

"일단 이 영상을 봐봐."

재생된 영상을 보고 료마의 눈이 커다래졌다. 도로 건너에 작은 잡거빌딩이 보였다.

"이거…… 히토쓰바시의 사무소잖아요."

"응. 맞은편 편의점 주차장의 CCTV 영상이야. 마침 히토쓰바시의 사무소도 촬영 범위에 들어가지. 야마모토 야요이의 안구가 발견된 후, 수사1과에서 확보했어."

"이 영상이 뭐 어쨌길래요?"

"잠자코 봐봐."

료마가 영상으로 시선을 돌리자 잡거빌딩 입구에서 선글라스를 낀 양복 차림 남자가 커다란 캐리어가방을 끌고 나오는 참이었다.

"이 자식…… 히토쓰바시다."

"그래. 날짜는 너희가 그를 방문한 다음 날 이른 아침. 수사1과에 따르면 이날 이후로 그는 사무소에 돌아오지 않았대."

"그래서 이게 뭐 어쨌는데요?"

"중요한 건 지금부터야."

시라이시는 영상을 빨리 돌렸다. 법률 사무보조원이 드나드는 모습이 보였다.

"이 여자는 사무소를 뒷정리하려고 드나들었대."

"히토쓰바시와 연락을 취한 걸까요?"

"아니, 그건 아닌 모양이야."

갑자기 화면에 다른 여자가 나타났다. 시각은 오후 7시경. 여자의 뒷모습이 빌딩 안으로 사라졌다.

료마가 화면에 눈을 가까이 댔다.

"잠깐만요. 방금 그 사람."

시라이시는 고개를 끄덕였다.

"미타 에리코야."

"에리코 씨가 왜 히토쓰바시의 사무소에?"

"수사1과에서도 궁금해서 본인에게 확인해 봤다더군. 미타 에리코는 자신들이 히토쓰바시의 신원을 폭로한 걸 사과하기 위해 사무소를 찾아갔대."

"에리코 씨가 우리한테는 비밀로 그런 일을……."

거기서 시라이시는 영상을 되감았다.

"저기, 대체 뭘 찾는 거예요?"

"내 생각이 맞다면 그녀는 이 영상에 찍혔을 거야."

"그녀? 누구 말이에요?"

"찾았다."

시라이시는 영상을 멈췄다.

누추한 행색의 여자가 검은색 비닐봉지를 한 손에 든 채 서 있었다. 이쪽에 등을 돌린 자세라 얼굴은 잘 보이지 않는다. 아무래도 집게로 쓰레기를 줍고 있는 듯하다. 청소원이라기보다는 자원봉사자처럼 보였다.

시라이시는 료마를 돌아보았다. 료마는 입을 떡 벌린 채 화면을 응시하고 있었다.

12

역을 나선 에리코는 손목시계를 보았다.

이미 밤 10시가 지났다. 오늘은 고객의 불만 처리에 시간을 많이 잡아먹어 야근이 길어졌다.

에리코는 집을 향해 걸었다. 야요이가 시체로 발견된 후로는 밤이면 되도록 택시를 이용했지만, 역시 돈이 달렸다.

역에서 멀어질수록 사람의 왕래는 줄어들고 가로등 불빛도 을씨년스럽게 느껴졌다. 역시 택시를 탈 걸 그랬나. 핸드백 속에 치한 퇴치용 스프레이가 있는 걸 확인하고 발걸음을 빨리했다. 소년A, 히토쓰바시 생각은 최대한 하지 않으려고 노력했다.

갑자기 시라이시가 머릿속에 떠올랐다. 러그 아래의 검은 얼룩을 확인한 후, 시라이시는 아무 설명도 없이 료마와 함께 돌아갔다.

생각하고 자시고 할 것도 없이 그건 거기서 죽은 사람의 흔적이다. 사후 한동안 방치돼 있던 탓에 흘러나온 체액이 마룻

바닥에 스며든 것이리라. 거기서 죽은 건 대체 누구였을까.

그때 앞쪽에 멈춰 있는 회색 경차가 눈에 들어왔다. 이 부근은 길이 좁아서 길가에 주차하면 정말 불편하다. 에리코는 노려보듯 운전석을 들여다보았지만 아무도 없었다.

갑자기 차 앞쪽에서 검은 형체가 튀어나왔다. 깊이 눌러쓴 야구모자와 흰색 마스크로 얼굴을 가렸다. 에리코는 도망치려 했지만 남자에게 오른팔을 붙잡혔다. 다음 순간 섬광이 번쩍이고 엄청난 폭음이 울렸다. 동시에 정수리를 관통하는 듯한 충격이 에리코를 덮쳤다.

에리코는 힘을 잃고 비틀비틀 쓰러졌다. 몸에 힘이 들어가지 않았다. 팔다리가 바르르 경련했다. 입 주변의 근육이 이완돼 입가로 침이 질질 흘러 떨어지는 것이 느껴졌다.

눈앞에 야구모자를 쓴 남자가 서있었다. 모자챙 아래로 보이는 두 눈이 어쩐지 낯익었다.

소년A, 히토쓰바시 세이지였다.

그는 오른손에 검은색 사슴벌레 모양의 기기를 쥐고 있었다. 전기충격기로 공격당했다는 걸 깨달았다.

도망치려 했지만 몸이 말을 듣지 않았다. 히토쓰바시는 에리코의 몸을 안아 올려 경차 뒷좌석에 태웠다.

"하지……마……."

목소리도 마음대로 나오지 않았다. 히토쓰바시는 케이블타이로 능숙하게 에리코의 두 손목과 두 발목을 묶었다. 그리고 운전석으로 이동해 시동을 걸고 천천히 출발했다.

난 어떻게 되는 걸까.

에리코의 가슴속에서 공포와 절망이 소용돌이쳤다.

× × ×

주택가를 빠져나온 차는 인적 없는 공장지대의 한구석에 멈
췄다. 야간에는 아무도 다가오지 않을 만한 장소다.

아무 말도 없이 고개를 숙이고 있던 히토쓰바시가 뒷좌석을
천천히 돌아보았다. 눈에는 아무 감정도 비치지 않았다.

"……너희가 내 인생을 망쳤어."

인터넷에서 저격한 것을 가리키는 것이리라. 그가 화난 것도
무리는 아니다. 이름을 바꾸고 기껏 변호사까지 됐는데, 전부
우르르 무너졌으니까.

하지만.

애당초 히토쓰바시 본인도 20년 전, 이토 미쓰키의 인생을
무참하게 끝장내지 않았는가. 그리고 유족을 불행에 빠뜨렸다.
그 장본인인 그가 자신의 인생이 망가졌다고 에리코와 료마,
야요이를 미워하다니 불합리하게 느껴지기까지 했다.

"그러는 본인은 어떤데." 저도 모르게 그런 말이 튀어나왔다.
"자기도 수많은 사람의 인생을 짓밟았으면서."

"뭐라고……."

"그래놓고 자기만 피해자라고 하다니 제정신이야?"

한순간 히토쓰바시의 얼굴이 분노로 일그러졌다. 그러나 숨

을 크게 내쉬고 억누른 목소리로 말했다.

"······실제로 난 피해자야. 늘 피해를 받으며 살았어."

"······그게 무슨 뜻이야?"

히토쓰바시가 눈을 내리떴다.

"어릴 적부터 사람 대하는 법을 몰랐어. 분위기도 제대로 파악 못하는 놈이라며 주변에서 괴롭혔지. 담임에게 말했지만 제대로 상대해 주지 않았고. 중학교에 올라가자 왕따는 더 심해졌어. 때리고, 돈을 뜯고, 죽은 매미까지 먹였지."

히토쓰바시는 남자치고는 긴 속눈썹을 내리깔고 담담히 말을 이었다. 그 모습은 어린 소녀를 죽인 살인귀로도, 성공한 변호사로도 보이지 않았다.

"결국 등교를 거부하고 집에 틀어박혔지. 하지만 부모님은 날 이해하기는커녕 나무랄 뿐이었어. 여동생이 그러더군. 오빠가 은둔형외톨이라니 쪽팔리니까 차라리 죽으라고."

히토쓰바시가 눈을 들었다. 희미하게 눈물이 빛나는 것처럼 보였다.

"만약····· 그때 누군가 구원의 손길을 내밀어 주었다면, 그런 범행은 저지르지 않았을지도 몰라."

에리코는 반쯤 어이없는 기분으로 히토쓰바시의 고백을 들었다. 분명 그가 처한 환경은 동정할 만하다. 하지만 세상에는 비슷한 상황에서 괴로움에 몸부림치는 사람들이 아주 많다. 그렇다고 그들이 다 순진무구한 소녀를 죽이는 건 아니다.

"······환경 때문에 범죄자가 됐다고 하고 싶은 거야?"

"주변 사람들이 날 이런 인간으로 만들었어."

에리코는 콧방귀를 뀌었다. 조금 전까지 느꼈던 공포는 거짓 말처럼 사라지고, 마음속 깊은 곳에서 분노가 솟구쳤다.

"어리광 좀 그만 부려. 당신의 소년 시절은 비참했을지도 몰라. 하지만 그게 그토록 잔인한 범행을 두둔할 핑계가 될 수는 없어. 이토 미쓰키가 죽은 건 누구의 책임도 아니야. 바로 당신 책임이라고."

"이년이……."

히토쓰바시의 두 눈이 분노로 불타올랐다.

그는 차에서 내려 뒷좌석에 올라탔더니 귀신같이 무서운 형 상으로 에리코의 목을 움켜잡았다. 에리코는 숨이 막혀 헐떡이 며 말했다.

"죽여……. 야요이 씨처럼. 결국 당신은 타고난…… 살인귀 야."

목을 꽉 조르고 있던 히토쓰바시의 손에서 갑자기 힘이 빠 졌다. 에리코의 목에서 손이 떨어졌다.

"……내가 안 그랬어."

"뭐?"

"야마모토 야요이를 죽인 건 내가 아니라고."

"순…… 거짓말만. 당신이 아니라면 누가 그랬다는 거야."

"내가 어떻게 알아? 난 함정에 빠진 거야."

히토쓰바시가 내뱉듯이 말했다.

"그럼 우리 집에 죽은 참새를 넣고, 직장에 잘린 고양이 머리를 보낸 것도 당신이 아니라는 거야?"

히토쓰바시가 무슨 뚱딴지같은 소리냐는 표정을 지었다.

"대체 무슨 소리야. 난 그딴 거 몰라."

히토쓰바시는 정말로 당혹스러워 보였다. 아니, 속아서는 안 된다. 이 녀석은 잡아떼고 있을 뿐이다. 아무렇지도 않게 거짓 말을 하는 냉혹한 살인귀다.

"당신 말은 못 믿어. 실제로 이제부터 날 죽일 작정이잖아?"

그 순간 히토쓰바시의 얼굴이 추하게 일그러졌다. 그가 움직 였다. 손을 내밀고 다가온다.

에리코는 눈을 꽉 감았다.

갑자기 두 손이 자유로워졌다. 눈을 뜨자 히토쓰바시가 에리 코의 양 손목을 묶었던 케이블타이를 들고 있었다. 이어서 발 목에 묶인 케이블타이도 풀기 시작했다.

에리코는 어리둥절해서 그저 보고만 있었다.

"어쩌려고?"

"널 죽일 생각 없어."

"하지만……."

"아까도 말했다시피 난 야마모토 야요이를 죽이지 않았어. 분명 20년 전에는 죄를 저질렀지. 하지만 그 후로는 아무도 죽 이지 않았다고."

에리코는 그의 얼굴을 쳐다보았다. 아직 표정이 딱딱했지만, 눈에는 서글픈 빛이 감돌았다. 그는 에리코의 눈길에서 달아나 듯 창밖을 보며 말했다.

"……소년원에서 나오자 바깥세상이 무서워 죽을 지경이더군. 어릴 적 기억이 되살아났지. 이 세상에서 살아갈 자신이 없었어. 남과 어울리는 건 절대 불가능하리라고 생각했어."

하지만……하고 히토쓰바시가 말을 이었다.

"변호사 선생님과 지원자들이 열심히 격려해 주셨어. 처음으로 남의 온정을 느꼈지. 이 사람들의 기대를 저버려서는 안 된다고 마음먹었지만, 내게는 학력도 커뮤니케이션 능력도 없었거든. 그래서 뭔가 기술을 익혀야겠다고 생각했어. 그때 날 지원해 주신 변호사 선생님이 떠오르더라고. 그분처럼 돼서 남에게 도움을 주고 싶었어. 그래서 죽어라 사법시험 공부를 했지. 아주 고생스러웠지만 결국 시험에 붙어서 변호사가 됐어. 점차 자신감이 생겼고 드디어 어엿한 인간이 된 것 같았지. 그리고……."

히토쓰바시는 에리코에게 시선을 되돌리고 말했다.

"……좋아하는 사람도 생겼어."

에리코는 아무 대꾸도 할 수 없었다. 히토쓰바시의 눈빛이 날카로워졌다.

"그런데 어디선가 너희들이 나타나 내 과거를 폭로하겠다고 협박했어. 그만 혼란에 빠져서 골프채를 휘둘렀지만, 야마모토 야요이를 죽이지는 않았어. 널 죽일 마음도 없고."

"하지만 그렇다면 왜 나를 납치했어?"

히토쓰바시가 입술을 일그러뜨렸다.

"이렇게라도 안 하면 이야기를 들어주겠어? 부탁이야. 경찰에 전해줘. 내가 야마모토 야요이를 죽인 게 아니라고."

"자진 출두해서 직접 말하면 되잖아."

"그래봤자 소용없어. 난 옛날에 사람을 죽였다고. 경찰 놈들은 이번에도 내가 그랬을 거라 단정하고 내 말은 귓등으로도 안 들을 거야."

히토쓰바시의 지친 얼굴에 체념한 듯한 표정이 떠올랐다.

"가."

히토쓰바시가 퉁명스럽게 말했다.

"하고 싶은 말 다 했으니, 이제 볼일은 끝났어."

에리코는 얼떨떨한 기분으로 몸을 일으켜 뒷좌석 문을 열고 비틀비틀 밖으로 나왔다. 다시 운전석으로 자리를 옮긴 히토쓰바시는 우두커니 서있는 에리코를 내버려 두고 가버렸다.

에리코는 작아지는 후미등 불빛을 멍하니 바라보았다.

13

시라이시는 어두운 바의 테이블석에서 사람을 기다리고 있었다. 먼저 주문한 우롱차에 들어있던 얼음은 거의 다 녹았다.

문이 열리고 드디어 그 남자가 들어왔다. 시라이시를 보고 망설임 없이 똑바로 다가왔다.

"시라이시 씨죠?"

애연가 특유의 걸걸한 목소리였다.

"다른 손님도 있는데 용케 알아보셨군요."

시라이시는 일어서서 고개를 살짝 숙여 인사했다.

"당신 눈빛이 제일 날카로웠거든요."

시라이시는 무심코 웃었다.

"앉으시죠. 오타케 사장님."

오타케는 고개를 끄덕이고 시라이시 맞은편에 앉았다. 종업원이 주문을 받으러 오자 오타케는 우롱차를 주문했다. 묻는 듯한 시라이시의 시선을 알아차리고 오타케는 웃었다.

"간암 말기라서요. 이제 3개월 남았답디다. 새삼스럽지만 술은 자제하고 있습니다."

"그러시군요……. 그럼 괜히 바에서 뵙자고 했네요."

"상관없어요. 그보다 용건부터 빨리 말해주지 않겠습니까?"

시라이시는 몸을 조금 내밀었다.

"오타케 씨, 예전에 야마모토 야요이 씨의 파트너셨다면서요. 공사 양면으로."

무섭게 생긴 오타케의 얼굴에 부드러운 표정이 깃들었다.

"네. 10년 전이었나. 제가 운영하는 특수청소업체 구인광고를 보고 찾아왔었죠. 마흔 살이 넘었지만 미인이었습니다."

"당시 그녀는 아직 야마모토 야요이 씨가 아니었죠?"

오타케의 굵은 눈썹이 움찔했다. 그는 시선을 시라이시에게서 은근슬쩍 돌렸다. 대답을 회피하는 그에게 거듭 물었다.

"구인광고를 보고 찾아왔을 때, 그녀는 다른 이름을 대지 않았습니까?"

오타케의 눈빛이 아련해졌다.

"미야하라 히로미. 분명 그런 이름이었을 거요."

"신분을 증명할 만한 물건은 없었고요. 그렇죠?"

"뭐, 그랬소만."

"그런데도 사원으로 채용하셨군요."

시라이시는 추궁의 고삐를 죄었다. 오타케가 양손을 벌렸다.

"형사님. 자청해서 특수청소 일을 하려는 사람을 찾기가 얼마나 힘든지 압니까. 그래서 일을 하겠다면 무조건 받아들이는 실정이에요. 분명 그때도 수상하다 싶기는 했지만, 사람을 가릴 여유는 없었습니다."

"게다가 미인이었고요."

오타케가 건조한 웃음소리를 흘렸다.

"그것도 이유기는 하죠."

"……그녀와는 언제부터 동거를?"

"함께 일한 지 석 달쯤 지났을 무렵부터요. 우리 집으로 들어왔죠. 그때까지는 살 곳도 마땅치 않았던 모양입니다."

종업원이 우롱차를 가져왔다. 종업원이 물러가자 시라이시는 몸을 내밀고 오타케와 눈을 맞추었다.

"그녀의 본명은 언제 알게 되셨습니까?"

오타케가 실눈을 떴다.

"무슨 말씀인지 모르겠군요. 본명은 미야하라 히로미라고 방금 말했잖습니까."

시라이시는 오타케에게서 시선을 거두어 카운터를 보았다. 오른손을 들어 안쪽에 있는 콧수염 기른 점장에게 신호했다. 점장은 고개를 끄덕이더니 가게에 흐르던 재즈 음악을 끄고 다른 레코드를 올려놓았다.

점장이 레코드판에 바늘을 얹자 어쩐지 정겨운 음악이 흘러나왔다. 오타케에게 시선을 돌렸다. 그는 멍하니 입을 반쯤 벌리고 있었다.

"이 곡은……."

목이 메었는지 오타케의 말이 도중에 끊겼다. 시라이시는 조용히 말했다.

"〈아마빛 머리카락의 아가씨〉입니다."

"……아아, 야요이가 좋아해서 자주 듣던 노래입니다."

"사실 저 레코드는 그녀의 유품에서 빌려온 겁니다. 옛날에
는 CD로 들었던 모양이지만, 중고 음반매장에서 레코드도 구
입한 거겠죠."

오타케가 시라이시를 보았다.

"……어디까지 알고 있는 거요?"

시라이시는 한 호흡 쉬고 나서 입을 열었다.

"사장님과 동거했던 야마모토 야요이. 그 사람은 고쿠분지
여아 살해사건 피해자의 어머니, 이토 히로미였죠?"

오타케가 소파에 기대어 무거운 한숨을 내쉬었다. 어쩐지 안
색이 안 좋아 보였다.

"사장님." 말에 힘을 주었다. "야마모토 야요이가 이토 히로
미라는 건 언제 아셨습니까?"

"……동거한 지 반년쯤 지났을 무렵에요. 잠자리에 누웠을
때 털어놓습디다. 자기는 고쿠분지 여아 살해사건의 피해자 유
족이라고."

"자살을 위장했다는 것도 밝혔습니까?"

오타케는 고개를 끄덕였다.

"피해자 유족도 인터넷에서 비방을 당해 괴롭다, 그래서 죽
은 걸로 위장하고 다른 사람 행세를 하며 새로운 인생을 살려
고 한다고 했습니다."

"그 이야기를 믿으셨습니까?"

오타케가 희끗희끗하게 센 머리를 긁적거렸다.

"형사님. 나는 그 여자한테 반했습니다. 거짓말이든 참말이든 상관없었어요."

"그래서 이토 히로미가 새로운 신분을 얻는 걸 도와주신 거군요."

"네. 그로부터 반년이 지났을 즈음에 친하게 지내던 부동산 임대업자한테 연락이 왔습니다. 세를 준 단독주택에서 연고자가 없는 중년 여자가 사망했다고 하더군요. 이상한 냄새가 난다는 이웃 주민의 연락을 받고 여벌 열쇠로 문을 열고 들어갔다가 거실에서 여자의 부패한 시체를 발견했답니다."

"그 집의 특수청소를 의뢰받았다는 말씀입니까?"

오타케는 일그러진 웃음을 지었다.

"아니요, 그것보다 골치 아픈 의뢰였습니다. 여자의 시체를 비밀리에 처리해 줄 수 없겠느냐고 부탁하더군요."

"그건 또 왜?"

"그 임대업자가 소유한 다른 맨션에서도 고독사하거나 자살한 사람이 여럿 나왔는데요. 그때마다 우리 업체에 특수청소를 의뢰했습니다. 하지만 아무리 방을 깨끗이 청소해 원래대로 만들어놓아도, 그런 방은 사고물건이라는 딱지가 붙어 세를 놓기가 여간 힘든 게 아닙니다. 그 임대업자도 사고물건 때문에 마음고생이 심했어요. 그런데 또 부패한 시체가 나왔다는 말씀입니다. 다행히 죽은 여자에게는 친인척도 친한 친구도 없다는 모양이었습니다. 그러니 비밀리에 시신을 처리하면 사고물건 딱지를 피할 수 있지 않겠느냐 싶어 제게 상의하러 온 겁니다."

"부탁에 응하셨습니까?"

오타케는 고개를 끄덕였다.

"처음에는 망설였지만, 단골의 부탁이니까요. 딱 잘라 거절할 수는 없었습니다. 그래서 반려동물 공동묘지를 소유한 지인에게 소각로를 빌려 여자의 시신을 화장했죠. 물론 집도 깨끗이 청소했고요."

시라이시는 잠시 생각하다 입을 열었다.

"돌아가신 분이 바로 야마모토 야요이였군요?"

"네. 니가타의 시골에 살다가 부모와 의절하고 도쿄로 올라와 윤락업소를 전전했다고 들었습니다. 친한 친구도 없었고, 나이도 히로미와 비슷했죠. 운전면허를 따지 않은 것도 호재였어요. 히로미가 신분을 세탁할 상대로 안성맞춤이었죠."

"결국 이토 히로미는 특수청소를 마친 후 야마모토 야요이가 되어 그 집에 살게 됐다."

"그렇습니다. 임대업자는 우리에게 약점을 잡힌 셈이니, 히로미가 야마모토 야요이로 위장해 집에 사는 데 반대하지 않았어요. 아니, 그래 주면 집세가 계속 들어오니까 오히려 반기는 눈치였죠."

오타케가 우롱차를 반쯤 마시고 말을 이었다.

"다만 나이가 지긋한 양반이다 보니 그로부터 3년 후에 병으로 돌아가시고, 장남이 건물을 물려받았습니다. 장남은 신분

위장에 대해 전혀 모를 겁니다."

시라이시는 한숨을 내쉬었다. 역시 예상대로였다.

이토 유키오에게 이야기를 들었을 때, 처음에는 후지산에서 이토 히로미의 시신을 발견한 누군가가 범행 영상이 담긴 비디오테이프를 가져가 다크웹에 팔려고 내놓은 것이 아닐까 추측했다.

하지만 갑자기 다른 생각이 떠올랐다. 이토 히로미가 후지산에서 죽지 않았다면…….

그런 상황에서 료마에게 야마모토 야요이가 특수청소업에 종사했다는 말을 들었다. 그 순간 이토 히로미와 야마모토 야요이가 머릿속에서 연결됐다.

이토 히로미는 후지산에서 자살한 게 아니라, 살아남아 다른 사람으로 신분을 바꾼 것 아닐까. 도쿄로 나와 특수청소 일을 이용해 연고자가 없는 중년 여자, 야마모토 야요이로 신분을 세탁했던 것 아닐까.

야요이의 집에 가서 유품 중에 〈아마빛 머리카락의 아가씨〉가 있는 걸 보았을 때, 의혹은 확신으로 바뀌었다.

바에 흐르던 〈아마빛 머리카락의 아가씨〉가 끝났다. 바늘이 레코드판을 지익지익 긁는 소리가 들렸다.

"……사장님. 당신이 한 일은 적어도 시체유기죄에 해당합니다."

오타케가 순순한 표정으로 고개를 끄덕였다.

"물론 그건 압니다. 나도 그때는 정말 많이 주저했어요. 범죄다 아니다를 떠나서 고인에게 미안해서 망설이기는 했습니다. 하지만 지금이 아니면 히로미가 신분을 바꿀 기회가 또 언제 오겠나 싶어 결단을 내린 겁니다."

그만큼 오타케는 이토 히로미에게 반했었다는 말인가.

다만, 하고 오타케는 말을 이었다. "지금도 그 일을 후회하지 않는 날이 없습니다. 고인의 위패는 내가 갖고 있어요. 불단에 모셔놓고 매일 합장을 올리죠."

시라이시는 숨을 깊이 내쉬고 소파에 몸을 맡겼다. 오타케의 말은 죄의 고백이기도 했다.

하지만 지금은 그보다 중요한 일이 있었다.

이토 히로미는 후지산에서 자살한 것으로 위장한 후, 도쿄로 나와 야마모토 야요이라는 여자로 신분을 세탁했다. 특수청소 일을 한 것도 새로운 신분을 얻을 기회를 잡을 수 있으리라 믿었기 때문일 것이다.

그녀는 왜 죽은 것으로 위장하면서까지 다른 사람의 신분을 손에 넣었을까. 야마모토 야요이가 되어 왜 '자경단' 사이트를 운영했을까. 그리고 왜 20년 전에 딸이 살해당한 곳에서 시체로 발견됐을까.

또한 이토 히로미가 실종됐을 때 그 비디오테이프를 가져갔다면, 범행 영상을 인터넷에 팔려고 내놓은 건 이토 히로미 본인일까. 친딸이 끔찍하게 살해당하는 영상을 이토 히로미 본인의 손으로 인터넷에 유출했다면 그 의도는 무엇이었을까.

시라이시는 그러한 의문들의 답을 거의 다 알고 있었다.

하지만 미마와 만나보지 않고서는 확신을 얻을 수 없다.

고개를 들자 오타케의 얼굴은 고통으로 구겨져 있었다.

"괜찮으십니까?"

"네⋯⋯. 몸이 좀 아파서. 이만 실례해야겠습니다."

오타케가 불안한 몸놀림으로 자리에서 일어섰다.

"몸도 안 좋으신데 오래 붙잡아 놓아 죄송합니다."

"아니요⋯⋯. 형사님에게 전부 털어놓으니 속이 좀 개운해졌습니다. 솔직히 말해 이 비밀을 무덤까지 가져가기는 버거울 것 같았거든요."

그렇게 말하는 오타케는 안색은 좋지 않았지만, 어쩐지 썩은 것이 떨어져 나간 듯한 표정이었다. 시라이시는 가게를 나서려는 그를 부축해 주었다.

"아 참."

가게를 나서기 직전에 오타케가 카운터 안에 있는 점장을 돌아보았다.

"저 레코드, 내가 받아 가도 되겠습니까?"

시라이시는 찡한 마음으로 고개를 끄덕였다.

"물론이죠. 야요이 씨도 그러길 바랄 겁니다."

14

그로부터 사흘 후, 도쿄만에서 남자의 시신 한 구가 인양됐다. 만을 오가는 배의 스크루에 말려 들어갔는지 시신은 원형을 거의 알아볼 수 없을 만큼 훼손됐다. 드문 일은 아니다. 도쿄만에서는 가끔 그런 시신이 인양된다.

그래도 이번 일이 크게 다루어진 건 시신의 신원이 소년A, 히토쓰바시 세이지로 확인됐기 때문이다. 사인은 익사인 듯했지만, 자살인지 타살인지까지는 확실치 않았다.

히토쓰바시 세이지는 앞날을 비관해 스스로 바다에 몸을 던진 걸까.

아니면 자경단의 역할을 다하고자 했던 누군가가 그를 바다에 빠뜨린 걸까.

진상은 알 수 없었다.

테이블에서 아침을 먹던 시라이시는 계단을 내려오는 발소리에 읽고 있던 신문을 접었다.

"좋은 아침."

레나가 웃는 얼굴로 인사하고 시라이시 맞은편에 앉아 차려 둔 아침을 먹기 시작했다. 몰래 레나의 표정을 살폈다.

레나의 정신상태가 회복세에 접어들었을 때쯤 시라이시는 료마가 맡긴 편지를 건네주었다. 료마의 글재주가 아주 좋았는지, 아니면 편지에 진심이 담겨 있었는지 그 후로 레나는 급속도로 기운을 차렸다.

하지만 아직 완전히 회복되었다고 할 수는 없으리라.

지금 히토쓰바시가 죽었다는 소식을 전해도 괜찮을까. 그러면 레나는 동요할까. 아니면 반대로 안도할까.

그때 테이블에 놓아둔 스마트폰이 울렸다. 화면을 보자 '이즈미 마유코'라는 글씨가 떠있었다. 전화를 받으려 하자 레나가 입술을 뾰로통하게 내밀었다.

"모처럼 가족끼리 오붓하게 식사하는 중에 전화를 받으려고?"

"미안해. 급한 용건이라."

시라이시는 거실 밖으로 나가서 통화 버튼을 눌렀다.

"계장님, 아침 일찍부터 죄송합니다."

마유코의 목소리가 들렸다.

"벌써 출근했나?"

"네, 그나저나 당장 와주셔야겠는데요."

"무슨 일인데?"

"미마가 출두했습니다."

15

감찰계가 있는 층에 도착해 엘리베이터에서 내리자 마유코가 팔짱을 낀 채 서있었다.

"미마는?"

"제2취조실에 넣어놨습니다."

시라이시는 고개를 끄덕이고 마유코에게 가방을 건넸다.

"취조는 나 혼자 할게."

마유코가 한쪽 눈썹을 치켜세웠다.

"계장님 혼자서요?"

"응, 아무도 들이지 마. 옆방도 마찬가지고."

옆방에는 매직미러가 있어 취조실의 상황을 볼 수 있다. 하지만 시라이시는 아무 방해도 없이 미마와 단둘이서만 이야기하고 싶었다.

"알겠습니다."

마유코는 자신도 취조에 동석할 줄 알았던 듯 불만스레 고개를 끄덕였다.

시라이시는 옷매무새를 가다듬고 넥타이를 단정하게 졸라맨 후, 제2취조실에 들어갔다. 철제 사무 책상 너머에 미마가 앉아있었다. 오늘은 양복을 단정하게 차려입었다. 요전에 만났을 때보다 얼굴이 많이 수척해졌다.

시라이시는 의자를 당겨 미마 앞에 앉았다.

"오랜만입니다. 지금까지 어디 계셨습니까?"

미마는 품위 있게 어깨를 슬쩍 치켜올렸다.

"여기저기. 할 일이 많았거든."

"그런데 오늘은 어쩐 일로 여기에?"

"물론 자진 출두하러 온 거야."

"무슨 죄를 지으셨길래요?"

"그야 자네도 잘 알 텐데?"

시라이시는 고개를 끄덕였다.

"20년 전에 고쿠분지 여아 살해사건의 범행 영상을 복사해서 반출하셨죠?"

"맞아."

"이유는 뭐였습니까?"

미마가 시라이시의 손 언저리를 보았다.

"그것보다 녹음은 안 하나?"

"지금 단계에서는 아직. 일단 이야기를 먼저 듣겠습니다."

미마는 고개를 끄덕이고 말했다.

"알았어. ……범행 영상을 반출한 이유는, 피해자 유족에게 부탁받았기 때문이야. 그 영상을 보고 싶다고 하더군."

"어머니 이토 히로미가 말이죠."

"그래. 도저히 거절할 수가 없었어. 이토 히로미는 사랑하는 딸의 마지막 순간을 알고 싶어했지. 딸의 마지막 모습이 담긴 영상을 곁에 두고 싶다고도. 안 보는 게 낫다고 충고했지만 듣지 않더군. 그래서 어쩔 수 없이 보관소에서 대출한 비디오테이프를 복사해 그녀에게 건네줬어."

여기까지는 추측과 같았다.

시라이시는 몸을 움직거려 자세를 바로 하고 미마의 눈을 똑바로 들여다보았다.

"저희가 복싱체육관에 찾아갔던 다음 날, 당신은 야마가타로 향했습니다. 왜죠?"

"범행 영상이 인터넷 경매 암시장에서 판매됐다는 이야기를 자네들에게 듣고 이토 히로미에게 준 비디오테이프와 관련이 있는 것 아닌가 싶었거든. 그래서 직접 물어보려고 본가가 있는 야마가타에 간 거야."

"거기서 이토 히로미 씨가 죽은 걸 아셨습니까?"

미마는 고개를 끄덕였다.

"깜짝 놀랐지. 하지만 이토 히로미 오빠의 이야기는 어쩐지 막연했어. 동생의 죽음에 대해 별로 말하고 싶지 않은 것처럼 보이더군. 이토 히로미의 죽음에는 뭔가 있다. 그렇게 짐작하고 야마가타 현경의 지인에게 연락해 사정을 알 만한 사람을 소개받았어."

370

시라이시는 고개를 끄덕였다. 자신은 이토 히로미의 오빠에게 동생이 죽었다는 이야기를 들었을 때, 어쩐지 찜찜함을 느끼면서도 그냥 내버려 두었다. 하지만 미마는 철저하게 파고들고자 했다.

"그 경찰 관계자에게 듣기로 이토 히로미는 죽은 게 아니라 입원한 정신병원에서 실종됐다더군. 그리고 수사 결과, 그녀가 빌린 걸로 보이는 렌터카가 후지산 어귀에서 발견됐어. 상황으로 판단컨대 히토 히로미는 후지산에서 자살을 꾀한 걸로 추정되지만, 아무리 수색해도 시신은 발견되지 않았어."

그 부분은 이토 유키오의 이야기와도 일치한다.

"결국 실종된 지 7년이 흘러 친족이 실종선고를 신청해 이토 히로미는 사망한 것으로 처리됐지."

하지만, 하고 미마는 말을 이었다. 그의 눈빛이 날카로워졌다.

"도저히 그녀가 자살했을 거라고는 믿을 수 없었지. 자살할 사람으로 보이지 않았다는 게 아니야. 만약 죽음을 선택한다면 좀 더 단순하게, 높은 곳에서 뛰어내리거나 전철에 뛰어드는 방법을 택할 것 같았어."

"그래서 이토 히로미의 행방을 찾기 시작했다는 말씀입니까?"

미마는 고개를 끄덕였다.

"이토 히로미가 살아 있다면, 당연히 이름이고 뭐고 다 바꿨겠지. 탐정을 고용해 행방을 찾아봤지만 역시 쉽지는 않더군. 그래서 방법을 바꾸기로 했어."

"어떻게요?"

"이토 히로미는 왜 자살한 걸로 위장하고 다른 인간으로 살아가길 택했는가. 그 이유를 알면 그녀가 어디 있는지도 드러날 것 같았어."

미마는 당사자의 입장이 되어 일을 다른 각도에서 바라보기로 한 것이리라. 자신에게는 없었던 발상이다.

"이토 히로미가 죽은 걸로 위장한 이유는 금방 짐작이 갔지. 딸의 복수. 그것밖에 없었어."

복수. 그 가능성은 시라이시도 염두에 두고 있었다. 하지만 미마의 의견을 듣고 싶어서 물어보았다.

"복수라니 무슨 뜻입니까? 소년A에게 위해를 가하겠다는 거라면 굳이 자신이 죽은 걸로 위장할 필요까지는 없을 텐데요."

미마가 책상 위로 몸을 쑥 내밀었다.

"복수에 성공하더라도 자기가 붙잡혀서는 말짱 도루묵이야. 가령 소년A에게 무슨 일이 생겼을 경우, 제일 먼저 의심받는 건 피해자 유족이지. 이토 히로미는 그런 상황을 피하고 싶었던 거야."

"그래서 죽은 걸로 위장했다……?"

"그래. 실종돼 자살한 걸로 꾸미고, 7년 후 실종선고가 내려져 죽음이 확정될 때까지 기다렸다가 딸의 복수에 나선다. 그런 계획을 세운 게 아닐까 싶었어. 이토 히로미는 머리가 좋은 사람이야. 집념이 강한 구석도 있고. 그녀라면 그런 계획을 세울 만하겠다는 생각마저 들더군."

어쩐지 칭찬하는 듯한 목소리였다.

"그렇군요. 그리고 실제로 죽은 걸로 위장하고 다른 사람의 신분을 얻어 7년이 지나기를 기다렸다."

미마가 탐색하는 듯한 시선을 던졌다.

"자네도 수사에 제법 진척이 있었나 보군."

"네. 이토 히로미가 야마모토 야요이라는 여자가 되어 지내 왔다는 것까지는 확인했습니다."

미마가 고개를 끄덕였다.

"실종선고가 내려지기까지는 사망을 인정받지 못해. 신분을 세탁하더라도 이토 히로미의 죽음이 확정되기 전에 소년A에 게 위해를 가하면 제일 먼저 의심받겠지. 그러면 가족에게도 민폐야. 그래서 실종선고가 내려져 이토 히로미의 사망이 확정 되기를 기다린 거야."

미마가 차분한 목소리로 말했다.

시라이시는 끼어들지 않고 침묵으로 이야기를 재촉했다.

"그럼 그동안 이토 히로미는 뭘 했을까. 분명 소년A가 현재 어디 사는지 알아내려 했겠지. 하지만 양자결연까지 해서 이름 을 바꾼 소년A의 현재 거처를 일반인이 알아내기는 쉽지 않아. 그래서 그런 정보가 입수될 수도 있는 직종에서 일하는 사람들 중 이토 히로미의 특징에 해당하는 여자를 찾았지. 매스컴 관 계자, 신용조사회사, 그리고 '자경단' 사이트의 운영자."

"용케 '자경단'을 알고 계셨군요."

미마가 어깨를 으쓱했다. 외국인 같은 동작이었다.

"이래 보여도 인터넷을 웬만큼은 알거든. 유명한 '자경단' 사이트의 운영자를 조사해 보니, 야마모토 야요이라는 여자더군. 바로 살펴보러 갔지. 집에서 나온 야마모토 야요이의 얼굴을 본 순간, 이토 히로미가 틀림없다고 확신했어. 세월이 흘렀어도 미모는 여전하더군."

감찰계의 눈을 피하며 끈질기게 이토 히로미의 행방을 밝혀내다니 시라이시는 감탄했다.

"그래서…… 이토 히로미와 접촉하셨군요?"

"응. 야마모토 야요이…… 번거롭군, 이토 히로미라고 부를게. 이토 히로미와 만나 이야기했어. 내게 신원이 들통나서 깜짝 놀라더군. 이야기 끝에 그녀는 내가 복사해서 넘겨준 범행 영상을 다크웹에 올렸던 걸 인정했어."

역시 그 영상을 올린 건 이토 히로미 본인이었다.

"미마 씨, 설마 입막음을 하려고 이토 히로미를 찾아다닌 건 아니시겠죠? 보관소에서 비디오테이프를 대출해 복사했다는 사실이 새어나갈까 두려워서요."

대뜸 웃어넘길 줄 알았지만 미마는 그러지 않았다. 대신에 엄숙한 표정으로 고개를 저었다.

"내가 입막음을 위해 이토 히로미를 죽였다고 의심하는 건가. 그 정도까지 썩지는 않았어."

그렇게 말하고 조금 실망한 듯한 눈으로 시라이시를 보았다.

시라이시도 진심으로 미마가 이토 히로미를 죽였다고 생각한 것은 아니었다.

"왜 그 영상을 다크웹에 올렸는지 이토 히로미가 이유를 말해주던가요?"

"소년A의 소재를 파악하기 위해 그랬다더군."

"무슨 말씀이신지?"

"아까도 말했다시피 소년A는 소년원을 출소한 후 양자결연을 통해 새로운 호적을 손에 넣었어. 일반인이 혼자 소년A의 현재 신원을 알아내는 건 쉬운 일이 아니야. 그래서 '자경단' 사이트를 운영하며 네티즌들의 힘을 빌려 소년A의 정보를 모으려 했어."

시라이시는 고개를 끄덕였다. 자신이 생각한 바와 같았다.

"하지만 소년A가 사건을 일으킨 지 벌써 20년이나 흘렀지. 사건을 실시간으로 접하지 못한 네티즌도 많고, 소년A에게 관심을 가진 사람도 거의 없어서 정보가 생각만큼 모이지 않았어."

미마는 말을 끊고 마른 입술을 핥았다.

"그래서 이토 히로미는 비장의 카드를 사용하기로 했지. 범행 영상 말이야. 내가 넘긴 비디오테이프를 DVD에 복사해서 다크웹에 올리고, 소년A의 소행으로 꾸미려 했어. 그런 정보는 인터넷에서 순식간에 확산되지. 결국 지금까지 고쿠분지 여아 살해사건을 몰랐던 사람도, 잊어버리고 있던 사람들도 사건에 흥미를 품었고 소년A에게 분노를 느끼게 됐어. 그렇게 네티즌과 대중에게 소년A에 대한 반감을 부추겨 누군가가 그의 신원을 폭로하기를 기대한 거야."

20년 전, 그가 소년법의 보호를 받아 실명 공개 없이 소년원에 수감되는 것만으로 사건이 마무리됐을 때도 여론은 들끓었

다. 하지만 20년이 지나면서 그 분노의 불길은 거의 사그라졌
다. 이토 히로미는 거기에 기름을 부어 불길을 살려낸 것이다.

└ 역시 소년A는 갱생하지 않았어.

└ 성인과 똑같은 기준으로 재판해서 극형에 처했어야 했는데.

└ 이제 와서 범행 영상을 팔려고 하다니 전혀 반성하지 않았다는 증거야.

　그런 목소리가 다시 인터넷을 중심으로 들끓더니 사회에까
지 퍼져나갔다.

　이토 히로미는 소년A에 대한 분노를 부추기기 위해 사랑하
는 딸이 무참히 살해당하는 영상을 직접 인터넷에 내놓은 것이
다. 그녀는 대체 어떤 심정으로 그런 행동에 나선 걸까. 이제는
확인할 방도가 없다.

　하지만 분명 이토 히로미는 딸을 진심으로 사랑했기에 그렇
게 행동할 수 있었을 것이다. 그리고 그녀의 노림수대로 소년A
에 대한 사람들의 분노가 폭발했고, 의분에 북받친 사람들이
그의 신원을 캐기 시작했다. 그리고 야마모토 야요이로 위장한
이토 히로미는 료마와 힘을 합쳐 마침내 소년A의 현재 신원을
알아내는 데 성공했다. 레나를 끌어들이면서까지.

　하지만 소년A가 변호사 히토쓰바시임을 알아낸 이토 히로
미는 그를 죽이기는커녕 오히려 시체로 발견됐다. 그간의 경위
는 어떻게 된 걸까.

　시라이시가 거기에 대해서 물어보자 미마는 고개를 깊이 끄

덕였다.

"난 히토쓰바시의 신원이 인터넷에 폭로된 직후에 이토 히로미와 접촉했어. 신주쿠의 카페에서 이야기를 나누었는데, 기르던 고양이를 히토쓰바시가 죽였다고 하더군. 그때 그녀의 표정을 보고 얼마나 오싹했는지 몰라."

"오싹했다고요?"

그래, 하고 미마는 고개를 끄덕였다. "이토 히로미는 틀림없이 히토쓰바시에게 복수할 작정이었을 거야. 나는 그만두라고 설득했지. 하지만 그녀는 웃으며 손사래를 쳤어. 복수할 생각은 없다고 주장하더군. 결국 그날은 그렇게 헤어졌어."

"하지만 이토 히로미는 복수를 포기하지 않았고요."

"그래. 난 이토 히로미의 일거수일투족을 감시하기로 했어. 며칠 후 그녀가 저녁에 느닷없이 집을 나섰지. 평소와는 다른 행동 패턴이었어. 뒤를 밟으려고 했지만 망신스럽게도 놓치고 말았지 뭐야. 하지만 잠시 후에 이토 히로미에게 전화가 걸려왔어. 20년 전에 딸이 살해당한 곳에 와있다고 하더군. 그리고……."

미마는 마른 입술을 핥고 말을 계속했다.

"이제 약을 먹고 자살할 거라고 했어. 말리려고 했지만 이토 히로미는 뒤처리를 부탁한다는 말을 남기고 전화를 끊었어."

미마는 당장 고쿠분지 여아 살해사건의 현장인 폐허가 된 병원으로 향했다고 한다. 그리고 1층 진찰실에 쓰러져 있는 이토 히로미를 발견했다. 이미 맥박은 뛰지 않았다. 외상은 없었으므로 통화한 대로 약을 잔뜩 먹고 자살을 꾀한 것으로 보였다. 미마가 심폐소생술을 시도했지만, 이미 늦었다고 한다.

그때 시신 곁에 수첩이 놓여있는 걸 알아차렸다. 수첩을 펼쳐보자 미마에게 내리는 지시가 적혀 있었다고 한다.

"지시요?"

시라이시는 미간에 주름을 잡고 물었다.

"그래." 미마는 고개를 끄덕였다. "내가 할 일이 죽 적혀있었지. 그리고 실제로 할지 말지는 내 뜻에 맡긴다는 말도. 첫 번째 지시가 자신의 시신에서 두 눈알을 적출하는 거였어."

시라이시는 저도 모르게 몸을 움찔했다. 하지만 이야기는 예측했던 방향으로 향하고 있었다. 미마가 말을 이었다.

"그리고 눈알을 자기 집에 보내달라더군."

"……그다음 지시는?"

"자신의 시신이 부패하기를 기다렸다가 병원에 불을 질러 시신을 불태우라고 적혀 있었지. 그리고 불을 지르는 시간에 맞춰 히토쓰바시를 병원으로 불러내라고 했어."

히토쓰바시를 불러낸 건 화재 직전에 근처 CCTV 카메라에 찍히게 함으로써 그에게 혐의를 뒤집어씌우기 위해서이리라.

"그런데 어떻게 히토쓰바시와 연락을 하셨습니까?"

"그 수첩에 놈의 전화번호가 적혀 있었어."

시라이시는 고개를 갸웃했다. 히토쓰바시는 변호사 사무소 홈페이지에 영업용 휴대전화 번호를 올려놓았다. 하지만 그 번호로 걸어본들 그 상황에서 히토쓰바시가 전화를 받았을까. 그걸 지적하자 미마는 고개를 끄덕였다.

"그 경위에 대해서도 수첩에 적혀있었어. 이토 히로미는 미리 히토쓰바시의 휴대전화에 음성메시지를 남겨 놓았대."

"음성메시지?"

"범행 영상을 팔고 싶다는 음성메시지를 남겼다나 봐."

시라이시는 그렇구나 싶었다. 히토쓰바시는 정말로 갱생했을지도 모른다. 두 번 다시 사람을 죽이지 않겠다고 맹세했을지도 모른다. 하지만 그 범행 영상에는 미련이 남았던 것 아닐까. 경찰에 압수된 후, 그걸 되찾고 싶은 욕구에 휩싸여 살아왔을 가능성은 충분하다. 이토 히로미는 그걸 이용했다.

"아니나 다를까, 히토쓰바시가 전화를 걸어왔다더군. 그때 십만 엔에 범행 영상을 팔기로 약속하고, 나중에 다른 사람이 전화로 거래 장소를 알려줄 거라고 말했대."

그리고 미마가 병원에 불을 지르기 직전에 히토쓰바시에게 연락해 그리로 불러냈다는 이야기다.

"수첩에는 그것 말고도 지시가 하나 더 적혀있었어. 히토쓰바시가 피운 담배꽁초를 현장 부근에 놓아두라더군. 자세히 보니 이토 히로미의 시신 옆에 담배꽁초가 든 지퍼백이 있었어. 그래서 그녀의 시신에 휘발유를 붓고 불을 붙인 후 현장에 담배꽁초를 남겨두고 떠났지."

료마와 함께 확인한 CCTV 영상이 떠올랐다. 거기에는 변호사 사무소가 입주한 건물 앞에서 쓰레기를 줍는 중년 여자가 찍혀 있었다. 료마는 그 여자의 모습과 행동거지를 보고 야요이가 틀림없다고 했다. 즉, 그 여자는 이토 히로미고, 히토쓰바시가 건물 입구 부근에 버린 담배꽁초를 회수하고 있었던 것이리라.

시라이시는 깊은 한숨을 내쉬었다. 미타 에리코에게 죽은 참새와 귀여워했던 고양이의 머리를 보낸 것도 이토 히로미의 소행이 틀림없다. 전부 소년A, 히토쓰바시에게 혐의를 뒤집어씌우기 위한 밑밥이었다. 그렇게까지 해서라도 그녀는 소년A에게 사적 제재를 가하려 했던 것이다.

하기야 이토 히로미가 처음부터 그런 계획을 세운 것은 아니리라. 처음에는 소년A의 신원을 알아내면 죽일 생각 아니었을까. 그런데 그때 미마가 나타났다. 그래서 이토 히로미는 스스로 목숨을 끊고 미마를 이용하기로 했다…….

그녀의 마음속에는 소년법 때문에 소년A가 죄에 걸맞은 벌을 받지 않았다는 불만이 있었으리라. 법이 심판해 주지 않는다면, 자신의 손으로 심판하는 수밖에 없다.

그래서 사회에 성공적으로 복귀한 소년A, 히토쓰바시에게 자신을 죽였다는 누명을 씌우려고 했다. 설령 경찰이 증거 불충분으로 히토쓰바시를 체포하지 못하더라도, 대중은 그가 그랬다고 믿어 의심치 않으리라. 그러면 두 번 다시는 사회에 발을 들여놓지 못할 것이다.

히토쓰바시를 사회적으로 말살하는 것이 이토 히로미의 목적이었다. 그것이 바로 딸을 빼앗긴 것에 대한 복수였다.

그리고 복수를 위해 그녀는 자신의 목숨을 바쳤다.

시선을 들어 미마를 보았다. 고개를 살짝 숙인 그의 단정한 얼굴은 구슬퍼 보였다. 꼭 물어보고 싶은 게 있었다.

"미마 씨."

시라이시의 목소리에 그가 얼굴을 들었다.

"왜 이토 히로미의 부탁을 들어주신 거죠? 왜 시신을 발견하고 경찰을 부르지 않으신 겁니까?"

미마의 시선이 허공을 헤맸다. 그는 잠시 아무 말 없이 허공을 쳐다보았다.

"혹시 이토 히로미에게 호의 이상의 감정을 품으셨던 거 아닙니까?"

미마의 시선이 시라이시의 얼굴로 향했다. 그는 조용히 고개를 저었다.

"아니……, 그런 건 아니야."

"그럼 어째서죠?"

"정의를 위해서."

"정의……."

미마의 눈에 강한 눈빛이 깃들었다.

"20년 전, 이토 미쓰키가 살해당했을 때 정의는 실현되지 못했어. 신은 거기에 없었지. 아무리 범인이 열네 살 소년이었다고는 하나, 그렇게 잔인한 짓을 저지른 인간이 소년법 때문에 벌다운 벌도 받지 않다니 도무지 납득이 가지 않았어. 당시 수사에 임했던 수사원들 모두 나와 똑같은 심정이었을 거야." 미마가 힘이 담긴 목소리로 말했다. "만약 인간이 만든 법이 악을 제대로 심판하지 못한다면 인간 스스로 법을 초월해 악을 심판하는 수밖에."

그 말에 시라이시는 깜짝 놀랐다. 미마가 말을 이었다.

"소년A는 순진무구한 소녀를 장난치듯 죽여놓고 어처구니 없게도 그 죄를 면했어. 그러니 그 죄를 대신할 죄를 안겨준다는 이토 히로미의 계획은 합당한 셈이지. 말해두겠는데 난 이토 히로미를 동정하거나 사랑해서 협력한 게 아니야. 내 신념에 따라 그녀의 계획을 완성시킨 거라고." 미마는 거기서 말을 끊고 시라이시의 눈을 똑바로 바라보았다. "내 정의에 비추어 보고 행동에 나선 거야."

그렇게 말하는 미마의 눈에는 한 점의 거리낌도 없었다.

시라이시는 아무 말도 못 하고 그저 그의 얼굴만 바라보았다. 일찍이 미마는 법의 손아귀에서 감쪽같이 빠져나가려는 악당을 교도소에 보내기 위해 증거를 날조했다고 한다. 이번에도 그때와 같은 정의감에 불타올라 이토 히로미를 도와서 히토쓰바시에게 죄를 덮어씌우려 했으리라.

물론 갈등이 없지는 않았으리라. 아니, 결단할 때까지 몇 번이고 자문자답을 되풀이하며 몹시 고민했을 것이다. 죽었다고는 해도 사람의 눈알을 빼내는 건 평범한 정신상태로는 할 수 있는 일이 아니다. 그래도 미마는 해냈다. 자신이 믿는 정의를 위해. 그 정의가 틀렸다고 딱 잘라 말할 수는 없다.

하지만.

과연 용납해도 되는 일일까.

시라이시는 가치관이 심하게 뒤흔들리는 기분이었다. 지금까지 꿋꿋한 신념으로 감찰계 업무를 다해왔다는 자부심이 있었다. 설령 아는 사이일지라도 잘못을 저지른 동료들을 망설임 없이 단죄해 왔다.

하지만 지금은 앞에 앉은 미마를 어떻게 다루어야 할지 가늠이 안 됐다. 이토 히로미와 미마가 한 일을 어떻게 받아들여야 할지 판단이 서지 않았다.

그들이 한 일은 신의 위업인가, 악마의 소행인가.

시라이시의 속내를 읽은 듯 미마가 표정을 누그러뜨렸다.

"하나만 말해두지. 난 내가 한 일에 한 점의 후회도 없어. 하지만 만인의 이해를 얻을 수 있을 거라고는 생각지 않아."

"미마 씨……."

"다행히 히토쓰바시는 죽었어. 자살인지 타살인지는 모르겠지만 놈은 죽고 없으니, 더는 내가 한 일을 감출 필요도 없겠지. 내 잘못에 대해서는 깨끗하게 죗값을 치를 각오를 했어."

미마는 그렇게 말하고 주먹 쥔 두 손을 내밀었다.

시라이시는 그의 얼굴을 바라보았다. 시선이 잠시 교차했다.

방 안에 침묵이 찾아왔다. 그저 시간만이 흘러갔다.

시라이시는 천천히 일어나 문으로 향했다. 문 앞에서 미마를 돌아보았다. 그는 바른 자세로 묵묵히 자리에 앉아있었다.

문을 열자 마유코가 복도에서 기다리고 있었다. 시라이시는 한순간 망설인 후, 목소리를 쥐어짜내 마유코에게 말했다.

"미마 씨가 자백하고 싶어 한다고 오제 참사관님께 전달해."

에필로그

장마가 끝나 구름 한 점 없이 새파란 하늘이 펼쳐졌다.

시라이시는 신주쿠에 있는 패션몰의 옥상정원 벤치에서 잠깐 쉬고 있었다. 오랜만에 비번인 오늘, 레나와 함께 쇼핑을 하러 왔다. 레나와 함께 매장을 돌아다니다 완전히 녹초가 돼버린 시라이시는 쇼핑이 끝나려면 멀었다는 레나와 헤어져 여기로 왔다.

더위 탓인지 옥상에는 사람이 거의 없었다. 햇살이 찌르듯 따가웠지만 북적이는 사람들에게 시달리는 것보다는 여기서 축 늘어져 있는 편이 정신적으로나 육체적으로나 편했다.

경제신문을 보고 있는데 갑자기 그림자가 드리워졌다.

시선을 들자 료마가 서있었다. 새하얀 티셔츠에 거무스름한 반바지. 변함없이 털털한 차림새였다.

"……여긴 어쩐 일로?"

료마가 씩 웃었다.

"아저씨 스마트폰에 깔아둔 추적 앱을 따라왔죠."

"뭐라고?" 허둥지둥 스마트폰을 꺼내려다 료마가 웃음을 참고 있는 걸 알아차렸다. "······날 속이다니."

"아저씨, 레나 스마트폰에 추적 앱을 깔았다면서요? 그거 보호자가 가장 해서는 안 되는 짓이에요."

"내가 여기 있는 줄은 어떻게 알았어?"

료마는 어깨를 으쓱했다.

"아래층 매장에서 우연히 레나와 마주쳤거든요. 아저씨가 옥상에 있다기에 와봤죠."

료마가 시라이시 옆에 앉았다. 늘어선 고층빌딩을 말없이 바라보다가 입을 열었다.

"야요이 씨 일은 충격이었어요."

료마를 보자 콘크리트 바닥을 내려다보고 있었다.

"설마 야요이 씨에게 이용당했을 줄은 상상도 못했네요. 결과적으로 내가 소년A의 신원을 알아내 저격하지 않았다면, 야요이 씨는 죽지 않았겠죠."

시라이시는 고개를 저었다.

"네가 반성할 필요는 없어. 야마모토 야요이는 어떻게든 소년A의 신원을 파악해 계획을 실행에 옮겼을 테니까."

"그래도 역시 내 탓이라는 생각을 지울 수 없네요."

료마가 침통한 목소리로 대답했다.

"나, 홈페이지 폐쇄했어요."

시라이시는 놀라서 료마를 보았다.

"사형집행인 활동을 그만두려고?"

"아직 확실히 결정하지는 않았지만, 일단 활동 중지에 들어간다고 할까요. 하지만 분명⋯⋯."

료마는 그렇게 말하고 시라이시를 보았다.

"언젠가는 다시 시작하겠죠. 나 같은 존재도 세상에는 필요하니까. 그렇잖아요."

침묵이 흘렀다. 이글대는 뙤약볕이 살을 뜨겁게 달구었다. 이름도 모르는 새가 저 하늘 높이 날아갔다.

시라이시는 입을 열었다.

"⋯⋯요전에 소년A만은 용서할 수 없다고 했잖아. 왜 그런지 말해줄 수 있어?"

료마가 손으로 시선을 떨어뜨렸다. 잠시 손톱을 만지작거리다가 알아듣기 힘든 목소리로 불쑥 말했다.

"⋯⋯옛날에 여동생이 있었어요."

"여동생⋯⋯."

"여동생이랑 엄마, 그리고 새아빠랑 허름한 맨션에 살았죠. 그런데 새아빠가 완전히 개망나니라 매일같이 나랑 동생을 때렸어요. 얼굴을 때리면 멍이 눈에 띄니까 배를 때렸죠. 순 비겁한 새끼였다니까요."

료마의 가정에 문제가 있다는 건 어렴풋이 짐작하고 있었다.

"겨울에는 버르장머리를 고친답시고 찬바람이 몰아치는 베란다에 몇 시간이나 가둬놨어요. 달랑 얇은 옷 한 벌만 입혀서요. 어느 날 눈이 내리고 기온이 영하로 떨어졌는데도, 새아빠와 엄마가 우리를 베란다에 가둬놓고 어디 나갔죠. 나랑 동생은 찰싹 달라붙어 몸을 데우려고 했어요. 하지만 얼어붙을 듯한 추위 앞에서 그 정도로는 어림도 없더라고요. 우리는 옆집 사람에게 도움을 요청하기로 했어요. 동생을 목말 태우고 베란다 방화벽 옆으로 몸을 내밀어 옆집 사람을 부르려고 했죠. 그러다…… 균형을 잃었어요…….”

료마는 시선을 떨어뜨린 채 계속 손톱을 만지작거리면서 나지막한 목소리로 말했다.

“다음 순간, 동생이 베란다 난간을 넘어서 아래로 떨어졌어요. 땅에 부딪혔을 때의 그 소리가…… 지금도 귓속에 생생해요.”

료마가 눈길을 들었다. 그의 손톱에서 피가 났다.

“즉사였죠. 경찰이 와서 사정을 묻자 엄마와 새아빠는 내게 모든 책임을 떠넘겼어요. 어렸던 저는 뭘 어떻게 말하면 좋을지 몰랐고요. 경찰은 학대를 의심했던 모양이지만, 입증에는 실패했어요. 결국 동생의 죽음은 사고사로 처리됐죠.”

료마의 목소리가 떨렸다. 그래도 말을 이어나갔다.

“그때 깨달았어요. 세상에는 나쁜 짓을 하고도 벌을 받지 않고 감쪽같이 빠져나가는 자들이 있다는 걸.”

“……그 후에 너희 부모님은?”

“새아빠는 엄마를 버리고 나갔어요. 그러고 나서 엄마는 나를 버리고 나갔고요. 결국 친척 집을 전전하게 됐죠. 어딜 가도 천덕꾸러기 취급이더라고요. 맞은 적도 적지 않았고요. 그러다 보니 가족 없이 혼자 살아가는 편이 낫겠다 싶던데요.”

료마는 세상에 분노를 품고 범죄자의 길을 걸어도 이상하지 않은 삶을 살아왔다. 하지만 그는 악행에 물드는 대신, 악행을 심판하는 쪽을 택했다. 설령 칭찬할 수만은 없는 방식이라 할지언정.

시라이시는 료마의 얼굴을 보았다. 내리뜬 료마의 눈에 눈물이 맺힌 것처럼 보였다. 그에게 동생은 분명 소중한 존재였을 것이다. 동생이 죽은 후, 그는 자신과 부모를 책망하며 살아왔을 게 틀림없다.

아마도 료마는 이토 미쓰키에게 여동생을 투영한 게 아닐까. 그래서 소년A를 용서할 수 없었다. 어린 소녀의 목숨을 빼앗았으면서 죄에 합당한 벌도 받지 않고 풀려난 자를 용서할 수 없었다.

"……악행을 저지른 자들을 언젠가 또 인터넷에서 저격할 거야?"

"뭐, 그렇겠죠."

료마는 어른스럽게 어깨를 한 번 치켰다. 이미 눈물은 사라지고 없었다.

"솔직히 말해 정의감에서 하는 일은 아닌 것 같아요. 그저 그런 놈들을 보면 구역질이 나서요. 본때를 보여주고 싶더라고요."

료마는 시라이시를 보고 희미하게 웃었다. 눈동자가 맑게 빛났다.

"……조심해. 하늘에 대고 토하면 얼굴로 떨어질지도 모른다는 거 명심하고."

"재미있는 말을 하시네. 기억해 둘게요."

으쌰, 하고 료마는 일어섰다.

"이만 가볼게요."

료마와 이야기를 더 하고 싶었다. 하지만 이미 중요한 이야기는 다 들은 것 같기도 했다. 시라이시에게 등을 돌린 료마는 작별의 표시로 손을 가볍게 흔들고 옥상에서 내려갔다.

시라이시는 벤치에 앉아 하늘을 바라보았다. 푸른빛이 아름답게 펼쳐져 있었다.

미마와 료마.

그들은 각자의 방식으로 정의를 관철했다. 지금까지의 시라이시였다면 그런 정의는 인정하지 못했을 것이다.

하지만 지금은 스스로도 뭐가 정의인지 알 수가 없었다.

미마 말처럼 법이 완벽하지 않다면 악을 심판하기 위해 때로는 어쩔 수 없이 법에서 일탈해야 할지도 모른다.

그렇지만.

시라이시는 천천히 일어섰다. 부드러운 바람이 불어왔다.

나는 내가 믿는 정의의 길을 걸어가자.

시라이시는 속으로 그렇게 맹세하고 레나와 만나기 위해 옥상을 뒤로했다.

× × ×

미타 에리코는 평소처럼 출근하기 전에 스타벅스에서 커피를 마시고 있었다. 창가 자리에 앉아 밖을 오가는 사람들을 멍하니 바라보며 생각에 잠겼다.

난 야마모토 야요이를 죽이지 않았어.

소년A, 히토쓰바시 세이지가 그날 밤에 했던 그 말. 그건 역시 진실이었다. 그는 진심으로 갱생한 걸까. 히토쓰바시가 죽은 지금, 답은 아무도 알 수 없으리라. 아이스커피를 다 마신 에리코는 플라스틱 컵을 쓰레기통에 버리고 카페를 나섰다. 밝은 햇빛이 눈을 찔렀다. 오늘도 더울 것 같았다.

히토쓰바시의 죽음이 자살인지 타살인지는 아직도 밝혀지지 않았다고 한다. 하지만 어느 쪽이든 간에 자신들이 그를 인터넷에서 저격해 궁지에 몰지 않았다면, 그는 살아 있지 않을까.

자신은 평생 이 일을 가슴에 품고 살아갈 것이다. 자신이 벌인 일을 몇 번이고 곱씹고 뉘우치며 살아갈 것이다. 각오는 이미 했다. 스스로 벌인 일에는 책임을 져야 마땅하니까.

고개를 든 에리코는 앞을 똑바로 보고 하이힐을 큰소리로 또각거리며 걸어갔다.

참고문헌

- 보안집단 스프라우트, 『다크웹』, 분슌 신서, 2016
  セキュリティ集団スプラウト, 『闇ウェブ』, 文春新書, 2016

- 안다 고이치, 『인터넷 린치』, 후소샤, 2015
  安田浩一, 『ネット私刑』, 扶桑社, 2015

- 모리야 에이치, 『인터넷 호신술 입문』, 아사히 신서
  守屋英一, 『ネット護身術入門』, 朝日新聞出版

- 스즈키 노부모토, 『가해자 가족』, 겐토샤 신서
  鈴木/伸元, 『加害者家族』, 幻冬舎新書, 2010

- 에노모토 마미, 『독촉 여사무원 수행일기』, 분슌 문고, 2015
  榎本 まみ, 『督促OL 修行日記』, 文春文庫, 2015

- 에노모토 마미, 『독촉 여사무원 분투일기』, 분슌 문고
  榎本 まみ, 『督促OL 奮闘日記』, 文春文庫, 2015

- 오쿠노 슈지, 『마음에 칼을 품고』, 분슌 문고, 2006
  奥野 修司, 『心にナイフをしのばせて』, 文春文庫, 2006

- 하마 요시유키, 『히토이치 경시청 인사1과 감찰계』, 고단샤 문고
  濱嘉之, 『ヒトイチ 警視庁人事一課監察係』, 講談社文庫, 2015

- 하마 요시유키, 『히토이치 사진분석 경시청 인사1과 감찰계』, 고단샤 문고
  濱嘉之, 『ヒトイチ 画像解析 警視庁人事一課監察係』, 講談社文庫, 2015

- 하세가와 히로카즈, 『살인자는 어떻게 탄생했는가』, 신초 문고
  長谷川 博一, 『殺人者はいかに誕生したか』, 新潮文庫, 2015

- 오피스 테이크오, 『경찰 입문 수사현장편』, 짓피콤팩트 신서, 2014
  オフィステイクオー, 『警察入門 捜査現場編』, 実業之日本社, 2014

소년 A 살인사건

1판 1쇄 **인쇄** 2022년 5월 2일
1판 1쇄 **발행** 2022년 5월 16일

지은이 이누즈카 리히토
옮긴이 김은모

발행인 양원석 **편집장** 김건희 **책임편집** 주리아
디자인 정세화, 김미선 **영업마케팅** 조아라, 신예은, 이지원, 김보미

펴낸 곳 ㈜알에이치코리아
주소 서울시 금천구 가산디지털2로 53, 20층 (가산동, 한라시그마밸리)
편집문의 02-6443-8904 **도서문의** 02-6443-8800
홈페이지 http://rhk.co.kr
등록 2004년 1월 15일 제2-3726호

ISBN 978-89-255-7832-3 (03830)